光文社古典新訳文庫

好色一代男

井原西鶴

中嶋 隆訳

kobunsha classics

光文社

Title : 好色一代男
1682
Author : 井原西鶴

『好色一代男』目次

巻一

巻二

巻三

銀貨の金額の単位である匁・分は、現代の日本円に換算すると、銀一匁が約千五百円、一分は約百五十円。銀貨は銀秤で重さを量って流通した。十分で一匁となる。また金貨は四分（歩）で一両。銀六十匁前後で小判一両に両替えされた。小判一両は約銭四貫元（四千文）となる。

距離の単位である町は、一町が約百九メートル（約六十間）。一間は約一・八メートル。一間は六尺となる。また一丈は十尺（一尺は十寸、一寸は十分）で、主に長さの単位として使われた。一丈は約三メートルとなる。

好色一代男

巻一

一　暗闇から始まる恋（けした所が恋のはじまり）

桜が散ってしまうなんて悲しいし、月だって山の端に沈んでしまう。そんなあてにならない自然より、いつになっても変わらないのは色の道である。

但馬国生野銀山近くに「夢介」という男がいた。この男、銀をかせぐなんて野暮なことは二の次にして、もっぱら女色と男色の二道に明け暮れている。寝ても覚めても色道に夢中なので「夢介」とあだながついた。夢介は、名古屋三左[1]・加賀の八[2]など名

一の1　名古屋山三郎のこと。美男で名高い織田家の一族。慶長八（一六〇三）年歿、享年三十二。慶長年間（一五九六～一六一五）に人気の高かった阿国歌舞伎にも登場する伝説の傾き者。

うての傾き者と、菱の七つ紋[3]を目印に徒党を組んで都中を遊び回る。べろべろの酒浸りで、深夜、都の三筋町の遊廓[4]からの帰り道、一条通り堀川の、昔化け物が出たという戻り橋を通るのに、あるときは若衆の振袖姿、またあるときは墨染めの僧衣をまとい、ときには立髪鬘[5]をかぶって伊達者に変装した。戻り橋を化け物が通るとは、まったくこいつらのことだろう。

夢介は、と言うと、鬼を背負っても平気だった大森彦七のように、へいちゃらな顔をして、遊女に噛み殺されるほど可愛がられたいと、遊廓通いを続けていた。通っているうちにますます情がつのり、その頃人気の高かった太夫[6]、葛城・薫・三夕を、思い思いに身請けした。嵯峨や東山の片田舎や藤の森といった郊外の下屋敷にひっそりと住まわせ、契りを重ねる。その中の一人から生まれた子を世之介と名付けた。こんなことは、あらたまって説明するまでもない。知っている人は知っている話なのだけれど。

世之介は両親に溺愛された。手を打ってあやしているうちに、首も据わってくる。四歳の十一月には髪置[7]のお祝い、翌年の春には袴着[8]の祝儀、疱瘡[9]の神に祈ったので、瘡の跡も残らず、無事六歳となった。

年が明ければ七歳。かの光源氏は、この歳に「書始め」をしたそうだが、こちらは、世之介七歳の夏の夜更けの出来事である。ふと目を覚ました世之介が、あくびをしながら、枕をのけたり、障子の掛け金をガチャつかせたりする。その音が響きわたるので、次の間に控えていた若い腰元が「おしっこに行くのが、怖いのね。ヤダ、まだ赤ん坊ね」と万事心得て、手燭を灯して、世之介と一緒に長い廊下を渡っていった。鬼門にあたる東北の家陰に南天の下葉が茂り、そこに厠がある。世之介は、厠の敷

2 加賀野井（加賀野江）弥八郎のこと。体力無双の武士で、家康を暗殺しようとした傾き者。

3 七所紋。背・両袖の表裏・両胸の七カ所に付けた紋。

4 三筋町の遊廓とは、都の遊廓が島原に移転する寛永十七（一六四〇）年以前に、六条新町通と室町通の間にあった遊廓。

5 月代を剃らない伊達者の好んだ髪型の鬘。

6 遊女の最高位。以下、天神・囲（鹿恋）・端と位付けが下がる。遊女の位については、付録「遊廓案内」を参照。

7 幼児が初めて髪を伸ばす行事。

8 男子が初めて袴をはく行事。女子は被衣初めをする。

9 疱瘡平癒を祈る神。京では八坂神社内の疫伏社、大坂では住吉大社など。

き松葉に、小水を上品にお漏らしになる。手水を使うとき、濡れ縁に打ち付けた竹がささくれ立っていたり、金釘の頭が出ていたりしては、と心配した腰元が、うやうやしく足下を照らす。

「その灯を消して、こっちにおいで」と、世之介が言った。

「お足下が危ういので、このようにしておりますのに、どうして暗闇にせよとおっしゃるのですか」

腰元が言葉を返すと、世之介はうなずいて「恋は闇[10]ということを知らないのかい」とささやいた。御守り脇差を持っていた別の腰元が、手燭に息を吹きかけて、望み通りに灯を消す。世之介は若い腰元の左の振り袖を引いて「乳母はついてきていないだろうね」と心配そうな顔をする。

これをたとえると、天の浮橋のもとで男女の契りをご存じなかった二柱の御神の故事[11]と同じこと。まだそんなことなどできやしないのに、はや、やる気満々。そっちの気持ちだけは大人並みにお持ちだと、つつまず奥様に申し上げた。「書始め」ならぬ、まことにめでたい「恋始め」である。

世之介は日を追って色好みがつのっていく。子供の読む絵本ではなく、よりによって艶っぽい美人画ばかりを収集する。「多くても見苦しくないのは文車（本箱）の文（書物）」と『徒然草』には記されているが、美人画ばかり詰まった文車は、さすがに見苦しい。

「この菊の間には、自分の呼ばない者は入ってくるなよ」

などと、人の出入りを禁じられるのもおくゆかしかった。

あるときには折り紙をして「これは比翼の鳥だよ」[12]と、腰元にあげる。花を作っては梢に取り付け「連理の枝だよ[13]、おまえにやろう」と、何かにつけて若い腰元をくどくことだけは忘れない。

下帯を結ぶのにも腰元の手を借りず、帯も前で結んで、結び目を背に回す。身には

---

10 恋する者は前後の見境がつかなくなるという諺だが、恋心を語るには暗闇のほうがいいという意味に取りなしている。

11 伊弉諾尊・伊弉冉尊が天の浮橋のもとで「みとのまぐはひ」をしたが、失敗し、鶺鴒の尾の動きを真似て成功したという故事。

12 目・翼・脚が一つしかなく、雌雄が常に一体となって暮らす鳥。

13 雌雄二幹の木だが、枝と根とが一体となっている。

兵部卿という香袋を掛け、袖には香を焚きかける。その色好みな風情は、大人も恥じ入るほどで、女性の恋心を刺激するのだった。

世之介は、同じ年頃の友達と遊ぶことも、凧の揚がった空も見ない。

「雲に梯というけど、昔は天にも夜這い人がいたのかな。一年に一度しか逢えない七夕に、雨が降って逢えないときには、牽牛と織女はどんな気持ちだろう」

と、遠い天のことまで悲しんだ。

生涯、恋心に悩まされ、五十四歳までに戯れた女は三千七百四十二人、[14] 相手にした若衆は七百二十五人、その名が世之介の手日記に記されていた。井筒[15]で背丈を測った幼子のころからこんな暮らしで精液を使い果たし、よくもまあ、命があったものだ。

---

14 在原業平が戯れた女性の数が三千七百三十三人という俗説を踏まえた数字。

15 井戸の丸い囲い。『伊勢物語』二十三段を素材にした謡曲「井筒」の詞章を踏まえる。

二　恥ずかしながら渡した恋文（はづかしながら文言葉）

七月七日の七夕には、一年間の埃にまみれた金行灯・油差・机・硯を芥川[1]で洗い流すので、澄んだ瀬々も、名の通り塵芥の流れる川となってしまう。その北にある金竜寺[2]の入相の鐘を聞くと、後醍醐天皇の皇子恒良親王が八歳で詠んだ御詠歌「つくづくと思ひくらして入相の鐘を聞くにも君ぞ恋しき（思い悩みながら入相の鐘を聞いていると君が恋しくなります）」も思い出される。

世之介も、はや学問を習い始める八歳となった。その頃は、山崎[3]の伯母の世話になっていた。昔、この地に住んだ宗鑑法師[4]の一夜庵の跡に、今でも住んでいる僧[5]が、滝本流の書道に堪能だったので、これ幸いと、世之介を手習いに通わせることにした。

さて、世之介は、手本を書いてもらう料紙を師匠に渡して「すみませんけど、これから言うとおりに文章を書いてください」と頼む。師匠の僧は驚いて「書けと言われても、何を書けばいいのだ」と訊いた。「はい」と頷いた世之介が言葉を続ける。

「今更、なれなれしいと思うかもしれませんが、我慢できずに申し上げます。おれの気持ちはおおかた目つきでお察しかと思います。二、三日前に、おさか殿（伯母の娘）が昼寝をなされたとき、おさか殿の糸巻きがあるとは知らないで踏み割ってしまいました。『気にすることは少しもございません』と、普通なら腹の立ちそうなことを、お腹立ちなさらなかったのは、きっと、おれにこっそり言いたいことがあるのでしょう。あるのなら、聞いてやりましょう」
こんな文章を、さらに長々と続けるので、高師直（こうのもろなお）の恋文を代筆した兼好法師ではないが、手習い師匠の僧も途方にくれた。ここまでは言われた通り書いてやったが「もう、鳥の子紙[6]もない」と断ると「ならば、尚々書き（なおなお）（追伸）を」と頼まれた。「また、あらためて便りを出すこともあろう。ひとまず、これだけにしておきなさい」

二の1 大阪府高槻市内を流れる淀川（よどがわ）の支流。歌枕。
2 高槻市にある天台宗の寺。能因（のういん）法師が、ここで「山里の春の夕暮きてみればいりあひの鐘に花ぞちりける」（『新古今集』）と詠んだ。
3 現、京都府乙訓（おとくに）郡大山崎町。
4 室町末期の俳諧師。『犬筑波集（いぬつくばしゅう）』の選者。
5 梵益（ぼんえき）のこと。一夜庵を再興して住んだ。
6 書画等に使用された上等な和紙。鶏卵に似たやや淡黄色をおびるので、このように呼ばれた。

と言ったものの、普通の文面ではないので、笑うこともできない。ほかに、いろは歌を手本に書いて、手習いをさせた。そろそろ夕陽が山の端に入り、薄暗くなってきた。迎えの者が来て、世之介は伯母のもとに帰っていった。

ある日のこと、秋の初風が激しく吹いて、油屋の搾木(しめぎ)[7]に楔(くさび)を打ちこむ槌(つち)の音と、風の音とが競い合っている。それに混じって衣を打つ砧(きぬた)[8]の音も騒々しい。伯母の家では、奉公人の女たちが洗濯した絹布の絹張り[9]・籡(しんし)[10]を外していた。

「この派手な染め模様の絹物はお嬢様の普段着だろ、この瞿麦(なでしこ)[11]の腰模様を染めたくちなし色の衣は誰のものだい」

と、一人が訊く。

「それは、世之介様の寝間着(ねまき)だよ」

と、誰かが答えた。年季奉公の女が無造作(むぞうさ)に布地をたたみながら「それならば、山崎の水じゃなくて、洗濯に良い京の水で洗えばいいのに」と大声で言う。

「垢(あか)じみた衣を、お前なんかに洗わせるのも、旅は人の情けということがあるからだよ」

これを耳にした世之介が言い返したので、その女は恥ずかしくなり、返す言葉もない。ただ「お許しを」と言い捨てて、逃げだそうとした。その袖を引きとどめて「この文を、内緒で、おさか殿に届けておくれ」と頼む。女は気にもとめずに、この手紙をおさかに渡した。

何気なく受け取ったものの、おさかには恋文をもらうような覚えもないので、顔を赤らめて「どういう御方から頼まれたのですか」と、手紙を届けた女に、声も荒々しく問いただす。気を静めて、その恋文を母親に見せると、まぎれもなく、あの手習い師匠の御出家の筆跡だと知られた。しかし、それにしては文面が子供っぽいのが気にかかるけれど、やはり、ひょっとしたら御出家かもしれないと、くだんの僧は、罪もないのに疑われるはめとなった。

疑われた法師が、事細かに言いわけするのもおかしかったが、つまらないことにも

---

7 横木に挟んだ楔（くさび）を槌（つち）で叩いて、荏胡麻（えごま）などから油を搾（しぼ）る。山崎は荏胡麻油の産地。
8 石の台上に布を載せ、槌で打ってつや出しをする。
9 洗い張りする絹布の両端を挟む棒。
10 洗い張りする絹布の布幅を張るのに使う竹製の串。
11 世之介の定紋で、各章挿絵の世之介には瞿麦（なでしこ）の紋が描かれている。

口さがない世間のことなので、とんでもない噂が広まってしまった。

世之介は、伯母にむかって、おさかへの恋心を切々と訴える。

「まだ子供だと、今まで思っていたのに、明日には、このことを妹（世之介の母親）に知らせて、京でも大笑いさせてやろう」

と決めたものの、世之介には、そのそぶりも見せない。

「私の娘とはいえ、顔かたちも人並みなので、さる御方と約束して縁づくことになっています。年さえ釣り合えば、世之介の嫁にしたのに」

伯母は自分一人の心のうちに、すべておさめた。その後、気をつけて見ていると、世之介は年齢不相応にこましゃくれたことばかりするようだった。

ところで、「道理に外れたことは、頼まれても書いてはならない。懲りた、懲りた」と、迷惑な目にあった法師が言ったとか。

三　人には見せられないところ（人には見せぬ所）

鼓を打つのは趣のあるものだが、世之介は「あとより恋の責めくれば」（謡曲『松風』）というところばかりを打つので、親の耳にも小うるさくなってきた。急なことだが、鼓をやめさせ、世渡りに役立つ芸を学ばせようと、都の両替町（りょうがえまち）に春日屋という母方の親戚がいたので、そこに金銀の扱いを見習いにやった。

ところが世之介は、親の遺産から借金の倍額を返済する「死一倍（しにいちばい）」という違法金融に手をそめ、銀三百目（匁）の借り証文を入れる始末である。いかに欲の世の中とはいえ、貸す人も大人気ない。

世之介九歳の五月四日のことである。菖蒲（しょうぶ）を葺（ふ）き重ねた軒端（のきば）に、塀越しに柳が茂っている。その木陰は、夕暮れ時なのでもう薄暗かった。軒の雨滴を受ける石畳に立てた竹の目隠しに、縞（しま）の帷子（かたびら）と腰巻を掛け、仲居ぐらいに見える女が菖蒲湯をつかっていた。湯浴（ゆあ）みの音よりほかに聞こえるのは松の風音、もし聞かれたとしても壁に耳。「人に裸を見られることは、よもやないでしょう」と、普段は隠している流れ蓮根（はすね）（皮膚病）の跡が見えるのもかまわないで、臍（へそ）のあたりの垢をかき流す。それより下のあたりも糠袋（ぬかぶくろ）[1]の泡にまみれ、泡立つ湯も脂ぎっていた。

三の1　糠を入れた布袋で、肌を洗うのに用いる。

亭（ちん）[2]に置いてあった望遠鏡を持ち出した世之介は四阿屋（あずまや）[3]の棟に這い上り、この女をあからさまに覗きはじめた。[4]人に見られたくないところを夢中で擦（こす）っている女を見ては面白がっている。ふと目が合ったこの女は、恥ずかしがって声もあげられない。手を合わせて拝むけれども、世之介はわざと顔をしかめ、「あれっ、あれっ」と指さして笑っている。

女はたまりかねて、行水を切り上げ、塗り下駄をつっかけるやいなや逃げ出した。世之介は、袖垣のまばらなところから女に声をかけた。

「初夜（八時頃）の鐘が鳴って人が寝静まったら、そこの切戸を開けて、おれの言いなりになれよ」

「とんでもない」

「それならば、今見たことを、大勢の女たちに言いふらしてやるぞ」

何をしているところを覗かれたのか。女は迷惑に思ったが、「仕方ないわね」と言い捨てて部屋に戻った。

女は、このことを、それほど気にもせず、乱れた黒髪も、夜のことなので見る人もいないと、無造作に束ねただけで普段着のまま寛（くつろ）いでいたところ、足音がして、世之介が忍んできた。仕方なく、世之介の気に障(さわ)らないようにもてなし、それから小箱を探して、芥子(けし)人形[5]・起き上がり小法師(こぼし)・雲雀笛(ひばりぶえ)など取りそろえた。

「これも、これも、みな大切な物ですが、世之介様なら惜しいことはございません。さしあげます」

子供の玩具でだまそうとしたけれど、世之介はうれしそうな様子もない。

「そのうちに子ができたなら、その子を泣きやますおもちゃになるかもしれないよ。この起き上がり小法師が、お前に惚れたようで、ホラ、こけかかる」

と言うや膝枕する。どうも、ませたところがある。

女は赤面して、こんなことをされては、きっと人もただ事とは見ないだろうと、じっと気を静め、世之介の脇腹などを、遠慮がちに撫でさする。

---

2 眺望や休憩のために庭に作った小屋。

3 四方に屋根を葺きおろした家。

4 『伊勢物語』初段の、春日の里で男が垣根越しに姉妹を覗く「垣間見(かいまみ)」を踏まえる。また『太平記』二十一の、塩冶判官(えんやはんがん)の妻の湯浴みを高師直が覗く場面をパロディにする。

5 衣装の着せ替えをして遊ぶ小さな人形。

「去年の二月二日に[6]、お灸を、天柱[7]に据えたとき、項の下のお灸の跡に、痛み止めの塩をつけてさしあげました。そのときと比べてずいぶん可愛らしくなりましたね。さあ、ここにいらっしゃい」

と、帯をしたまま懐へ抱き入れ、世之介をしっかり抱きかかえる。

それからすぐに駆け出して表の格子戸をドンドンと叩く。「世之介様の御乳母殿」と呼び出し「すみませんが、お乳を少しもらいたいのですが」と、抱いた世之介を赤ん坊扱いしながら、一部始終を語れば、乳母は「まだ子供だと思っていたのに、もうこんなことをするなんて」と腹を抱えて笑ったそうだ。

四　袖に時雨がかかったのは幸運（袖の時雨は懸るがさいはい）

世之介がこましゃくれているところは、十歳の翁という諺どおりかもしれない。

6　二月と八月の二日に灸を据えると効用があがるとされた。「二日灸」という。

7　項の下にある灸穴で、幼児がよくここに灸を据える。

生まれつきが可愛らしい上に、衆道（男色）のたしなみもあった。そのころ下坂小八風と言って、短く切った鬢を耳の後ろに垂らし、髷を立てかけるようにした髪型が流行っていたが、その伊達風俗をした世之介の容姿には、何とも言えない色気があった。自分を美しいと褒める念者[1]がいれば、そのままにはしておかないと、常々衆道の覚悟を極めていたけれども、まだその分別がある年齢だとは思われない。雪中の梅が花開くのを待っているようなものである。

今、世之介は暗部山[2]あたりの縁ある人のもとで暮らしている。霞網を張ったり、笹の先端に鳥黐を塗った竿で梢の小鳥をさわがせたり、粗末な茅葺きの軒端で、小鳥を脅すのに使う赤頭巾をかぶせた[3]梟を飼ったりしていた。ある日、松と桂の木陰や草のなかに身を潜めて、鳥刺しを楽しんで帰る途中、山の麓で、わき起こった雲が幾重にも重なり雨が降り出した。それほどひどくはなく、露が玉と砕けた風情である。雨宿りする木もなかったので、どうせ濡れたのだからかまわないと、袖を笠にして帰路を急いだ。連れていた小者が、作り髭の墨が雨に濡れて落ちてしまうと困っていた。

この里に隠棲している男がいた。世之介の跡を追って、黙って唐傘を差し掛けてくれた。空が晴れたような心地がする。

「これは、ありがたいお心遣い。また逢いたいので、ぜひ名前を教えてください」

と、振り返って頼んだけれど、男は少しも取り合わない。替え草履を渡し、懐から、なんとも言えないほど美しい櫛道具を取り出して、供の小者に「そそけた後れ毛をお直しなさい」と手渡した。折も折、このときの世之介のうれしさは、どんなだったろうか。

時雨があがり夕虹が消えかかるように、うれしさに魂も消えるようなありがたい言葉をかけられた世之介。

「今まで私に惚れる人もなく、無駄に時を過ごしてきましたが、これも、私が可愛らしくないせいかと我が身を恨んでいました。こうして出会ったのも、不思議の縁。これから後は、どうか可愛がってください」

と、かき口説く。ところが、男は、そんなつもりは全くない。

「帰り道で困っているようだったので、助けたまでです。衆道の契りを結ぼうなどと

四の1　若衆の男色相手。元服した成人がなる。

2　京都の東福寺門前から東山にいたる地域。歌枕。

3　鳥黐を先端に塗った竹竿で、小鳥を捕えること。

は少しも思っていません」

と、世之介の恋を聞き入れる様子もない。

少し気まずくなって、すっかり困惑した世之介。年を経ても恋を知らずに自然と朽ちはてていく男のような雄松があったので、その木陰に腰をかける。

「まったく薄情な御方だ。私が今流しているのは、うれし涙なんかではなく、かなわぬ恋の涙ですよ。鴨長明[4]だって庵で孔子臭い暮らしをしていても、門前の童[5]といつの間にか恋をして、方丈の灯火を消して心を取り乱したこともあったというではないですか。月と見まがう美男の不破万作[6]が、瀬田の橋のたもとで、思いをかけられた侍の袖に、蘭奢待[7]の香りを移したことも、みな衆道の情けからでしょう。分かっているのですか」

こう、かき口説いても、男は一向に聞き入れようとはしなかった。

『秋夜長物語』[8]ではないが、こんなに長話をして、まだ十歳の世之介のほうから、なんやかやと大人を口説くのは「寺から里」の諺[9]どおり、あべこべである。昔のお稚児[10]白糸の話のようなもので、ひどいものだ。「さあさあ、いやならいやとはっきり言ってください」と男に迫るが、まだ承知しない。だんだん顔を見るのもいやになる。

しばらくして、「では、日を改めて、中沢という里の拝殿でお目にかかり、これからのことを話しあいましょう」と口約束して男は帰ろうとする。世之介はそのあとを慕い、笹竹の葉を押しのけて行く男の袖にすがって念をおす。

「じせつすい（李節推）という美少年が風吹土（風水洞）で蘇東坡[11]を待っていたといいます。私も、貴方をお待ちしておりますよ」

夕暮れが迫ってきたので去ろうとする男が、振り返る。世之介も、その姿を見

---

4 鎌倉時代初期の歌人・文人。

5 鴨長明『方丈記』日野山閑居の条に、「かしこに小童あり。ときどき来たりてあひとぶらふ（略）かれは十歳」と書かれている童を男色相手に取りなしたパロディ。

6 豊臣秀次の小姓。美男で名高い万作が、万作に思いをかけた武士と瀬田の橋詰めで契ったが、秀次下賜の蘭奢待の残り香で、発見されそうになったという話が『新著聞集』に載る。

7 正倉院に秘蔵される香木の名。

8 中世の男色物語。写本・版本で近世期にも流布。

9 寺から檀家に物を贈るように、物事がさかさまになるという意。

10 未詳。『よだれかけ』や『新編鎌倉志』に載る稚児「白菊」が僧に恋するという類の話だろう。

11 一〇三六～一一〇一年。宋の詩人・文人、蘇軾の号。

送った。

この男、長年命をやってもいいと思っていた若衆に、このことを語った。

「二度とない恋です。私との恋路を忘れなかったので冷たくしたのでしょうが、むごいお心持ちです。その御方との恋を捨てることはなかったのに」

この若衆は、二人の恋の仲立ちをして、自分は身を引いたということである。

五　事情を聞くほど深まる契り（尋てきく程ちぎり）

「伏見の里に新枕する」[1]と歌に詠まれた伏見の遊里に、菊月（九月）十日の夕暮れ時、昨日飲んだ菊酒の酔いの残った世之介は、唐物屋の瀬平と連れだって出向いた。東福寺[2]の入相の鐘が聞こえ、まもなく撞木町[3]に着いた。ここが目的地である。世之介は、鑓屋の孫右衛門のあたりで駕籠を乗り捨てた。息が切れるほど道を急いだので、喉が渇き、名高い墨染の井戸[4]の名水を飲むとすぐに、廓の南口にさしかかった。「東の廓口が塞がれている。遠回りじゃないか、まったく……」と、そっとあたりを見回すと、色白で冠が似合いそうな髪型をした、都の公家衆らしい男が人目をさけるようにしている。宇治の茶師の手代(てだい)らしい男もいる。この男には、そう目星をつけたが、まず違ってはいないだろう。ほかにも、六地蔵[5]あたりの馬方(うまかた)や、大坂への下り船[6]を待つ旅人もいる。風呂敷包みと愛宕(あたご)神社土産の樒(しきみ)・粽(ちまき)[7]を肩にかけ、貫(かん)ざし[8]の銭数を勘定しながら、気に入った女がいたら銭を払おうかと、廓中を見尽くしたあげく、結局、ここをやめて泥町(どろまち)[9]の廓へ向かう男がいるのもおかしかった。

人通りが少なくなってから、世之介たちは、局女郎(つぼねじょろう)[10]の多い廓の西側を歩いてみる。中程に、小さい釣格子(つりごうし)[11]の女郎屋があった。覗いてみると、唐紙障子の竜田川の紅葉模

五の1　源　雅定(みなもとのまささだ)「まことにや三年もまたで山城の伏見の里に新枕する」(『千載集』)。

2　京都から伏見に向かう街道沿いにあった臨済宗京都五山の一つ。

3　伏見の遊廓 夷町(えびすちょう)の別名。町が撞木(丁字)状なので、こう呼ばれた。

4　墨染寺(ぼくせんじ)門前の茶店にあった井戸。

5　浄土宗大善寺(だいぜんじ)の俗称による地名で、馬借(ばしゃく)が多く住んだ。

6　伏見から大坂八軒屋(はちけんや)に下る淀川の乗合船。

7　京都市右京区愛宕大権現に参詣した者は、粽を括(くく)った樒の枝を土産にし、火除(よ)けのために樒を竈(かまど)の上に挿した。

8　銭一貫文(実際には九百六十文)を麻紐に通したもの。

様がちりぢりに破れ、煙草の煙がたちこめて、吸い殻の捨てどころもないような風情である。そんなみすぼらしい女郎屋に、美しくつつましやかな女がいた。言葉数も少なく、人目を惹(ひ)こうという様子でもない。「袖の香りぞ今日の菊」と書いて、筆を持ったまま、発句の五文字を案じているふうである。

世之介は心が惹かれて「あのように品のある女を、どうしてこんな下卑(げび)た店に置くのか」と、瀬平に訊いた。

「あの女郎を抱えている親方は、ここで一番の貧乏人なので、女郎はかわいそうな目にあいます。たいがいの女郎は、地が美人でなくとも、衣装や持ち物で、それなりに美しく見せているものですよ。島原の太夫様のお下がりや、あやめ八丈(はちじょう)[12]、唐織(からおり)[13]の古着も、ここに持ち込まれて、女郎は華麗に着飾っているのです」

都に近いが、ここは手軽な遊び所なのだろう。

世之介は黙って店先に腰をかけ、脇差と財布を無造作に置いた。さっきの女を見れば見るほど良い女である。

「おまえさん、どんな事情があって、こんなところにいるのか。つらい勤めだろうに」

「あなた様に心のうちを覗かれてしまうのも、私の心根がはしたなくなってしまったからでしょう。何事も不自由ですので、思わず欲も出てきます。お客様に、身の回りのことや壁の腰張りまで無心して、隙間風を防いでおります。さもしいことですが、小野炭や吉野紙、悲田院で作る草履[14]まで自前で買わなければなりません。そればかりか、雨の日は客が少なく、風の強い夜にはなおさら、待ちわびている客も誰一人として参りません。御香宮のお祭りの九月九日、五月五日六日は、必ず客を取らなくてはならない売日[15]です。『ぜひいらっしゃってくださいませ』と言えるほどの馴染み客

9 撞木町から十六町西南にあった遊女町。馬方や船頭相手の下級遊女が多く、撞木町より格下。
10 小部屋で客をとる下級遊女。
11 外に張り出した格子に横貫きが一本取り付けられた見世構えで、局女郎を抱える見世の目印。撞木町の局女郎の揚代は、銀一匁（約千五百円）か五分（約七百五十円）。
12 未詳。菖蒲模様を織りこんだ八丈紬か。
13 金襴緞子の類。
14 炭や紙、草履は、女郎のつかう日用品。廓では日用品や食費は遊女自身が購った。
15 遊女が客を必ず取らなければならない日で、客が来ないと、その分が遊女の借金となった。物日、紋日ともいう。

もいないのに、親方からきつく責められます。苦しいながらやっと日をおくり、二年ほど暮らしておりましたが、行く末を考えますと、そら恐ろしくなります。田舎におります親は、どうやって暮らしていることやら。ここに来てからは便りもございませんし、まして会いにきてくれるはずもないですし」

女は、こう言って涙にくれた。「親里はどこだ」と尋ねると「山科の里で、名を源八と申します」と答える。

「事情を知ったからには捨て置けない。近々親里を尋ねて、お前が無事に暮らしていると伝えよう」

世之介が請け合うけれど、女はうれしそうでもない。

「お尋ねになることなどしないでください。はじめは茜(あかね)[16]など掘って暮らしておりましたが、今は落ちぶれて、乞食をしております。その上、人の嫌がる病に冒されておりまして」

と、言を左右にして断った。

事が済んで女と別れたあと、女はああ言っていたけれど、やはり親元を訪ねてみようと、世之介は山科に行ってみることにした。柴の編戸に朝顔をやさしく絡ませて、小屋の長押には鑓をかけ、鞍の手入れも怠らず、女の父親は昔風の朱鞘の大小を常に腰に差している。礼儀正しく挨拶をかわしたあと、世之介は、かくかくしかじかと娘の様子を話した。

「いかに女だからといって、あさましい女郎勤めの身で、親の名を他人に知らせるとは、侍の娘として情けない」

悔し涙を流す父親を、世之介は、いろいろと慰める。そして、親の素性を隠した心意気に感じ入り、程なく女を身請けして山科に帰してやった。その後も見捨てないで面倒をみたそうだ。この話は、世之介十一歳の冬の初めのことである。

六　煩悩の垢かき女（煩悩の垢かき）

八月十三夜の月、待宵月、十五夜の名月、月を見る名所は多いけれど、須磨は格別である。「波ここもと」[1]と謡われた須磨に、世之介は小舟を借りて出かけた。和田の

16　根を染料にする。山科は茜染めの産地。

岬を回ると角(つの)の松原、その先が塩屋(しおや)[2]というところである。ここで、平敦盛(たいらのあつもり)を熊谷直実(くまがいなおざね)が押さえつけて、自分の口を付けた盃(さかずき)で、敦盛に酒を飲ませたという。「こりゃ、二人が源氏酒(げんじざけ)[3]をして遊んだのかも」と笑ってしまった。海を見渡せる浜辺の小屋で、京から持参した銘酒、舞鶴と花橘(はなたちばな)の樽の口を切った。宵のうちは飲んで騒いでいたが、夜が更けてくると月さえ気味悪く、夜鳥の悲鳴は連れ合いのいない孀鳥(やもめどり)かと思うと、寂しさがつのった。

「一晩でも独り寝は耐えがたい。若い海女(あま)はいないか」

と、知り合いに世話してもらう。やってきた海女は、髪には櫛を挿さず、顔に白粉(おしろい)を塗ることも知らない。着物の袖も小さいし、裾も短い。何となく磯臭くて吐き気がしそうなのを、気付け薬の延齢丹(えんれいたん)など呑んでまぎらわす。

「昔、在原行平(ありわらのゆきひら)中納言[4]は、誰だったか、この地の海女に足をさすらせて憂さを晴らしたというじゃないか。その上、海女に情が移って、別れ際に、香包みや香を焚(た)く衛(え)士籠(じかご)、杓子(しゃくし)・擂(す)り鉢(ばち)など、この地で暮らした三年間の世帯道具を下賜(かし)されたというのに」

世之介は、そう言って笑った。

翌日は、兵庫まで戻った。この地の廓では昼夜を分けて遊女を揚げる。その上「半夜」とせせこましく時間を切るのは、客が、風任せの船で、いつ出立（しゅったつ）するか分からないからである。船頭（せんどう）に呼び立てられると、小歌も途中で聞くのをやめ、酒をつがれた盃を返盃する暇もないのだから、きっと女に未練が残る男もいるだろう。こんな廓では、なんとなく物足りない。ここで、身を汚すのも嫌だと、すぐに世之介は湯女（ゆな）のいる風呂屋に赴いた。

そこに「浮き名が立ったら、水を差します」などと地口が上手で、唇が反（そ）って鼻筋の通った湯女がいた。「御名ゆかしき」[5]と謡曲の詞（ことば）を借りて尋ねると、驚いたことに、

六の1 「波ここもとや須磨の浦、月さへぬらす袂かな」（謡曲「松風」）。
2 須磨の西。近くに平敦盛の石塔があった。
3 源平に分かれて、相手に芸をさせて酒を飲み合う遊び。一ノ谷で平敦盛が熊谷直実に討たれる場面（謡曲「敦盛」等）をパロディにする。敦盛と直実が口を付けた盃を相手に渡す「付け差し」をしている、と洒落（しゃれ）た。
4 歌人。色好みで知られる在原業平の兄。三年間須磨に流され、松風（まつかぜ）・村雨（むらさめ）という海女の姉妹を寵愛した（謡曲「松風」）。
5 「いかさまこれは公達の御中にことあるらめと御名ゆかしき所に」（謡曲「忠度（ただのり）」）。

すかさず「忠度（ただのり）」と答えた。

「なんと、これは放ってはおけない。今晩の相手を」

湯女と口約束すると、もう上がり湯に入れられた。

世之介が湯から上がると、香煎（こうせん）[6]を飲ませ、浴衣（ゆかた）を着せる。煙草盆の火入れに気をつけるやら、鬢水（びんみず）[7]を持ってきて鏡を貸すやら、湯女のもてなしは、どこでも変わらない。

服装は、上着一枚の裾をからげて、白帯をぎゅっと引き締めている。

「着物が破れても、親方の損になるだけさ。久三、提灯（ちょうちん）を灯しておくれよ」

片手で草履を鷲づかみし、くぐり戸を出るやいなや、声高に仲間の湯女をそしり始める。それればかりか「朝夕の味噌汁が薄い」とか「鋏（はさみ）をくれるはずだが、切れないかもしれない」とか、まともに聞けるようなことは言わない。

世之介と部屋に入ると、綿帽子（わたぼうし）を壁にかけ、立ったまま行灯（あんどん）を置き直す。薄暗くなった部屋の中程に座って、煙管（キセル）の雁首（がんくび）が熱くなるほど煙草を吸っている。時々あくびをして、遠慮もなく小便に立つ。障子の開け閉めも乱暴で、寝転がったまま屏風（びょうぶ）の向こうに話しかける。身をよじらせて蚤（のみ）を探し、夜半に、八つ（午前二時）の鐘が鳴ったかと気にしだす。気に入らないことには、返事もろくにしないで、客を、いい加減にあしらっておく。鼻紙も客の持ち物を使い、ことが終わると鼾をたてて寝てしまう。「焚くよ、汲むよ」と寝言を言いながら、どこやら冷えたのか、臑を客にもたせかける。いかに女が足りないからといっても、いつから湯女はこんなにさもしくなったのか。

そもそも、丹前風[8]という伊達風俗は、江戸神田の堀丹後守殿の屋敷前に風呂屋があったときの風俗をいう。そこにいた勝山[9]という湯女は、とりわけ情が深く、勝山髷という髪型を流行らせ、身のこなしも優れていた。その身なりも、袖口を広くとって褄を高く着こなし、何一つとっても平凡な女とは違っていた。湯女独特の、この風俗は、勝山から始まって、後には遊女たちにもてはやされるようになった。勝山は、吉

6 焦がした米に香料をまぜて煎じた飲料。ちらし、こがしとも言う。
7 鬢を梳くのに使うサネカズラの茎からでる粘液。
8 寛永・正保の頃（一六三〇～一六五〇ごろ）神田駿河台下の堀丹後守屋敷の前に湯女風呂があり、ここにあつまった男伊達がはでな風俗を競った。
9 風呂屋が停止され、承応二年（一六五三）に元吉原山本芳順抱えの太夫となり、明暦二年（一六五六）に退廓した。

原の太夫に出世し、名は言えないが、さる御大名にまで寵愛された。まこと、例のない女である。それに比べて……。

七　別れる時には現金払い（別れは当座ばらひ）

裁縫女が茶宇縞[1]のきれで縫ってくれた腰巾着に、小粒銀[2]をひそかに貯めて、ある夕暮れに、丁稚あがりの手代を誘い出した。二人は以心伝心、清水・八坂にさしかかる。

「このあたりではなかったか。いつか話していた歌が上手で、酒もよく飲んで、しかも可愛い女がいるというのは。その色茶屋は、菊屋か、三河屋か、それとも蔦屋か」

と、捜したあげく細道に分け入り、萩垣の奥の茶屋にあがる。

梅と鶯の描かれた安っぽい屏風に、床には誰が置き捨てたのか、樫棹の三味線の糸が一筋切れているのを、そのままにしてある。うるみ朱[3]の煙草盆には、灰の中に、火を絶やさぬように炭団が埋けてある。畳は湿っぽくて、なにか気持ち悪い。

そのうち、ありきたりの盃台と一緒に、へぎ板にのせて焼いた杉焼きの魚、お定まりの蛸、漬け梅、紅生姜といった料理に塗竹箸を添えて、祇園細工の足付き盆が運ばれてきた。運んできた茶屋女は、晩春にふさわしい藤色のりきん縞(じま)[4]の上着に、粋(すい)人(じん)が着るような茶繻子(しゅす)の幅広帯(はばひろおび)を挟み込むように結び、朝鮮紗綾(さや)[5]の腰巻をちらっと見せる。懐の鼻紙にはさんだ安物楊枝(ようじ)をわざとらしく見せかけ、髪は無造作に四つ折りに束ねている。左手に朱塗りの蓋付(ふたつ)き燗鍋(かんなべ)をひっさげ、座敷に入るやいなや「寂しそうだね。少し酒など飲んだらどうです」といきなり酒をすすめるのは下品きわまりない。

世之介は、しばらく実のなくなった榧(かや)の殻をつついていたが、無下(むげ)に女を無視することもできず、盃を手にする。女は、鯛の塩焼きの中程を箸ではさんで無遠慮に食べながら「返盃はいいから、もっと飲んでくださいな」と言う。初めのうちは、我慢できず場所を替えようと思っていたが、忙しそうに銚子を替えるとき、思いがけず女の

七の1　舶来の縦縞の絹織物だが、京都でも織られるようになった。
2　豆板銀、細銀(こまがね)。一～五匁(もんめ)ぐらいの粒状の銀貨。重さを量って流通した。
3　黒みがかった朱色の漆塗り。
4　繻子(しゅす)地の縞模様。詳細は未詳。
5　稲妻形の模様のある朝鮮産の紗綾。

腰つきに、何とも良さそうなところがあった。寝ようと申し出ると、この茶屋女[6]は、喜んで承知する。

二つ折りにした花莚（はなむしろ）と木枕を用意する音が、隣座敷から聞こえてくるのもまた面白い。さっきまで着ていたりきん縞の上着を、薄汚れた浅葱（あさぎ）色の寝巻きに着替えて、鼻歌など歌いながら客を待つ様子である。

世之介は、十二歳から声変わりをしていて、大人も気恥ずかしくなるような馴れ馴れしい口調で女を口説いた。

「こんな仮初（かりそ）めの契りでも、この場限りの縁ではないぜ。きっと清水の観音様のお引き合わせだろう。もしお腹（なか）に変わったことがあったら、近くに子安地蔵がある。銭はかかるが、安産御礼の餅を親父（おやじ）の俺が百は供（そな）えるから、心配しないで、さっさと帯を解け」

女には口をきかせず、悪ふざけの限りを尽くして情をかわした。

事が終わってうちとけてから、この女は物も言わず、うつむいて涙ぐんでいる。気に掛かって二三度声をかけても口を開かなかったが、そのうち、物悲しげに話し出した。

「今ではこんな稼業をしていますが、この前の出替わりまでは[7]、さる宮様のもとに奉公にあがっておりましたのですよ。思いがけず宮様のお目にとまり、卑しい奉公人の私の部屋に忍んで。むつまじく寝床で語らったその夜のことが忘れられません。初雪がうっすらと積もった十一月三日、もったいないことですが、宮様は手ずから雪をひとかたまりすくって『そちの肌はこれじゃ』と、私の懐に投げ入れたそのお姿と、今のお前様とが重なって、昔を思い出します」

「さて、その宮様と俺が似ているとは、どこが似ているのだ」

世之介が、戯れに話を合わす。

「どこと言われても、何一つとっても生き写しでございますよ。ことさら風の強く吹いた朝には、暮らしはどうだと、白綸(しろぬめ)[8]の着物を賜り、また西陣で一人暮らしをしている母がかわいそうだと、米、味噌、薪、家賃まで用立ててくださいました。宮様はまだ十一歳なのに、よく気のつくお人でした。お前様も、何かとよく気のつくお方とお

6 色茶屋に勤める茶屋女を、似卜(にぼく)(二木)ともいい、客が望めば閨(ねや)を共にした。
7 一年、または半年契約の奉公人の交替期。三月五日と九月五日。
8 光沢のある薄地の繻子(しゅす)。西陣で産した。

見受けします。ひとしお、おいとおしうございます」

世之介の歳を見抜いて言いたい放題。相手をよく見て、それに合わせた手管(てくだ)を駆使するとは、これこそ都の人たらしである。

巻二

一　あばら屋の寝道具（はにふ[1]の寝道具）

その年、世之介は十四歳の春が過ぎ、四月一日の衣替えから、若衆振り袖をやめて、詰め袖[2]に替えた。世間が惜しいと思ったのは、その振り袖の後ろ姿があまりに美しかったからである。世之介は少々思うことがあって、初瀬（はつせ）の長谷寺（はせでら）に参詣に出かけた。一人二人の供を連れて、雲井のやどり[3]という坂を上った。「人はいさ心もしらずふる

一の1　埴生の小屋。土壁のあばら屋。
2　男女とも、十三、四歳になると、振り袖の脇（八つ口）をふさぎ、詰め袖にした。
3　長谷寺（奈良県桜井市初瀬（はせ）に所在）山内の雲井坊の前の坂。

さとは花ぞ昔の香ににほひける（人の心はどう変わってしまうか分からないのに、親しんだ場所で咲く梅の花は昔に変わらず香っている）」と紀貫之(きのつらゆき)が詠んだ梅も、もう青葉に変わっていた。青々と繁る山深く分け入り、世之介たちは長谷寺に着いた。

「こんなことを祈るのは恐れ多いけど、いつになったら、あの女(ひと)から良い返事がもらえるのかな」

世之介が、そうつぶやいているのを、供の者が聞いて、また、浮わついた恋が成就するように祈っているのか、とあきれるばかり。

帰りには、満開の頃はさぞ見事だろうと思いながら桜井の里を過ぎ、十市(とおち)、布留(ふる)の神社[4]を北に見て、暮れには椋橋山(くらはしやま)[5]の麓に着いた。折しも麦秋（旧暦五月）半ばで、粗末な百姓家から、から棹[6]の音が聞こえ、里の子供が、麦藁籠(むぎわらかご)に雨蛙を入れて遊んでいた。ごみ捨て場から生えた、奇妙な実をつけたなた豆[7]が、垣根に蔓(つる)をからませていた。

その垣根から内を覗くと、若衆盛りの振り袖姿の若者たちが、下男に身繕いを手伝わせていた。髪の結い方は玄人(くろうと)っぽく、紙紐をつけた洒落た編笠の様子から見て、こんな片田舎には似つかわしくない連中だと、不思議に思って供の者にきいた。

「ここは仁王堂(におうどう)[8]といって、京大坂の飛子(とびこ)[9]が客を取る宿でございます」

と、知ったかぶりをして得意げに説明する。今夜、色事もなく寝るのは嫌だと思っていたところだったので、ぜひここで旅の一夜を明かそうと、こっそり話をつけて、外から見ても目立たない座敷にあがった。

座敷では、亭主が若衆の名を呼んで、一人一人紹介する。思日川染之介(おもいがわそめのすけ)様、花沢浪之丞(はなざわなみのじょう)様、袖嶋三太郎(そでしまさんたろう)様、みな外見はあでやかである。まずは酒宴にして、金剛[10]の角内(かくない)、九兵衛(くへえ)を呼び出し、祝儀をたっぷりやる。そのうち酔っ払って、盃のやりとりに無理難題をしかけ、夜が更けるにつれ、月がゆがんだの、花がねじれたのと、訳の分からないことをわめきながら騒ぐようになったので、頃合いを見て寝道具を敷かせた。横縞の木綿布団に、栴檀(せんだん)の丸木の引切り枕[11]が並んでいる。夏を過ぎても生き残った

4 十市は奈良県橿原(かしはら)市十市、布留の神社は天理市布留山北西麓の石上神宮(いそのかみ)。
5 桜井市倉橋にある多武峰(とうのみね)の東嶺。
6 打ち付けて米や麦の穂から籾(もみ)を落とす棹。
7 秋に、鉈(なた)のような三十センチほどの大きな実をつける。
8 安倍の文殊院(もんじゅいん)（奈良県桜井市阿部）への途中にあり、近隣の僧相手の陰間(かげま)（男娼）宿があった。
9 旅回りの男娼。
10 役者や陰間の草履取り。

蚊がいるかもしれないと、擂り鉢に籾殻を入れて燻らせる。同じ煙だと思えば、蚊遣りも伽羅[12]を焚いているような気分だと、良い気持ちになって若衆に添い寝する。世之介の体に、皮癬[13]が治ったばかりの手をかけてくるのも、嬉しいやら悲しいやら複雑な気持ちである。しかし、これも勤めだからと思うと、この若衆がいとおしくなる。

「ここに来るまで、どんな里、国々を旅してきたのだ」

「こんなにやさしくしてくださったのですから、隠し立てなどいたしません。私は、はじめ糸縷権三郎[14]殿に抱えられておりましたが、のちに笛吹きの喜八親方のもとで飛子を勤めるようになりました。安芸宮島の芝居好きの客を相手にすることもあれば、備中宮内[15]や讃岐の金毘羅に行くこともありまして、定まった宿とてありません。そんなわけで、住吉安立町の隠れ宿、河内の柏原など転々として、この里に来てからは、今井谷や多武峰の坊主連中を手玉にとっております。なかでも、飛子に容赦ないのは八幡の学仁坊と豆山の四郎右衛門で、二人とも無類の男色好き。この相手を勤めるのは、飛子が激流を越えるようなものです。二人にさんざんいたぶられると、どんな客とでも寝られるようになります。いつしか、柴を刈って得た樵夫の銭を人気のない山陰でまきあげたり、漁師の潮臭い着物をはぎ取ったり、銭を搾り取る算段しか考えられなくなりました。衆道の意地が二の次になるのは情けないかぎりです」

作り話にしても、まんざら嘘とも思われない。

「ところで、嫌な客に買われた夜はどうするのだ」

「たとえ、足に皹がある客でも、一度も楊枝をつかったことのない客でも、こちらから嫌だとは言えません。秋の夜長、宵から夜明けまで客のいいなりにいたぶられる、その無念さ。人知れず、泣きながら生きてきましたが、そのかいがありました。来年四月には、十年の年季が明けるのを、今か今かと待ち望んでおります。しかも、明後日から金性[16]の者は有卦[17]に入って七年間は幸せが続くと申します」

ちょっと待てよ。金性ならば、この飛子の年頃から考えて、二十四の金か。十四歳

11 丸木を切っただけの枕。
12 香を焚く香木、沈香の最高級品。
13 ヒゼンダニの寄生によって起こる皮膚病。疥癬。
14 寛文九年（一六六九）、都の歌舞伎芝居の名代（奉行所が認めた興行権）を許された。
15 吉備津神社（岡山県岡山市）の門前町。
16 木・火・土・金・水の五行の「金」に、生年月日の当たっている人の性。

の自分より十も年上だ。こんなところでは、年齢の話は、しないほうがいいな。
　世之介はつくづく、そう思うのだった。

二　夫に死に別れても捨てられぬ浮世（髪きりても[1]捨てられぬ世）

「色事はやめられないのが世の常だが、とりわけ後家（ごけ）ほど男になびきやすい女はいない」と、ある人が言ったとか。長年の連れ合いと死に別れた当初は、自害したり出家したりする女もいるものだが、時がたてば再婚する例もないわけではない。残された息子や財産に未練があって、つらい一人暮らしを続けるのも、とどのつまりは我が身が可愛いからである。

　夫に死なれたあと、蔵の鍵に気をつけ、引き合わせの戸には枢（くるる）[2]を落として用心し、顔を出さねばならない火の用心の自身番[3]も、代役を頼んでしのいでいたが、女の独り身では、いつの間にか庭は落ち葉に埋もれ、軒の屋根の葺（ふ）き替え時を忘れて雨漏りするようになってしまう。雨の夜や雷が鳴るときには、夫にすがって頭から布団（ふとん）をかぶったことや、怖い夢を見て、「ねえねえ、ちょっと」と夫を起こしたことなど、今思い出しては独り身が悲しくなる。

そして、寺参りを始め、派手な模様の着物で着飾るのもすっかり嫌になる。しかしながら、世渡りのためには、昔からの得意先は特に大切に扱わなければならない。手ずから算盤(そろばん)を置いたり、銀の善し悪し(よしあし)を見分けることができたりしても、女では物事が思うように運ばないこともある。万事手代(てだい)に任せるうちに、いつの間にか手代がわがままになって、主人である後家を「様」抜きで呼びつけるようになる。嫌々(いやいや)ながら手代の機嫌をとっているうちに、悔しいと思う気持ちも薄らいでしまう。そうなると、下男下女の艶(つや)っぽい話を聞いては心が乱れ、手代と浮き名がたつこともよくあることだ。

「わしは、後家をくどき落としたことが何度もある。こうやるのだよ。葬礼の参列者

---

17 陰陽道では、金性の者は卯の年・卯の月・卯の日・卯の刻から、縁起の良い有卦に入り、七年続く。

二の1 夫に死なれた妻は、肩先で髪を切った。

2 戸締まりのため戸の桟(さん)から敷居に差し込む木片。おとし。

3 町の四辻(よつつじ)などに置かれた町内持ちの番所。火の番など、町の雑務を行った。

に、家の様子を尋ね、夫の亡くなったあとは、こうこう、こうなっているとわかったなら、死んだ男と知り合いではなくても、袴肩衣の喪服を着て、『亡くなった御亭主と自分とは兄弟同然のつきあいでしたが』としみじみとお悔やみを言う。その後は、子供の様子を気にかけ、火事など起こればいち早く駆けつけて、万事頼もしく思わせておく。後家がうちとけてきたなら、杉原紙[4]に思いを書き付けて女をくどく。そうやって、わしは後家を幾人も、ものにしたぞ」

ある男が、そう自慢しているのを小耳にはさんで、それは面白いと感心した世之介。今や色事盛りの十五歳である。この年の三月六日には、髪を元服前の角前髪[5]に整えた。

さて、女の目を惹く年頃になった世之介は、蛍狩りをしようと石山寺[6]に参詣した。その日は四月十七日、湖水もひときわ涼しげである。そこに、水色の絹帷子に、同じ色の糸でさいわい菱[7]の文様を目立たぬように刺繍させ、舶来の中幅帯を前結びにした女がやってきた。今流行の吹きかけ手拭い[8]をして塗り笠を被ったその女は、ただ者とは思われない。お供の腰元たちの身のこなしも、水くみや石臼を碾くような下女のそれではなかった。塗り笠の女は階段をゆっくりと上がり、腰元たちに、ここで創られた物語[9]の粗筋を聞かせている。何を願ったのか、お神籤[10]を引いて「三度まで三番の凶がでるとは恨めしいわね」とつぶやいた。その横顔を見ると、惜しいことに黒髪を肩先で切っていた。なんと色っぽい後家だ。紫式部がこの世に現れたのかと思いながら見ていると、女も世之介に思わせぶりの流し目をして、袖を触れながら通りすぎた。

　この後家、供の女を介さず、自ら世之介を呼び返す。

「たった今のことですが、お腰の刀の柄（つか）で、私の薄衣（うすぎぬ）がひどく裂けてしまいました。黙って通り過ぎるとは、あまりなされよう。すぐに元通りになおしてくだされ」いろいろ詫びても聞き入れない。「ぜひ、元の絹を」と言い張る。世之介は困り果てた。「では、都から取り寄せることにしますので、こちらへ」

4　奉書紙（ほうしょがみ）に似た、薄手で上質の和紙。
5　十四、五歳の少年が、前髪の生え際を剃って額を角形にする。半元服（略式元服）の髪型。
6　滋賀県大津市の石光山（せっこうざん）石山寺。
7　菱形を花弁のようにした花菱を四つ組み合わせた紋を細かく並べた着物の文様。
8　笠の下に、手拭いを吹きなびかすようにかぶること。
9　石山寺で、紫式部が『源氏物語』須磨・明石の巻を書いたと伝えられる。謡曲「源氏供養」を踏まえた叙述。
10　観音籤。木箱から、一から百の番号と吉凶を記した竹簡を引く。三番は凶。

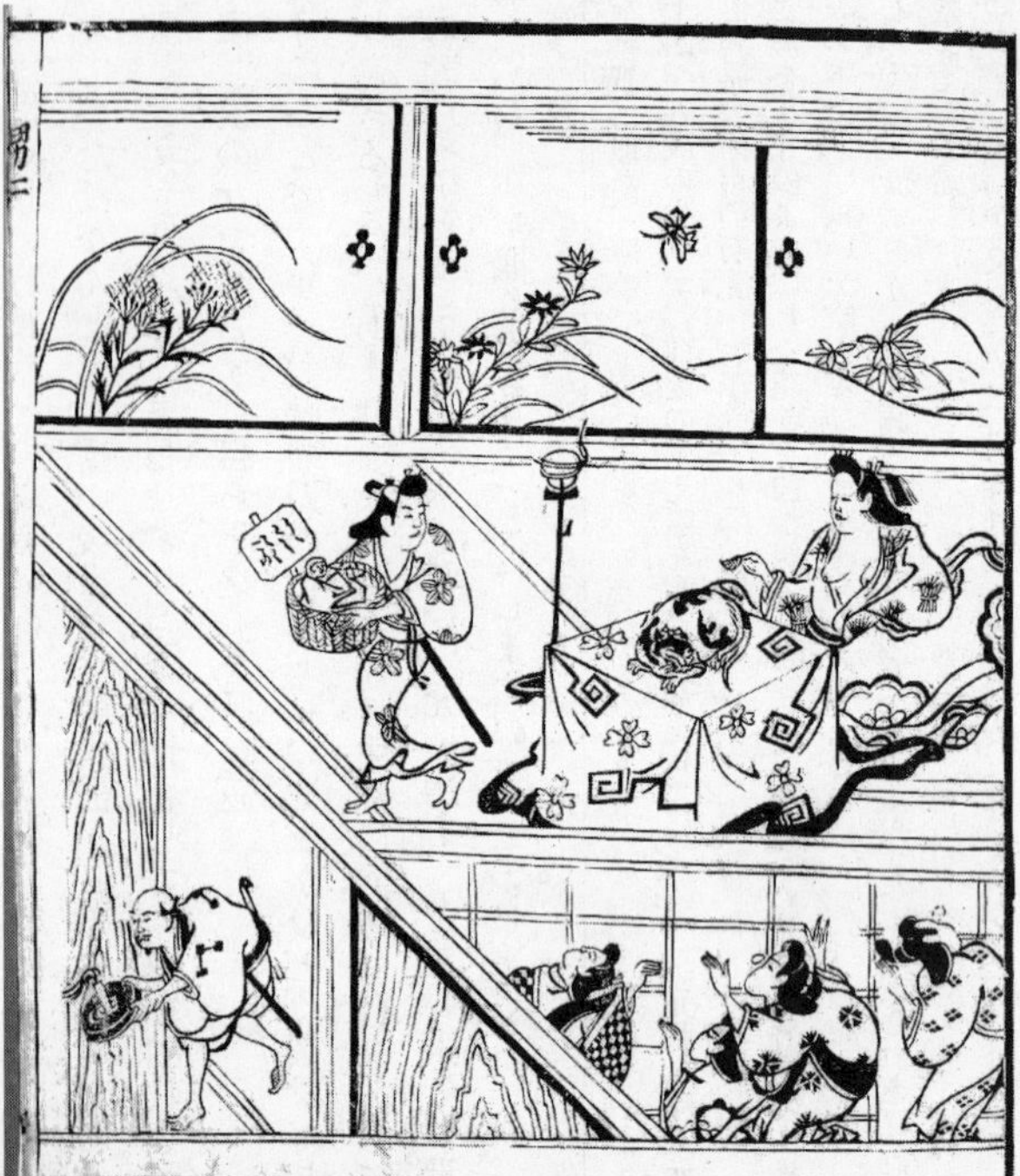
男二

後家を納得させ、松本[11]という里まで引き返した。そこで、人目につかない貸座敷に入る。

「恥ずかしいことですが、お近づきになる手立てに、自分で袖を引き裂きました」と、この女が打ち明けた。深く睦び合った後、「なお恋しく思ってくださるのなら」と後家が住まいを明かした。逢瀬を重ねるうちに女が孕み、程なく子が生まれた。仕方なく捨ててしまおうとしたが「あはれなり夜半に捨て子の泣き止むは親に添い寝の夢やみるらん（哀れなことだ、夜中に捨て子が泣き止んだのは親に添い寝した夢をみたのだろうか）」[12]という小野小町の詠んだ歌も思い浮かぶ。

哀れだったが、結局世之介は、わが子を六角堂[13]のあたりに捨てたのだった。

---

11 大津市の東南の地。

12 この歌は、室町時代中期の歌人、飛鳥井雅親の詠と言われるが、作者を小野小町とする俗説があった。

13 京都・天台宗頂法寺。本堂が六角造り。このときの捨て子が、西鶴『諸艶大鑑』の主人公「世伝」となる。

三　女は想定外（女はおもはくの外(ほか)）

小塩山(おしおやま)[1]の名高い桜もすっかり散ってしまい、もっと咲いていればと惜しまれる季節になった。その頃、吉岡憲法(よしおかけんぼう)[2]という男伊達(おとこだて)が始めた捕手(とりて)術と居合抜きが流行っていた。世の風俗も、髪は、鬢(びん)を細く剃り下げた糸鬢(いとびん)にして、元結(もとゆい)を二筋かけ、口髭をたくわえる。袖丈が一尺九寸に足らない着物に、色糸で編んだ組帯(くみおび)をして、鮫皮(さめがわ)で鞘を巻いた大脇差を差す。これは、と思うような男前は、当時はだいたいこんな風だった。

都に住む人の風俗さえ、今に比べたら、その頃はひどいものだった。梅の名所の北野天神に詣でては梅花を散らし、大谷[3]に出没しては藤の枝をへし折る。鳥辺山(とりべやま)の葬礼の煙は、五服つぎの煙管(キセル)[4]の煙ぐらいにしか思わない。家来の小者には、瓢簞(ひょうたん)と毛巾着(けぎんちゃく)[5]を下げさせる。まったく昔の伊達風は、今なら田舎者のような野暮な風俗である。

さて、東山の峰続きの岡崎という所に、妙寿(みょうじゅ)という尼が草庵を結んでいた。東南の日差しを受けない北向きの庵で、仮名書きの手紙の書き損じを貼った襖障子(ふすましょうじ)も、手紙の宛名をみな破いてあるのは、いわくありげに見える。一間(ひとま)をわざと薄暗くこしらえているのも、いよいよあやしい。

「いったい、ここは、どういう所なのだ」

世之介が一緒にいた奴（やっこ）仲間にきくと、都で知られた暗宿（くらやど）[6]だと言う。

「小川通りの糸屋の見世女（みせおんな）[7]、室町通りの牙婆（すあい）[8]、そのほか仕手殿（してどの）[9]など、みなここの世話になるのだ」

言い終わらぬうちに、小柄な女がやってきた。年頃は片手を四度ばかり数える（二十歳）ぐらい、澄んだ目が涼やかで、そばかすがあって、どこか男好きする容貌であ

三の1 京都大原山の別称。山麓の小塩山勝持寺（おしおざんしょうじじ）には桜が多く、西行桜と称された名木があった。
2 京の染物屋だが、吉岡流剣術の祖となった。慶長十九年（一六一四）歿。
3 親鸞の廟所のある西本願寺別院がある。藤の名所。
4 慶長・寛永ごろ流行った花見煙管。約九十センチの長煙管で、火皿が大きく、通常の煙管五服分を一度に吸えるので、五服つぎと称した。
5 熊や鹿の毛皮で作った煙草入れ。鮫鞘（さめざや）、花見煙管と同じく、近世初期に流行した。
6 私娼などが利用し、また客に娼婦を紹介した出合い宿。
7 糸屋の客寄せ女で、客相手に売春した。
8 呉服屋と契約して、行商しながら客を取った。
9 鹿子（かのこ）絞り屋の女職人。

る。この女、氷蒟蒻(こおりこんにゃく)[10]に海棠(かいどう)の花を折り添え妙寿に渡すが、世之介たちがいるので恥じらっている。

「今日は、今熊野(いまぐまの)[11]あたりで目薬を売っているから買ってくるようにというお使いでまいりました」

と言って、あわただしく立ち去った。「あの女は？」と妙寿に尋ねる。

「あの方は、烏丸(からすま)通りの、名を言えばみなさんご存知の、さるご隠居に召し使われていますが、同じ家に住んで家計をやりくりする手代と懇(ねんご)ろですので、他の方とつきあうなんてことは思いも寄りませんよ」

「そうなら、そりゃ、実のならずの森の柿の木で、食おうにも食えまい。何でもいいから、口に入る物が欲しいものだ」

世之介が、そう持ちかけると、話しているうちに薬罐(やかん)に湯が沸いたので茶碗を用意しながら、「いずれたっぷり熟した、フフフ、アレでもご馳走でもしましょうね」と、妙寿は応じた。

それから世之介はどこかに出かけ、昼を半時（約一時間）過ぎた。

羽織や重ね着が苦になるほど暖かくなってきたのに、世之介は、窮屈そうな頭巾(ずきん)をかぶったまま寛(くつろ)ごうとしない。仲間に「脱げ」と言われても一向に脱ぐ素振りを見せなかった。

「そのほうは十六歳。昔なら初冠(ういこうぶり)して、にわか業平と言われたことじゃろう。ちょっと、冠の似合いそうなお顔を拝ませてくれよ」

いたずら者が頭巾を取ると、左の額際にかけて、まだ血のかわかぬ生傷がいたいたしい。まさしく打たれた傷なので、一同は驚いた。

「誰に、こんな目にあわされたのだ。奴(やっこ)仲間がやられっぱなしでは、わしらの我慢がならぬ。たとえ相手が、今評判の天狗(てんぐ)の金兵衛(きんべえ)、中六天(ちゅうろくてん)の清八(せいはち)、花火屋の万吉であろうとも、わしらが、きっと仕返しをしてやるぞ」

と口々にわめく。

「とんでもない。かなわぬ恋で、この体(てい)たらく」

世之介は閉口するが、「ぜひとも、そのいきさつを語れ」と問い詰められて、言わ

---

10 厳冬期に凍らせた、煮物用の蒟蒻。

11 京都市東山区泉涌寺(せんにゅうじ)山内町(やまのうちちょう)にある今熊野観音寺の俗称。

なければならなくなった。

「ご想像とは大違い。俺の下屋敷のある河原町に、小間物屋の源介といって、丹後国宮津に行商している者がいる。留守を頼まれていたので、時々訪れて火の用心の見回りなどしていたところが、その女房は、椹木町[12]のさるお屋敷に奉公していたとか。その色気たっぷりの容姿に夢中になって、道ならぬ恋心を縷々書き付けた手紙を何度も渡したが、一向に返事がない。ある時、面と向かって口説いたところ『不倫しようなどとは考えたこともございません。私には二人も子供がいるのに、なんともあさましいお心持ち』ときっぱり断られても、『こんなに惚れたのも命がけ。言うことを聞かなければ殺してやる。俺は地獄に落ちてもかまわないぞ』と、ひるまず口説きかかると、どう思ったのか、『それほど好いていただいているとは、少しも存じませんでした。そういうことなら、今夜二十七日は月のない闇夜。よもや人には知られますまい。夜、忍んできてくだされ』と言い捨てて奥に入った。人々が寝静まったころ、約束通り門口に立ちよると、中から潜り戸をあけ『こちらにいらしゃい』と言うので入ろうとしたら、手ごろの薪で、このように眉間を打たれて『夫以外の男と会うと思ってか』と、ぴっしゃり戸を閉められてしまったわけだよ」

世には、こんな貞節な女も、まだいるものだ。

四　起請文(きしょうもん)の漆判（誓紙のうるし判）

奈良で晒布(さらしぬの)[1]を仕入れ、越中・越前の雪国で売って夏を人々に知らせよう。それにはまず商売の道を知らなくてはと、春日の里に[2]商売仲間がいたので、世之介は、奈良の三条通りの問屋の世話になることにした。ところが、今日は若草山の新緑を眺め、暮れてからは飛火野(とびひの)に蛍狩りと、商売そっちのけで遊んでばかりいる。あと数日で京に帰らなければならないのか、残念だと、世之介はここでの暮らしを惜しんでいた。

折から四月十二日、春日神社の鹿を殺して処刑された十三歳の子を弔うために鋳ら

12　丸太町と下立売(しもたちうり)との間の東西の町。禁中同心屋敷があった。

四の1　奈良特産の麻布。毎年、夏四月に売り出す。

2　この前後の文章は、『伊勢物語』初段「むかし男初冠(うひかうぶり)して平城(なら)の京春日の里に、しるよしして狩にいにけり」をパロディにする。

れたという十三鐘[3]の謂われは、聞くに哀れである。今でも鹿を殺した者は、その咎めをうけ、竹矢来[4]の中で処刑されるとか。だから鹿のほうでも人を恐れないで、山野はもとより、町中を駆けまわる。勝手に交合する鹿もいるので、交尾期となる秋の半ばが思いやられる。その頃には、萩も薄もきっと花盛りだろうと思いながら、花園という町筋を西に向かって歩いていると、脇差を一本差して、鬢つきの厚い、能や神楽の笛太鼓の一曲はできそうな者たちと出会った。このあたりに多い神主の息子や浪人連中である。彼らが大勢でざわめきながら、みな扇で顔を隠しているのはなぜだろうと、世之介が訝しんでいると、事情に詳しい人が土地自慢する。

「ここが、かの有名な木辻町という廓で、北は鳴川と言います。たぶん遊女の風俗は都にも劣りますまい。三味線の撥捌きも見事なものです。あなた様も竹格子のなかの女郎の顔を覗かないでは、都に帰れないと思いますよ」

これは聞き捨てにできないと、世之介は七左衛門という、女郎と遊ぶ揚屋にあがってみた。

遊女屋から女を呼ぶのも手軽なもので、ちょうど客のいなかった志賀、千歳、きさなどという女郎が揚屋に来たが、気に入らなかったので酒だけ飲んで帰した。その後、近江(おうみ)という女郎を呼んでみると、たしか大坂新町遊廓では、玉の井という名で女郎をしていた女である。流れ流れてここに住んでいたとは、と驚いた。その夜は客がいないのを幸い、揚屋の女房に揚代を支払って、深夜まで二人差し向かい、初会から隠しごともせずに語り合った。

木辻町のならいで、禿(かむろ)が付かず、女郎自身が燗鍋(かんなべ)を運ぶのは、見慣れぬうちは風変わりで面白い。「床の用意ができました」などと、男衆から声がかかり、その案内で小部屋に行く。六畳間を幾つにも仕切った小部屋の、湊紙(みなとがみ)[5]で腰張りした壁に、達筆で「君命(きみいのち)」「我は思えど」などと落書きがある。どんな人がここで女郎と寝たのかと、座ったまま横にならずにいると、最前の廓の男が潜り戸を鳴らしてやってきた。「お茶が欲しいなら」と、湯桶(ゆとう)[6]と茶碗を置いていった。この手軽さは、伏見から大坂に向

---

3 興福寺の東南にある法相宗(ほっそうしゅう)菩提院(ぼだいいん)にある鐘。明け七つと暮れ六つに鐘を撞(つ)いたので七と六を合わせて「十三鐘」と呼ばれたが、本文に書かれているような俗説があった。

4 竹を粗く縦横に組んだ囲い。

5 大坂湊村で産した、粗製で鼠色をした奉書紙。

6 湯を入れる漆器。

かう淀川の下り船に乗っているようだ。

「一夜のことなので、足が触っても互いに御免」

隣床の男に、下り船に乗るときのような挨拶をして寝転ぶ。

隣の様子を見ていると、伊賀上野の米屋が、大崎という女郎と四五度も馴染んだとみえて話をしている。明日は国元に帰るからと、女郎が、東大寺二月堂の牛王（ごおう）の護符、西大寺（さいだいじ）の気付け薬豊心丹（ほうしんたん）を、餞別（せんべつ）に渡していた。客もおかしな奴で「故郷の山の神（古女房）と会って瘧（おこり）[7]をおこしたら、これで治そう」と笑いながら起き上がり、亭主を呼び出した。

「今まで遊んだが、それほど銀をつかわなかった。今という今、粋人（すいじん）になったにちがいない」

と言うと、揚屋の亭主も面白い男である。

「まだお考えの及ばないところがございます。本当の粋人は、ここへは来ないで、家で小判を数えておりましょう」

一同「これはもっとも」と笑うのを世之介は余所（よそ）ながら聞いていた。こんな田舎遊里にも、世慣れた男がいるものだと思いながら、夜が明けたので近江と別れた。

その後も恋心が残って、また宿に近江を呼び寄せた。近江には、下帯につかう晒に比翼紋[8]を縫わせて、可愛がられたり、可愛がったり。そのあげく、固めの起請文を取り交わした。晒に捺した漆判が朽ちないのと同じように、二人の仲が、いつまでも変わらないようにと祈ったのだ。

五　旅の途中の浮気心（旅のでき心）

江戸大伝馬町三丁目に、絹綿を商う出店があった。その店の収支決算を調べるために、世之介は、十八歳の十二月九日に京を出立した。粟田山を越え、雪の降り積もった逢坂山の杉並木の雫で、履いたばかりの草鞋が濡れてしまった。我慢して、険しい岩角を踏みしめていく。今日、二日目の泊まりは、鈴鹿の坂下宿である。この宿場で一番立派な大竹屋という旅籠屋の大座敷に着いた。疲れを取る水風呂[1]で

7　悪寒と発熱が続くマラリア性の熱病。
8　原文は「さらしの縫じるし」。意味未詳だが、客と遊女の紋を並べた比翼紋を縫いつけた晒布で褌を作ったということか。

湯を浴びるとすぐに、世之介は「この宿で羽振りのいい遊女は誰だ」と品定めを始めた。鹿・山吹・みつという三人が、樵夫の鼻歌に歌われるほどの女だというので、この三人の女郎を呼び集め、尽きることのない山水のように、夜明けまで酒を酌み交わした。朝を告げる鶏の声を聞いてこの宿を後にした。

それから日数を重ね、御油、赤坂宿の飯盛り女を床の相手にした。宿場に着くと、そこの色良い女とことごとく同衾し、やっと駿河国江尻という所に着いた。今日までは浮世を楽しみながら旅をしてきたが、明日は、親知らずの荒磯[2]を進むので、下手をすると海の藻屑になるもしれない。

ここ江尻では、南は三保の入り江を見晴らし、松原が手に取るように眺められる。舟木屋の甚介という宿の主人が世之介を気さくにもてなした。ここの磯で採れるという鹿尾菜や海松貝を肴に酒を飲む。酒宴もあらかた済んで、この土地の掟や慣習について話を聞き、「金一歩で銭はいくらになるのだ」と相場を尋ねてから両替をたのんでおく。

雨戸につかえ棒をして、あとは寝るだけと身支度を整えていると、誰か分からないが、顔を隠して説経節[3]を連節[4]しているのが哀れげに聞こえてきた。今までは手枕でうたた寝していたが、すっかり目が覚めた世之介が、早立ちする客のために飯を炊いている女に「あれは、誰が歌っているのかい」と尋ねた。

「この宿場に若狭、若松という姉妹がおってさ、そのきれいなお顔を、昼間、お客さんにも見せたいほどだよ。その姉妹の口まねをしているのさ」

「へえ、その姉妹に、ぜひ会ってみたいものだが」

「今言って、今すぐに会えるなんて、思いもよりませんねえ。どんなお客でも、まだ日の高いうちに、ここに泊まって、朝も急いで出発しないほどだよ。五日も七日も逗留（とうりゅう）したり、仮病をつかったりして、やっとこの姉妹に会えるのさ」

と聞くや、世之介は江戸に行く気はすっかり失（う）せて、関所のないのは幸い、ここに住んでしまおうと、心に決めた。

五の1　蒸し風呂に対し、湯を沸かす風呂をいう。

2　静岡県興津から由比にいたる途上の難所。薩埵山（さったさん）が海にせまり、「親知らず子知らず」と恐れられた。

3　説教の口調を曲節化した、哀調をおびた語り物。

4　二人以上が節を合わせて歌うこと。

それからまもなく、世之介はその姉妹と馴染みになった。夜には、左に若狭、右に若松を添い寝させる。松風・村雨を召された行平中納言[5]のようだというので、今中納言平様と呼ばれ、すっかり浮き名が立った。帰京するときには女たちを連れていかなければと、抱え主と交渉して二人を身請けした。女手形も、ある人の好意で手に入れて、今切の関[6]を無事通ることができた。

その夜は二川宿で旅寝し、姉妹が江尻で旅人の足を止めたときの話など聞いたが、なかなか面白かった。

「六月ごろ、蚊の羽音が悲しげな夜には、萌葱色の二畳づりの蚊帳を次の間につって、『肌を見る人もいないのだから、いっそ裸で寝ようかしら』と独り言を言えば、その声につられて『では、慰めにいこう』という具合に、うまく客を手玉にとれます。また冬の夜には、寝道具を貸すふりをして貸さなかったり、鶏の止まり竹に湯をしかけて鳴かせ、深夜に客を起こして追い出したり、いやな客には、いろいろ難儀な目にあわせました。その報いはどんなものか考えると恐ろしい。あなた様のおかげで、そんな生活から逃れることができました。ありがたいことです」

二人は大喜びだったが、ただ、一つ困ったことがあった。いつ都の音羽山を見られるか分からないのに、江戸にたどり着くまでの旅費がなくなってしまったのだ。女二人の上着などを売って、やっと芋川（いもかわ）という村に着いた。

そこに若松の昔馴染がいたので、その人の世話になって、荒れた笹葺きの粗末な小屋を借りた。ここの名物平打ち饂飩（うどん）を作ることを覚え、行き来の駒を止めて[7]、衣の袖の埃を払う旅人に「袖打ち払う雪かとみれば」などと歌いかけて暮らした。

世之介も、竈（かまど）で火を焚（た）く片手に三味線を手放さず、うかうかとその日暮らしをしているうち、饂飩店もすっかり寂れてしまった。後には、二人の姉妹は花園山の麓の村で、出家して世捨て人となった。頼みにしていた世之介にも捨てられ、まことの道心者となったのである。

5　巻一（六）の注4参照。
6　旧新居関（あらいのせき）。浜名湖の渡し場の関所で、鉄砲の関東流入と女が上方（かみがた）へ出ることを厳しく取り締まった。特に婦女子が関所を通るときには、男より記載が詳細な女手形が必要だった。
7　この前後の文章は、藤原定家の詠「駒止めて袖うち払ふかげもなし佐野のわたりの雪の夕暮れ」（『新古今集』）を踏まえる。

六　出家しなければならないはめに（出家にならねばならず）[1]

茜色(あかねいろ)の日を見ては夜明けだと思い、燭台(しょくだい)の光で、今日も日が暮れたことを知るという朦朧(もうろう)とした状態で、世之介は昼夜の区別もつかない有様。恋に身をやつし、みすぼらしい姿となって、やっと江戸にたどり着いた。

出店の手代一同は喜んで「行方(ゆくえ)知れずでございましたのを、おふくろ様はどんなにか嘆いたことでしょう」と、流浪していた世之介をなぐさめた。ところが、世之介の好色は一向におさまらない。深川八幡(ふかがわはちまん)の茶屋女、築地(つきじ)、本所入江町(ほんじょいりえちょう)の娼婦、目黒不動門前の茶屋女をあさり、品川の連飛(れんとび)[2]、小石川白山神社の門前や谷中三崎(やなかさんさき)の得体の知れぬ女を買いまくる。浅草橋の内[3]では、うなずくことだけで女と話がまとまることまで覚え、果てはお針子の出合い宿や板橋宿の飯盛女まで遊び尽くした。次第に橋場(はしば)[4]から吉原に足を向けるようになったのは空(そら)恐ろしい。

そうしているうち、世之介の放蕩(ほうとう)が京の親元にばれて、勘当(かんどう)だと厳しく言い渡された。

「つらいこととお察ししますが、このまま色事を続けていては、お命も危うくなりましょう」

出店を任せられていた小利口な手代の才覚で、ある寺の僧に頼んで、十九歳の四月七日[5]に世之介を出家させた。

谷中の東にある七面（ななおもて）の明神[6]の辺り、心も澄むような武蔵野の月よりほかに友もいない呉竹（くれたけ）の藪（やぶ）の奥深くに庵を結んだ。忍冬（すいかずら）や昼顔の花を踏みしだいて道をつけた草葺きのあばら家だが、やっと身の置き所がここに定まった。水さえ不自由なので、遥か遠くの岡から筧（かけひ）で引いて手で掬（すく）うような境遇である。世之介は、おのずから世間を疎（うと）み、一日二日は阿弥陀経（あみだきょう）など読んで殊勝に暮らしていた。しかし、よくよく考えると、出家しても面白くもない。そもそも来世は見たこともないし、地獄の鬼や極楽

六の1　世之介十九歳。釈迦が十九歳で出家したという俗説を踏まえる。
2　品川宿の色茶屋の女をいう。
3　日本橋横山町から矢の倉一帯。そこに出没する夜鷹（よたか）（街娼）をいうのだろう。
4　浅草今戸（いまど）から隅田川の川上にいたる地域。
5　釈迦誕生の四月八日をもじる。
6　谷中日暮里の延命院（えんめいいん）にある。将軍家綱（いえつな）の母が建立した。

の仏と逢うよりも、鬼も仏もいない昔のほうがましだと腹をくくって、爪繰っていた数珠の珊瑚珠を売り飛ばしてしまった。

何か面白いことはないかと思っていると、十五、六歳ぐらいの若衆がやってきた。礪茶小紋[7]の引返し[8]に鹿子繻子の後ろ帯[9]をしめ、腰にした中脇差[10]や印籠、巾着もよく似合う。筒の短い高崎足袋[11]に安物雪駄を履き、髪は髱を薄く、髷を大きく高く結っていた。若衆の後には、桐の挟み箱の上に帳面や算盤を重ねて、利口そうな男がついている。目立たないように装っているが、見るほどに美しい若衆である。

これこそ、噂に聞いていた香具[12]売りかと、気になって呼び返し、沈香などが欲しいと言うと、品物を用意するのに、とやかく時間をかけるのも面白い。「ご用があれば、またどうぞ」と言って帰ろうとするので、住まいを尋ねると「芝神明の前。名は花の露屋の五郎吉。親方は十左衛門と申します」と答えるばかりで帰ってしまった。皆目、勝手が分からないので、さすがの世之介も困惑したのには笑ってしまう。

後で、ある人に、どうすればいいのか尋ねた。

「たとえば、安物の盃一つ、香包み一つでも買って、金一歩ほどやり、酒など勧めれば、供の者は空寝入りをして、こちらの思い通りにいくものです。客が自分に気があると思えば、初めから売値を言うようなさもしいことはいたしません。彼らも様子は違いますが、陰間（かげま）のようなものです。まだ幼い草履取りの鼻筋の通った者を、あのように仕立てあげて、東国、西国の大名屋敷の侍長屋（さむらいながや）に一年交替で住んでいる田舎侍を騙す者もおります。門の出入りが厳しければ、門番に取り入って丸め込みます。また勤番（きんばん）侍を監視する横目付には、色仕掛けでしなだれかかり、気まずくなると、まじめな話ばかりして礼儀正しくふるまうのです」

「その草履取りというのは、どんなふうなのか」

「草履取りには、めいめい念者（ねんじゃ）[13]がいて、身の回りの小物や着物まで面倒を見、それは頼りがいがあるそうです。若衆勤めも得意客だけには許しますが、他の者と寝ること

7　赤茶色の地に小紋を染め出した布地。
8　裾と袖口を表地と同じ布で縫う仕立てかた。
9　鹿子絞りで染めた繻子の帯を後ろで結ぶ。
10　町人が差すことを許された、刃渡りが約三十〜五十五センチ程度の脇差。
11　群馬県高崎で製した足袋。
12　香や香合の道具を売る商人だが、美少年で、男色の相手となった。
13　巻一（四）の注1参照。

はかたく禁じ、屋敷にも出入りして、月に四五度は、我がものにして連れ帰るとのことです。近年、武家方ではすたれて、寺方で抱えることが多くなりました」

この話も聞き捨てにできず、庵には葛西の長八という草履取りを住まわせて可愛がり、香具売りでは、池之端の万吉、黒門の清蔵を贔屓にした。この三人の若衆を相手に日夜戯れ、いつしか髪を剃るのも怠って、伸びた髪を散切りにした惣髪を撫でつけるようになった。衣は雑巾のようで、台所には、食い残した白雁の骨や河豚汁を食った残りが散乱した。世之介は、燃え杭に火[14]という諺どおり、もとの好色者に、すっかり戻ってしまったのだった。

七　裏長屋の侘び住まい（裏屋も住み所）

侘び住まいの月は、勘当された二人で見てこそ趣があるものだと、[1]ある美女が記したが、世之介は一人身の出家となって、その通りだと得心する。夕方の風に軒の荻がざわめくし、早朝の豆腐売りはたまにしか来ないし、肉食をしない精進腹も、何となく物寂しいものである。人には恋知らずのように思われ、形だけは仏前の香を絶やさず焚いていたが、そんな暮らしをしていても、「死ぬときは死ぬ命。この際」と、思案をきわめた世之介は庵を捨てることにした。

まだ足下の明るいうちに、日の落ちかかる向の岡[2]を目指して庵を出て行く。折から最上の山伏大楽院という人が先導して、峰入り[3]する者たちが仰々しく通ったので、その衣にすがって吉野まで供したいと頼みこんだ。世之介の様子を見て「哀れと思え山桜、花よりほかに、秋は友とする人もいないのか」[4]と、不憫に思った山伏と師弟の約束を交わすことができた。

気ぜわしく馬を急がせ、岡崎の長橋[5]を渡ると、かつて若狭・若松と住んだ昔を思い出す。檜笠をかたむけ旅を急ぎ、日数を重ねて、後鬼前鬼を従えた役行者[6]の話が伝

---

14 「燃え杭に火がつく」「焼けぼっくいに火がつく」ともいう。止めていたものが元に戻るという諺。

七の1 『徒然草』五段「顕基中納言の言ひけん、配所の月、罪なくて見んことも、さも覚えぬべし」を女が言ったことにしてパロディにする。

2 上野忍ケ丘に向き合う本郷の高台。

3 修験者が奈良県吉野郡大峰山に入って修行すること。

4 「もろともにあはれと思へ山桜花よりほかに知る人ぞなし」（『金葉集』）を踏まえる。

5 愛知県矢矧川に架かる大橋。

わる険しい大峰に入った。ここで、修行のために懺悔(さんげ)をしたが、我ながら我が心が恥ずかしい。後世(ごせ)の安楽を願いながら荒々しい岩山を踏み分けて修行し、帰途についた。ところが娌(よめ)が茶屋とかいう所に来ると、はや好色な元の世之介に戻ってしまった。大坂泥川(どろがわ)[7]という地名のように、所詮心が澄むはずがないので、ここで一行と別れた。東南の藤の棚[8]に借家して鯨細工の耳掻きを削って、貧しいその日暮らしを始めた。

それでも、色遊びは懲りずに続ける。小谷(こだに)・札(ふだ)の辻(つじ)[9]の暗者(くらもの)[10]、月契約の妾、出合い女[11]まで、残らず探し回って体験し、そちらのことで知らないことはないようになった。すっかりこの道に打ち込んで、浮き名が流れるのは覚悟の上、世之介は、娼婦に名前だけ貸す亭主となった。

ところで、世之介が私娼たちの名義上の亭主となったのは何故かというと、娼婦たちは素性を調べられる小家(こいえ)吟味[12]が恐いので、名義上の亭主分をしつらえておいて、自分は売色するのである。中寺町(なかでらまち)・小橋(おばせ)[13]の坊主を手玉に取り、老いているので色町を覗けない隠居親仁(おやじ)の大切な銀(かね)をまきあげてしまうのも、この輩(やから)である。まことに煩悩の垢(あか)は落としがたい。その洒落か、簾(すだれ)越しに「洗濯屋」と書いてあるのが、うっすらと見え、明かり障子を閉め切り、真新しい青畳が敷かれているのは、いかにもいわくがありげ。そういう所は、だいたい妾稼業をしている女の住まいである。

妾といっても、身分のある家で世継ぎがいないとか、あるいは妻が長患いの間、気を紛らわせるために雇うものではない。こういう妾商売の卑しさは、その内情を知れば知るほど嫌になる。女一人で、今日は北浜の米問屋の手代、明日は桛糸（かせいと）買い[14]の誰それ、夜はさるお侍と、掛け持ちして、男を次々替えているのだが、知らないのは男ばかりで、小憎らしい。

---

6 役行者が、前鬼・後鬼の男女の鬼を使役して、大峰を開いたという伝説。
7 奈良県吉野郡天川村洞川（てんかわむらどろがわ）。
8 大坂谷町筋玉木町小谷観音にあった藤が有名なので、地名となった。
9 小谷は大坂南谷町の東西の通り。札の辻は、上本町五丁目の四辻で、高札場があった。
10 暗屋と呼ばれた淫売宿の私娼。
11 出合い宿で誰彼となく密会する私娼同然の女。
12 名主が町役人立ち会いで、借家人の素性を戸別に調べること。
13 大阪市中央区中寺・天王寺区小橋町。寺院が多い。
14 かせ枠に糸を巻いて枠から外したかせ糸を買い集めて、織屋に売る商人。

世之介はこの輩とも関係して、住まいの長屋を尋ねたところ、酒林[15]を軒から下げた小売り酒屋の細路地に棟割長屋の入り口が並んでいた。どの部屋にも北側に明かり取りの切り窓があるので、覗いてみる。底の抜けた篩の修繕屋、碾き臼の石の目切り屋、その隣には鉢開き坊主、[16]その次の部屋には手品師が住んでいる。世渡りは様々だが、炊事の煙も絶えがちな、食うや食わずの暮らしぶり。これを見れば世之介の無茶な好色も少しはおさまることだろう。

大溝[17]に差す日が陰ってきた。暮れ方なのに物干し竿に、飛紗綾[18]の腰巻や糠袋が掛けられているのは怪しげである。そこに、兼好が見たなら命盗人[19]とでも言いそうな老婆と、その娘にしてはおとなしそうな女が住んでいた。この娘は文字が書けるとみえて硯箱があり、掛け軸の仏の下にはくくり枕[20]が置いてあるのが、まず一番に目に付いた。この長屋には不釣り合いな大まな板や、潰れかかっている金物の銚子などもある。昔は身分ある者のなれの果てにちがいないと、変なところが気にかかって、世之介は是非にと入り婿してしまった。照手姫を娶ったために苦難にあった小栗判官[21]のようにならねばいいのだが。

15 杉の葉を球状に束ねた酒屋の看板。

16 托鉢をする僧形の乞食。

17 当時、大坂の町と町との間に掘られていた幅約一メートルから二メートルの下水溝。

18 紗綾に似た厚手の布に、花紋を散らしたもの。

19 むやみと長生きした人。『徒然草』の「命長ければ辱多し。長くとも四十(よそじ)にたらぬ程にて死なんこそめやすかるべけれ」による。

20 そば殻などを入れた袋の両端をくくった枕。箱枕、木枕などに対して言う。

21 説経節や浄瑠璃の「小栗物」の主人公。常陸国(ひたちのくに)小栗城主小栗判官助重(すけしげ)が、相模国(さがみのくに)の郡代横山大膳(よこやまだいぜん)の娘照手姫の婿となったが、さまざまな苦難にあう。

巻三

一　妾に支払う支度金（恋のすて銀（がね））

世に暮らしていると、堅苦しい袴肩衣（はかまかたぎぬ）[1]を着るのもうっとうしい。身だしなみだからと、毎朝髪を結わせるのも面倒である。男盛りの昔は金儲け（かねもう）に明け暮れたが、今は楽隠居の十徳（じっとく）[2]姿となって、男山（おとこやま）[3]の麓の八幡（やわた）町の柴の座というところで、自由気ままに楽しみを極めている男がいた。

屋敷の東側には小判三十万両を収める内蔵（うちぐら）を造らせ、銀を貼って贅（ぜい）を尽くした西側

一の1　袖無しの胴着と袴を着るのは、侍・町人の礼装。
2　儒者、医者や俳諧師などが着た外出着で、黒い布地で仕立てる。
3　京都府八幡（やわた）市の北部にある山。山頂に石清水八幡宮（いわしみずはちまんぐう）がある。

の座敷の襖（ふすま）には春画を描かせる。都から大勢呼び寄せた絶世の美人に、誰憚（はばか）らず裸相撲をとらせることもある。女力士には、生絹（すずし）[4]の腰巻を着せるので、白い肌と黒いところまで透けて見える。無礼講というのはこのことだ。この人は、もと若狭国小浜（わかさのくにおばま）の人で、北国（ほっこく）[5]筋の港の戯女（たわれめ）や敦賀（つるが）の遊女と遊び尽くして、今は上方に住んでいた。

ところで、勘当（かんどう）された世之介は、身を寄せる先もなく、門付け[6]の謡（うたい）うたいとなった。淀川沿いの交野（かたの）・枚方（ひらかた）・樟葉（くずは）の宿場を渡り歩き、男山の麓の宿場、橋本に泊まった。泊まるといっても、大和の猿回しやら西宮の人形遣いやら日暮（ひぐらし）[7]派の歌念仏やら、このような輩の泊まる宿である。皆、同じ穴の狐、本性を隠して化けた者ばかりだ。

この宿には、売子（うりこ）や浮世比丘尼（びくに）[8]など色を売る輩が集まってくるので、世之介は昼間かせいだ銭を夜には使い果たしてしまった。残った物は古扇と編笠だけで、その編笠を被って、放生川（ほうじょうがわ）[9]を渡って常盤（ときわ）[10]という町に入った。

その町の竹藪の奥に、寺小姓（てらこしょう）がちらっと見えた。世之介が「ここは?」と尋ねると、居合わせた者が「歴々の大金持ちの遊び所」と教えてくれた。それでは謡は堅苦しかろうと思い、「我ふり捨てて」[11]と、弄斎節（ろうさいぶし）[12]の調子をあげて、名人忠兵衛（ちゅうべえ）[13]風に、枝折（しおり）戸（ど）[14]から奥に向かって声を惜しまず歌った。

「あれは並の歌い手ではない。ちょっと様子をうかがってみよう」

耳のこえた楽隠居が歌い手の姿を覗き見ると、公家の落とし子かと思われるほど上品な容貌をしている。

---

4 繭から引き上げたままの精錬前の糸で織った腰巻。ゴワゴワしているが、薄くて軽い。腰が透けて見える。

5 北陸道。日本海側の国々。

6 家の門口で芸能を演じ、金品をもらう芸人。

7 日暮林清らがはやらせた、念仏に節をつけて歌った門付け芸。

8 売子は男色を売る若衆。浮世比丘尼は勧進比丘尼ともいい、熊野権現から出たと称し、地獄の絵解きなどをして米銭を乞うた尼だが、私娼化していた。

9 男山山麓の淀川支流。石清水八幡宮の放生会が行われる。

10 楽隠居の屋敷のある柴の座の北にある町。

11 弄斎節「我ふり捨てて一声ばかり、いづくへゆくぞ山ほととぎす」。

12 隆達節の祖・隆達の弟子弄斎が始め、流行した歌謡。元和・寛永頃から、京の遊里で歌われ、江戸でも流行した。

13 江戸筑後掾座に属した小歌の名人。

14 木や竹を打ち付けた簡素な戸。

「おおかた大金を無駄遣いして親に疎まれ、勘当でもされたのじゃろう」

さすが都近くに住む人だけあって、人を見る目は確かである。

折から楊弓(ようきゅう)[15]が始まった。おのおの、やっと朱書(しゅがき)[16]ぐらいの腕前を競いあっているようだったが、世之介は、ご隠居の道具を借りて、弓を取るや即座に五本の矢を射た。四本は的を外れず、そのうち一本は的中央の切穴(きりあな)を射通した。目を見張った人々から、世之介はまた射るように何度も催促された。

ご隠居は琴を弾こうとしたが、爪がなかったのを残念に思っていたところ、世之介が、みすぼらしい服の懐から、薄紫の袱紗(ふくさ)に包んだ瞿麦(なでしこ)の紋所(もんどころ)のある爪を出し「もし御指に合いましたら、どうぞ」と差しあげた。これには泥中の玉が光ったかと思われ、ご隠居の言葉遣いも改まった。

「しばらく、この里にお住まいなさい」と世之介を引き留め「明日は京都に妾を抱えにのぼります。一緒に行きませんか」と誘う。世之介は、我が意を得たりとばかり、妾について説明した。

「妾の内輪(うちわ)のことは、たいてい知っています。そもそも京は水が清いのですが、幼少から美しい少女を、顔は湯気で蒸し、指が太くならないように、指にはめ物をさせ、足袋をはかせて寝かせます。毛髪の癖をなおすために真葛（さねかずら）の樹液で髪を梳（す）き、洗い粉をけちらずに、身を磨き上げます。朝夕の食事にも気を遣って、女の嗜（たしな）みを教え込むのです。肌が荒れるから、木綿（もめん）物は着せません。こうやって妾に仕立てるのですが、妾すべてが生まれつきの美人というわけではありません。妾がつとまるような、生まれたときからの美人は稀です。今、人気あるのは丸顔で、桜色の肌をもった女ですが、そこは買い手の好み次第です」

　そうして世之介は御幸町（ごこまち）の斡旋屋（あっせんや）甚七のもとに出向いて、九州あたりの大名の御用だと告げた。

「歳のころは二十歳から二十四五まで。こちらでしつらえた美人画に合わせて、妾を選ぶつもりだ」

　と言い渡すと、斡旋屋の女房が触れを回した。その日のうちに七十三人が集まる。なかには、乗物[17]に乗って、下女や腰元を連れてくる者もいる。思い思いに着飾って、

---

15 屋内で、約八十五センチの小弓で約十四メートル先の的を射る遊び。

16 楊弓は一回五矢を放つ。二百矢のうち五十矢的中すると「朱書」と称したが、まだ初心者のレベルである。

唐の花軍[18]も、きっとこんなだったのだろうと思われるばかりである。

ご隠居は、中でもとびきり美人だった柳の馬場の縫箔屋のおさつという女を支度金百五十両で抱え、世之介にも、七条の笠屋のお吉という美人を抱えさせた。斡旋屋にも、決まり通り諸経費の十分の一を礼金として渡し、そのほかに祝儀を渡して満足させた。今日は吉日、めでたく都に帰る。こんなに自由に振る舞えるのも、都だからこそだ。

二　博多湊の魚売り（袖の海の肴売）

男山八幡の日の頭[1]見物に、小倉の人が上京してきた。世之介は、柴の座の花見にも飽きたと、誘われるままに小倉に同行することになった。淀川を下って鵜殿に臨み、その蘆を筆にして、旅情を書き留めていく。左に天野川が見え、左岸の磯島という所にも、船人相手に色を売る女がいるということだ。右の方には、西行が「仮のやどりを惜しむ君かな」[2]と詠んだ江口の君の庵の跡で、榎や柳の生い茂った木陰に侘しい庵が残っている。同じ岸伝いの三島江という里にも昔は遊女が住んでいたという。さらに行くと、神崎中町がある。ここは、古の遊女、しろど・白目[3]が出た所だそうだが、見たことのない昔も懐かしく思われる。

次第に波が荒くなり、河口から小早船[4]に乗り換えた。追い風も嬉しく、備後国鞆という所に船を着けた。遊女をあれこれ選んでいる余裕もなく、ここの廓で名の知れた花鳥・八島・花川という女と、そこそこに寝たが、恋を語るいとまさえない。深い眠りにつくこともできずにうとうととしていたところ、日和見の水夫に呼び起こされ

---

17 箱形の駕籠で、士分格の者と女性が乗るのを許された。

18 唐の長安で、春に宮廷の女性達が花を出しあって、その優劣を競ったという故事。なお、玄宗皇帝が宮女を二手に分けて花の枝で戦わせたという俗説も伝わる。

二の1 日の頭は男山の石清水八幡宮の神事。四月三日、大山崎の離宮八幡宮からの神輿還幸の際、練物が出て船渡御がある。

2 謡曲「江口」「西行法師ここにて……世の中をいとふまでこそかたからめ仮の宿りを惜しむ君かなと詠じけん」による。

3 「しろど」は『大和物語』に名の出る神崎川川尻の遊女「しる」か。「白目」は『古今集』『後撰集』に歌が入集する江口の遊女「白女」。

4 艪が四十挺以下の、船体を軽くして船足を速めた船。

た。帆を巻く音、酒を売る声がする。何とも慌ただしい契りだ。その夜逢って、夜明けには別れなければならないので、相手の顔さえよく覚えていない。「ご縁があったら」と挨拶をかわし、船縁(ふなべり)に渡した歩み板を上げた。

　船首を左に向けて二三里も沖合にでてから、世之介は鼻紙入れを忘れたことに気づいて、たいそう残念がっている。

「花川という女郎に、自分に惚れたという起請文(きしょうもん)を書かせました。指の血をしぼらせて名の下に血判まで押させたのに、その起請文が鼻紙入れのなかに入っていたのです」

「あのあわただしいなかで、これはまたあっぱれな女たらしだ」

と、みな船縁を叩いて大笑いする。

　さらにすすんで、程なく小倉に着いた。朝の景色を見ていると、鹿子(かのこ)の散らし模様の木綿(もめん)着物に茜色の裏地で裾取りをして、どし織[5]の帯を前結びにした女達が大勢連れ立っている。髪は平元結(ひらもとゆい)[6]で太くたばねて後ろに垂らし、頭に浅い桶をのせ、雫(しずく)で濡れる袂(たもと)をまくりあげている。桶のなかには、浮き藻まじりの桜貝・鰆(さわら)・いとより・馬刀貝(まてがい)・石鰈(いしがれい)などを入れて、大橋[7]を渡り、思い思いに道を急いでいた。

「あれは大里・小島からやってくる、この地の魚売りで、『ただじょう』と申します」

地元の人に尋ねると、こう説明してくれた。伊勢言葉では「やや」と言う。所によって呼び方が変わるのも面白い。さらに様子を尋ねると、魚を買ってやれば、どこでも草履を脱いで奥座敷にあがり、色をひさぐそうだ。浦風に吹かれて磯臭くなった腰巻も、時によっては一興だろう。

ある日、大尽と連れだって磯伝いに小舟を急がせ、下関稲荷町遊廓に出かけた。この遊女は上方の風があって仕草が上品である。髪は下げ髪に結って、おおかたは裲襠を羽織っている。物言いも少しなまっているのが、かえって面白い。今人気のある遊女は、長崎屋の蜷川、茶屋の越中、たばこ屋の藤浪、相手に選ぶのならこの三人。太夫の中にもこれほどの女はいないと言う。揚代をきくと三十八匁[8]だそうだ。

5 京、誓願寺前などで製した絹地で、帯につかわれた。
6 髪の髻を結ぶのに用いる、幅広の元結。
7 小倉の紫川に架かった橋。
8 銀三十八匁。天和・貞享当時の太夫の揚代は、引舟女郎を含めて京・島原が七十六匁、大坂・新町が六十三匁、江戸・吉原が昼夜あわせて七十四匁なので、稲荷町の揚代は、その約半値。

揚屋町に行くと、連れの大尽が日頃から祝儀をはずんでいるようで、大座敷に通された。亭主や内儀が入れ替わり顔を出し、お世辞をたっぷりと述べる。

「上方のお客様に、満足していただけるおもてなしができましょうか。鄙びたことでも、お帰りになったとき話の種にしていただければ」

などと愛敬をふりまく。とやかくしているうちに、相方の遊女もやってきて銚子も動き始めた。

ここでは古風なしきたりを守っている。盃のやりとりも、客が遊女に酒を注ぐと、「おさえます」と言って自分は呑まずに、そのつど相手に盃を重ねさせるなど、酒宴の座持ちがきまじめである。膳を出すにも、二の膳、三の膳と堅苦しいのだが、これも馳走と思えばこそ、そうするのだろう。酒の酔いのあまり、やれ歌だ、三味線だと、無理強いしだすと、座敷はただやかましく、とりとめもなくなる。こうした宴席は落ちつかないものだ。床入りして遊女が客の気を惹こうとしても、男は酔いつぶれて前後不覚。何を話すかと思うと、遊女が自分の遊び仲間と浮気していないか詮索を始める。弁解やら駆け引きやら、いずこの床でも変わることがない。遊女の方でも、客に他の女と浮気させまいとするので、とげとげしく気詰まりなことになる。

世之介は、五日、七日とずるずる廓に居続けているうち、相方の遊女に隠れて、他の女たちとも逢うようになった。さすがに無理な密会で、後には間男をしたのが露見して、相方にひどく見限られた。この地もこっそり逃げだし、都に舞い戻らねばならないはめになった。

三　ねだり取った着物（是非もらひ着物）

世之介は知らない土地を旅して中津（なかつ）[1]という所にたどりついた。どこにも泊まるあてもなく、その日は辻堂で夜を明かした。明日、海の天気が良くなるかと案じていたが、遠い村はずれから櫓太鼓（やぐらだいこ）の音が聞こえてきた。「こちらは藤村一角（ふじむらいっかく）[2]の旅芝居」と大声で客を呼び込んでいる。看板を一覧し、都で贔屓（ひいき）にして羽織などをやった囃子方（はやしかた）庄七の名を見つけた。

三の1　現大分県中津市。
2　役者兼作者福岡弥五四郎（ふくおかやごしろう）の初名（元禄十三年十一月、京夷屋座（えびすやざ）で改名、前名は藤村宇左衛門）。

この者を頼って、今までの出来事を話した。

「定めないのは世の常、そんなにお嘆きなさいますな。謡の心得があるのですから、食いつなぐためだと思って舞台をおつとめなさい」

と、世話を焼いてくれた。世之介は、古着の長袴をはき、ふらつきながら、品之丞が登場するときの音曲に、芸人並みに頭を振って調子をあわすのも、おかしかった。そうしておとなしくしていればいいのに、うまれつき色好みの世之介は、身の程をわきまえない。若女方[3]をくどいて、ほかの客との色勤めの邪魔をしたので、またしてもそこを追い出されてしまった。

それから何日もたって大坂にたどりついた。浮世小路[4]に、世之介のことを気に掛けている人がいると聞いたので、今日、その人に会いに出かけた。花屋、葉煙草の賃刻み、駕籠かきが住む貧乏長屋が続く。その西隣に、何か商売をしているわけでもなく、柿染めの暖簾をかけて、女が一人で暮らしていた。会ってみると、この女は世之介の乳母の妹だと言う。乳母は二三年前に死んだそうだ。しかし昔の御恩があるからと、世之介は歓待された。

その日の夕方、下着には紅鬱金[5]の絹物、上着にはかちん染めの布子[6]を着て、縞繻子の二つ割りの帯[7]を左脇に結んで赤前垂れをした化粧の濃い女が、桐の駒下駄を履き、束ね牛蒡に花柚（香味料）を下げて、この小家に駆け込んできた。

「いつだったか、預けておいた縦縞の着物の質札は、まだここにありますか」

と、この嬶（世之介の乳母の妹）にささやいた。世之介は、心中おかしくてたまらない。

「あれはどんな女だ」

「奉公人ですが、飯炊きのような者です」

「それにしては、身なりがいい。機織り女さえ給金はたかがしれているのに。ここには、安給金の半年契約の女が少ないのか」

「おや、昔と違って、細かいことにまで気がつくようになりましたね」

---

3 若い女を演じる男性役者の役柄。男色の相手にもなった。

4 大坂高麗橋筋と今橋筋の間にあった小路で、奉公人の出合い宿など小店が多かった。

5 紅鬱金は赤みがかった黄色。

6 かちん染めの布子は、褐色（黒く見えるほど濃い藍色）に染めた木綿の綿入れ。

7 帯地（幅七十六センチ）を半分に切り、さらに二つ折りにする。男帯の場合は三つに切る。

嫖が、おかしがって話を続ける。

「あれは、蓮葉（はすは）[8]といって、問屋の奉公人ですよ、人並みの顔をした女を、東国や西国から来た客の寝床の世話をさせるために雇っておくのです。気の向くままに男をつくっては、出合い宿を替えて逢い引きするのです。親方の目も気にしないで、昼となく夜となく遊び歩きます。妊娠すれば、造作もなく堕胎して、衣類は男にあつらえさせ、もらった銀は、あるだけつかって手元に一文も残りません。正月の晴着（はれぎ）は、夏秋までに売り払って蕎麦や酒に替え、朋輩が三人集まれば大笑いして、高麗橋（こうらいばし）を渡って帰ることを忘れる始末。神仏に参詣するにも、派手な綿帽子にばら緒[9]の雪駄でお洒落（しゃれ）し、足音を響かせる。道すがら、聞こえよがしに『ゆうべは手紙を書きながら眠り込んで、夜更けに起こされたのも知らなかったわ』『本蒔絵（ほんまきえ）の鼈甲（べっこう）の挿し櫛が、たった三匁五分でできるよ』などと、はしたなく話している。これを聞いたら、男の恋も冷めるでしょう。お参りしたあともすぐには帰らず、金離れのいい男を出合い宿に呼び出し、断れぬぐらいの額の金を無心します。そうやって浮ついた暮らしをして、その果ては仲仕（なかし）や上荷（うわに）さし[10]などと夫婦となり、たちまち顔かたちも下卑てきます。幼子を前に抱き、背に負い、惣領（そうりょう）息子の手を引いて、米屋で秤目（はかりめ）に文句を付けるのも浅ま

しいことです。こんなことを申し上げている私も、実は、そんな女達の出合い宿をして暮らしております。隠していても知られることですから」

このように、何もかも世之介に打ち明けた。それを聞いた世之介は、この蓮葉女に好色の矛先を向けて、たわけの限りを尽くすのだった。この男の行く末は、いったいどうなるのだろうか。二十三の年も、こんな具合に暮れてしまった。

四　一晩だけの閨狂い（一夜の枕物ぐるひ）

世之介は家計のやりくりに困り果て、借金を清算しなければならない大晦日が、ただただ恐ろしかった。「借金踏み倒しの名人世之介」と悪口を言われながら、居留守を使って二階に隠れるありさま。潜り戸の音がするたびにどきっとして耳をふさいで

8　客の給仕から夜伽まで務めた問屋の抱える接客婦。
9　細い緒を撚り合わせて作った鼻緒。
10　仲仕は本船とはしけの間の荷物の上げ下ろしをする人夫。上荷さしは船に積んだ荷の運搬をする人夫。

いた。今のつらさも、生きながらえたなら、老人の語り草となるかもしれないなどと思っているうちに「扇は、扇は」[1]「おえびす、若えびす」[2]という行商の売り声が聞こえてくる。

少し春めいた心地になって外に出ると、元日の朝は静かで、世間の人々は豊かに暮らしている。裕福な家の門松(かどまつ)は緑も色鮮やかで、「ごめんください、ごめんくださいませ」という年始の声も聞こえてくる。通りでは、子供が手鞠(てまり)や羽子板(はごいた)で遊んでいる。羽子板の絵に、親子連れが描かれているのも、世之介にはうらやましい。縁起物の懸(け)想文(そうぶみ)[3]のお札を買って読んでいる女は男が欲しいのか、この日ばかりはこぎれいで好もしく思われる。暦の初めのほうに、「二日、姫はじめ」[4]とあるのもほほえましい。大晦日から一日経つと、人の心も浮き立ち、昨日のつらさを忘れてしまう。そうこうし

四の1 正月に配る扇を売り歩く商人の触れ声。

2 元日に門口に貼る恵比寿の刷り物を売る触れ声。

3 京では、正月元日から十五日にかけて、恋文になぞらえた護符を赤い衣装に白い覆面(ふくめん)をした女性が売り歩いた。

4 諸説があるが、その年に始めて夫婦が交合する日。

ているうちに、今日一日も暮れてしまった。

二日は節分（せつぶん）で、鞍馬山（くらまやま）に年越し詣で[5]しようと、ある人に誘われた。市原（いちはら）という野を通ると、厄払いの声や、夢違いの獏（ばく）やら宝船の絵[6]を売る声がする。門口に鰯（いわし）の頭を刺した柊（ひいらぎ）を飾った家々からは、豆撒（まめま）きの声が聞こえるばかりで、宵から門戸を閉ざしている。

懸金（かけがね）という坂を過ぎ、一行は鞍馬寺に着いた。世之介が本堂の鰐口（わにぐち）[7]を鳴らす緒（お）を握ったところ、柔らかな女の手に触れた。はや恋心を抱き、昔、扇の女房絵に焦がれてここに参籠（さんろう）した一条中将貞平（さだひら）[8]や、ここに籠もって「おもひあれば我が身より[9]」と詠んだ女のことなど思い出された。

夜が更けてうとうとしていたところ、参詣人が鶏の鳴き真似[10]をしたので目が覚めた。めいめいが帰ろうとしたとき、世之介は、同行していた者にささやいた。

「今夜は大原の雑魚寝（ざこね）という、この地の慣わしがある。庄屋の内儀・娘から下女・下人まで、老いていようが若者であろうが、神前の拝殿で、男女入り乱れて雑魚寝をして、その夜に、何が起こっても許されるそうだよ。これから行ってみよう」

朧（おぼろ）の清水（しみず）[11]から、岩陰（いわかげ）の細道や小松を分けて進み、世之介は大原に着いた。牛でも摑みかねない暗闇にまぎれて様子をうかがう。まだあどけない姿で逃げ回っている娘や、手を握られて嫌がる女もいる。自分から男にもたれかかる女や、しみじみと語り合っている男女もいれば、一人の女を二人の男が口説いているのもおかしい。七十歳になろうかという婆が声を掛けられて驚いたり、叔母だと分かった甥（おい）が、その寝姿を乗り越えていったり、主人の女房を口説いて嫌がられたりしている。しまいには、たわいもなく男女が入り乱れる。泣くやら、笑うやら、喜ぶやら、聞いていたよりずっと面白い。

夜明けに近くなると、一斉に帰って行く男女の有様も様々である。そのなかに、竹

---

5 節分の夜、その年の恵方（えほう）にある神社に参詣する。
6 節分や大晦日の夜、悪夢を払うとされる獏の絵や宝船の絵を、枕の下に敷いた。
7 軒先に吊した鈴。布を編んだ緒で打ち鳴らす。
8 御伽草子（おとぎぞうし）『貴船（きぶね）の本地（ほんじ）』に、この話が載る。
9 和泉式部が、鞍馬山に向かい合う貴船に参籠して「物思へば沢の蛍も我が身よりあくがれ出づるたまかとぞ見る」と詠んだという。
10 古い年が終わり立春を迎えるにあたって、節分の夜に祝言（しゅうげん）として鶏の鳴き真似が行われる。
11 京都市左京区大原草生（くさお）町にある名水。歌枕。

杖をついて腰を屈め、髪を綿帽子で包んだ姿で、人目を避けて脇道を行く老婆がいた。少し拝殿から離れると足早になり、屈んだ腰は真っ直ぐになった。後ろを振り返ったその顔が石灯籠の光に照らされた。不思議に思った世之介が、あとを付ける。案の定、二十一二の若い女である。色白で髪は美しく、物腰も麗しく、京女と比べても恥ずかしくないような美女だった。「これは？」と事情を尋ねる。

「都のお方なら、どうかお許しください。私に心を寄せる殿方があまりに多くて煩わしいので、姿を変えてやっとここまで逃げてきたのですから」

世之介はますます思いがつのって、生涯連れ添うと約束をかわすことにした。「見捨てないでね」「見捨てたりしないよ」と末永い仲を誓って松の木陰で睦み合った。

そこへ、たくましい若者どもが五人七人、または三人四人で、あちこち捜しながら、「この村一番の美人がいない」と喚いているのは、まさにこの女のことである。身を縮めて息をひそめた。このときの気持ちは、女を盗んで武蔵野に隠れた『伊勢物語』の昔男（業平）もこんなだったろうと思われる。騒ぎが収まってから、この女を連れて、下鴨あたりで、ある人を頼って暮らした。朝の竈の煙もかすかに貧乏暮らしをしていたが、黒木売り[12]にでも見つけられたらどうしようかと、花の都の近くで人目を忍ぶ恋は、これはこれで、また楽しいものだ。

五　揚代五匁のほかに祝儀はたっぷり（集礼(しゅらい)は五匁の外(ほか)）

大晦日の参詣の夜に大原の里から駆け落ちした女と同棲を始めた世之介だったが、二十五歳の六月晦日には、米櫃(こめびつ)が空になり、紙製の蚊帳(かや)も破れて、とうとう暮らしが破綻してしまった。世之介はこの女を置き去りにして、佐渡国(さどのくに)の金山に望みを懸けて出向くことにした。

海の向こう十八里先にある佐渡へ渡ろうと、出雲崎(いずもざき)という所で日和(ひより)を待つ間も、世之介はおとなしくしていられない。船宿の亭主に「この地に女郎はいるのか」と尋ねる。

「いかに北国(ほっこく)の果てとはいえ、馬鹿にしなさんな。寺泊(てらどまり)[1]というところに、ちゃんと

12　長さ三十センチほどの木を竈(かまど)で黒く焼いた薪を、八瀬や大原の女が頭にのせて売り歩いた。

五の1　新潟県長岡(ながおか)市寺泊。北国街道の宿駅で、佐渡に行く港として栄えた。

廓があります。なんならご案内しましょう」
と言うので、暮れ方そこに行ってみた。吉原のように格子女郎[2]や局女郎という女郎の区分けもなく、まばらに建った板屋で、三人とか五人の女郎が客の相手をしているのも、鄙びている。

折から八月十一日の夕風も寒く、この地ではもう袷を着込んでいるようだ。縞模様が粋だと思い込んでいるのか、だれもが、いろいろな紬縞に、金糸で刺繍した襟をかけた着物を着ている。西陣織の短い帯を無理に後ろで結び、腰巻は茜染めにした越後晒[3]。素顔でも美しい女がいるのに、みな白粉を塗りたくり、額は丸く剃り上げて、生え際には墨を濃く塗っている。髪はぐるぐる巻き上げて高くし、前髪を少し分けて水引で結い添えている。赤い鼻緒の雪駄を履いて、懐から手を差し込んで褄を取り、ちょこちょこと歩く。

その様子はいささか下品で嫌なのだが、ほかに女郎もいないので、なかでも器量のよい女を選ぶほうが得である。女が美人か否かの区別もなく、揚代が、みな銀五匁に決まっているのは正直なものだ。

この廓で、男殺しの小金という女郎と遊ぶ約束をしたが、揚屋[4]があるわけでもない。

抱え主の七郎太夫の家の、新しい薄縁を敷いた奥座敷に、しおらしくも屏風が引きめぐらされている。屏風に貼られた絵を見ると、花を担げた吉野詣での人形、版画の弘法大師、鼠の嫁入り、鎌倉団右衛門・多門庄左衛門の連奴の姿絵[5]、これらは、ほとんどが大津絵[6]である。見ていると都が懐かしくなった。

そのうちに亭主が膳を運んできた。日が暮れてまだ間もないのに、夜食をとるはめになった。蓋を開けると小豆飯が盛ってある。これは面白い。鯖を刻んだ膾に、穂蓼[7]が付け合わせてあるのは、気が利いていると思ったが、飯がすんで湯が出るまで、とうとう香の物が出ずじまいだった。この間、女郎は箸を手にしない。上方の廓の行儀作法を誰かが教えたのか、しおらしい。そう思っていると、行灯の灯心を指で掻き立

2 格子女郎は太夫に次ぐ高級遊女。
3 越後産の白く晒した麻布。
4 廓で、客と遊女が逢い酒宴や床入りをする場所。揚屋が、女郎の抱え主から女郎を借りる形をとる。
5 鎌倉団右衛門・多門庄左衛門は、寛文ごろの江戸歌舞伎役者。その二人が奴姿で六方を踏む絵。
6 大津追分辺りで描かれた素朴で土俗的な絵。追分絵ともいう。
7 秋に出る蓼の穂で、生魚に付け合わせる。

てて、指についた油をそのまま小鬢(こびん)にこすり付けたのは、不作法すぎて笑うに笑われず、ただ腹をさすっていた。

「あとで腹が空かぬように、たんと召し上がれ」

顔を出した亭主が言う。あまりに田舎じみた言い草なので、世之介は返事もしない。うたた寝していた連れを起こし、酒を飲んで、吹き出しそうになるのを我慢した。

壁向こうでも、客が酒を飲み始めたようだ。六、七人の声で「三国一じゃ」と囃子(はやし)詞(ことば)が聞こえ、拍子が合うの、合わないのと、同じところばかり謡っている。

「この頃、上方で『ざざんざ』[8]という小歌が流行っていると伝え聞いて、地元の若い衆が稽古をしておりますが、声が揃いません」

亭主に様子を聞くと、こう答えた。こんな流行遅れの小歌が今ごろ伝えられてくるとは世の中は広いものだと思い、「柴垣(しばがき)踊り[9]は知っているか」と尋ねたところ「まったく存じません」と言う。

「何を言っても、この調子だもの。もう、ただ寝るほかないじゃないか」

と、世之介は呆れた。

縁を布地で覆うかわりに端を編んだ真菰(ござ)一枚に、松竹鶴亀を染め込んだ木綿夜着。

だが、枕は二つ並べられていて「さあ、お寝やれ」と言われる。世之介は「こころえた」と南枕に夜具をひっかぶり、今か今かと待っている。女郎の足音がして、床近くで立ったまま帯を解き捨てた。着物も傍に脱ぎ捨て、裸でもぞもぞと夜具に入るや、「これ、いらないわ」と腰巻も脱ぐ。素裸で世之介にしがみつきざま、男根を探って身悶えするのは、まだ宵のうちなのにと、おかしかった。

自分は、江戸吉原で、初代の高尾太夫に三十五度も振られ、その後も床入りできなかった。今、思い出しても口惜しい。この女郎が高尾で、これほど自由になったなら、さぞ面白いことだろう。

世之介は、昔を思い出して、むかむかとしてきたので、むっくり起き上がり、帰ることにした。連れの男に「祝儀をよろしく」と頼んだところ、相場を心得ていて、亭主に銭三百文、内儀に百文、下女達に二百文、合わせて六百文を撒き散らした。

「さても、太っ腹なお大尽さまだ」

---

8 「ざざんざ、浜松の音はざざんざ」という狂言小歌。

9 北国の米搗き歌、柴垣節で踊る滑稽な踊り。

と、みな驚いた。この地を離れる時に、近づきになった女郎達が、袖をかざして船着き場まで見送りにきた。互いに見える間は手を振って別れを惜しんだが、この時ばかりは、京の島原で、大門口まで見送られる気分である。

船に乗る間際に、世之介の相手をした小金から、「あなたは、日本の地には居ない人ね」と囁かれたのは、気にかかっているのだが、いまだに合点がいかない。

六　木綿の綿入れを借りて商売（木綿布子もかりの世）

干鮭は初冬の薬食いというが、その冬、佐渡島にも世渡りの口がなく、世之介は暮らしに困り果て、前に世話になった出雲崎の船宿の亭主に頼んで魚売りとなった。北国の山村を行商して歩いたが、今や男盛りの二十六歳。その春、酒田[1]という港を初めて訪れた。

この浦の景色は、桜が波に映えてまことに美しい。「花の上漕ぐあまの釣舟[2]」と西行が詠んだのはここか、と寺の門前から眺めていると、勧進比丘尼が声を揃えて歌いながらやってきた。これはと近づくと、かちん染めの布子に黒綸子[3]の半幅帯を前結びにして、どの地でも、頭には同じ黒頭巾を被っている。この比丘尼は、もともと売色などしなかったのだが、いつの頃からか、勧進比丘尼の元締めが淫（みだ）らな行為をさせて、遊女同然に、客が百文も出せば比丘尼二人を相手にできるほど下卑（げび）てしまったのは、まことに嘆かわしい。

あの尼は、江戸滅多町（めったちょう）[4]でこっそり馴染みとなった清林（せいりん）比丘尼が連れていた子供の比丘尼にちがいない。

そう思った世之介は、その比丘尼を呼び止めて昔話に興じた。

「あの頃にはまだ子供で、菅笠（すげがさ）が歩いているように見えたものだが、もう一人前の尼になったのだなあ」

「世之介様は、どうしてそんな格好をしているのですか」

六の1　山形県酒田市。西廻り航路の港町として繁栄していた。

2　西行が象潟（きさかた）の干満（かんまん）寺で詠んだ「きさかたの桜は浪に埋（うず）もれて花の上漕ぐあまの釣舟」を引用するが、西鶴は象潟と酒田とを混同している。

3　黒い光沢のある絹織物。

4　千代田区神田多町（たちょう）二丁目。

「遊び過ぎて胸がつかえたので、腹ごなしにちょっと商売をしているのだ」

こう言い訳して、勧進比丘尼と別れた。

それから、さる知り合いの問屋を頼っていくと、さすがに繁盛している港だけあって、諸国と取引が多い。商人はみな算盤を弾いて一年中過ごしている。問屋の亭主の供応ぶり、お内儀のお世辞、何事も金銀の御威光はありがたいものだ。

上方でいう蓮葉女らしい女が、十四五人も問屋の居間にたたずんでいる。その様子と言えば、髪をぐるぐる巻きにして、嫌らしいほど口紅を塗りたくり、鹿子紋[5]の袖の小さい着物に繻珍[6]の帯を締めて、おかしげな風である。「目に留まったなら、どなた様でもお相手になるわ」と言わんばかりの色っぽい姿で、客に気に入られれば、客一人に女が一人ずつつく。十日、二十日、三十日でも問屋に逗留中は、寝道具の上げ下げや朝夕の給仕、そのほか腰を揉ませたり、髭を抜かせたり、自由気ままに使える。出立するときに、一歩金でもやると、金が珍しいのか喜ぶそうである。この女たちは皆、問屋の使用人というわけではなく、めいめい家を持っていながら、旅人を見かけると集まってくるのだそうだ。

思うに、このみだらな振舞は、摂津国有馬温泉の湯女[7]に似たところがある。有馬の方言で「しゃく」と言うそうだが、「人の心を汲むということか」と土地の人に尋ねたが詳しいことは知らなかった。

世之介は、問屋からいい加減にあしらわれて、仕方なく下男を誘って、暮れ方から浜に出た。かねて噂に聞いていたので様子を見ていると、人妻とおぼしき女が、わざとらしく船頭に捕まって枕を並べている。しどけなく打ち解けたあと、物をやればもらうし、やらなければそのまま帰る。この類いの女を、土地の言葉で「干瓢」と言うそうだ。夕顔[8]を作って、ぴらしゃら[9]と男になびくという駄洒落だろう。京・大坂にもいる惣嫁[10]という女と変わらない。

連れに「惣嫁の風俗は、どんなふうなんだい」と尋ねた。

5　鹿子絞りで染め出した模様。
6　繻子地に模様を浮き織りにした布地。
7　有馬温泉の宿舎には、湯治客の世話や遊興の相手をする女がいた。
8　干瓢は夕顔の実を薄く削いで作るが、夕べに顔を作って（化粧して）男を誘う意味に洒落る。
9　夕顔の実が垂れ下がって風になびくさまと、女が媚びを作って男になびくさまを掛けた擬態語。
10　路傍で客をとる娼婦。江戸では「夜鷹」という。

「縁遠い女や、四十になっても独り身の女が、昼は寝ていて夕方になると身ごしらえを始めます。今まで着ていた古着を脱ぎ捨て、脇明け[11]の鼠色の着物に黒い帯を締めて娘のふりをするのですが、暗がりでは簡単に男が引っかかってしまうわけです。自分の家のまわり四五町は、帷子（かたびら）を被ったり手拭いで顔を隠したりしていますが、用心棒の男と待ち合わせて、あそこの辻、ここの浜と、立ちん坊をして客を待ちます。夜が更けてからは、『夜な夜なきみが寝巻はよしなか染めの……』などと連れだって小歌を歌いながら、いつもなら寝入っているはずの鍛冶屋（かじや）の三蔵や仁介（にすけ）を客にとり、夜番（よばん）に戯れかけ、明け方近くに馬子（まご）を誘い、百姓舟に声をかけます。勤めが重なると疲れ果て、髪が乱れて腰がふらつき、ひっきりなしに大あくび。あとから用心棒が竹杖を引きずっていくのは、吠えかかる犬を追い払うためでしょう。夜が明けて店が開く頃になると足早になって路地に走り込むのは、人目を気にしているからで、しおらしいところもあります。親のためにとつらい勤めをする小娘やら、あるいは自分の亭主を用心棒にして、我が子を母親に預ける女。姉が妹を先に立たせて二人で勤める女もおります。伯父が用心棒になって姪や叔母を働かせることもあります。死ぬに死なれない命のために、こんなに悲しく浅ましい生活を続けるとは、聞く度に不憫（ふびん）だと思います。雨の降る夜には、涙ながらに借り賃を支払って下駄や傘を借ります。晦日払いの裏店(うらだな)住まいも、三十日も居着かず引っ越して、あそこに隠れ、ここに移り住むという暮らしぶり。そのたびに身元保証人のご機嫌をとり、小半酒(こなからざけ)[12]で両隣を抱き込み、信用がないので薪も現金買い。その薪を焚く煙もやがて消えてしまうことでしょう。夜発(やほっ)[13]の手合いは、その日暮らしが精一杯で、月見や雪見とは無縁ですし、盆も正月も知らないほどです」

話を聞くと、まことに哀れである。

七　ご託宣は痴話喧嘩（口舌(くぜつ)の事触）

「あらおもしろの竈神(かまがみ)や、お竈の前に松植えて」と祭文(さいもん)を歌いながら、すずしめの鈴[1]

11 若い未婚の男女は、脇下を縫わないであけた着物（脇明け）を着るが、この場合は、年をごまかすため。既婚者は留袖(とめそで)を着る。

12 酒一升の四分の一、二合半の酒。小売値は約二十五文。

13 惣嫁・夜鷹などの別名。

を鳴らし、県巫女[2]が竈祓[3]にやってきた。白い上着の下には檜皮色の襟を重ね、薄衣には日月の模様が織り出されている。千早[4]に懸帯[5]を結び下げ、薄化粧して眉墨を濃くし、髪はそのまま下げ髪にしている。その身なりは生活に窮しているようにも見えないので、お初穂[6]の稼ぎだけではこうはいくまいと、不審に思って人にきいた。

「良いところに気づかれた。巫女といっても、こちらが望めば、今とは様子が変わって、遊女のようになるのです」

そう聞くや、世之介は早速巫女を呼び返して、男暮らしの我が家に引き込んだ。その装束を脱がせると、あらたかに御神体ならぬ女体が現れた。台所から御神酒を出すと次第に酔心地になって、まことに有り難いご託宣をいただいた。そのお告げが実現するのを待とうと、その夜は巫女を抱いて寝た。

翌朝目覚め、別れの神楽銭[7]を袖の下から差し入れた。顔を見れば見るほど美しく、淡島[8]明神の妹御ではないかと思われる。

「歳は？」

「今年二十一歳。嘘ではありません」

それを聞いて、ますます恋心がつのった。世之介二十七歳の十月のことである。

「今は神無月（かんなづき）で、神様は御留守だから、こんなことをしてもかまわないでしょう」

この巫女を、手を替え品を替えて口説き落とした。

それから、常陸国（ひたちのくに）鹿島神宮に連れだって行き、そこで世之介も神職となって、国々を回ることにした。

世之介は水戸の本町に入った。

「これは此方（こなた）へ御免なりましょ」

と、鹿島の事触れ[9]の決まり文句から始める。

七の1　神慮を鎮める鈴。

2　田舎を巡り歩く巫女（みこ）。神託を告げたり、口寄せをしたり、竈祓をした。

3　毎月晦日（みそか）に、家ごとに祀（まつ）られた竈（かまど）の神を、歩き巫女が祭文を唱えて祀った。

4　巫女の着る裾の長い肩衣（かたぎぬ）のような服。

5　赤い絹をたたんで胸の前にかけ、背後で結ぶ帯。女子が神詣に用いる。

6　神仏に奉納する金銭や米穀。

7　神前で奉納する太神楽（だいかぐら）の礼金だが、この場合は揚代。

8　和歌山市加太（かだ）の淡島神社。祭神が、住吉神の妃神だと考えられていた。

9　鹿島明神の御託宣と称して、ふれ歩いた物乞い。

「さる二十五日、さる大神[10]が喧嘩で天神に負けまして、たいそう御立腹になって恋風を吹かせましょう。十七から二十までの、男に薄情な娘と嫉妬深い女房を、その風で取り殺そうとのお告げですぞ。まことに怖いことです。これが恐ろしいと思うなら、恋文には必ず返事を書き、言い寄る男を喜ばせましょう」

こんな調子で、わけも分からぬお告げを触れ回る。

「ところで、この地の慰みものはどんなふうでしょうか」

地元の人に尋ねると、「藩の取り締まりが厳しくて、遊女がいるというわけではないですが、物寂しいときには、『御蔵の籾挽き』といって、藩の米蔵の籾摺りに雇われる女がおります。これは人に仕えている下女が、暇なときに働きに出るのですが、数百人が連れ立って屋敷町を行きますので、気に入った女がいれば、声をかければいいでしょう」

世之介は、籾挽き女のなかでも器量の良い女の袖を引いたのだけれども、見向きもされない。なびいてくるのは下卑た女ばかり。しおらしい美人は、だいたい男とできていて、それと良いことをしている。所々によって、いろいろな恋があるものだ。

夕暮れ時に、御蔵から帰ってくる女達が、前垂れをかけたまま裾の籾殻を払っている。世之介が、その様子をうかがうと、身を揉み、骨を折り、重労働に苦労して、器量の悪いのを嘆いている女がいる。そうかと思うと、渋皮のむけた良い女は、好きなときに昼寝をし、手足も荒れず、鼈甲の挿し櫛や、江戸の花の露という化粧水もつけたことがある。少し良い匂いをさせても、親方は素知らぬ顔をしているだけで、一日三十六文の賃金を持って戻れば文句を言わないそうだ。

世之介は、この籾挽きの一人と良い仲となったが「子を孕んじまった。どうにかしてよ」と泣きつかれたので、女を捨ててこっそり逃げ出した。

それから、奥州路を進み、八丁の目、本宮[11]の遊女を見尽くして、仙台にたどり着いた。ここの傾城町は、いつ頃からか絶えてしまったのだが、その跡にさえ心惹かれる。松島や雄島[12]の女とも一緒に寝て濡れてみようと、褌は沖の石[13]のように乾く間もない。末の松山[14]の松ではないが、腰の曲がるまで、色の道はやめまいと、世之介はあら

10 天照大神と「大尽」とを言い掛けた駄洒落。天神は遊女の位「天神」と言い掛ける。
11 八丁の目、本宮は、ともに奥州街道の宿場。福島県二本松市。
12 『続千載集』「松島や雄島のあまに尋ねみんぬれては袖の色やかはると」を踏まえる。
13 『千載集』「我が袖は潮干に見えぬ沖の石の人こそしらね乾くまもなし」を踏まえる。

ためて決心するのだった。

今日は塩竈（しおがま）の明神[15]にやって来た。湯立て[16]行事で湯を体に掛けている巫女を見て、一目惚れ。

「私は、鹿島から当社に参りましたが、七日祈念して帰れという霊夢にまかせて、やってまいりました」

世之介は、神主に近づいて嘘八百を並べたところ、皆々「それは、ありがたいこと」と励ましてくれた。

その舞姫には夫がいたのだけれど、折を見て、「俺と一夜を共にしろ」と、そそのかしたりおどしたりする。女心はか弱く、おさえつけられて声も立てられない。このときの悲しさはどんなだったろうか。「浮気など思いも寄りません」と膝を硬くし涙を流す。「いいようにはされません」と、世之介が体を重ねてくれば撥ね返し、命がけで嚙みついて抵抗する。

そこへ、夜の宿直を勤めていた巫女の夫が、なんとなく胸騒ぎがして、家に盗人が押し入ったかもしれないと帰ってきた。巫女には科（とが）がない様子なので、世之介が捕らえられた。罰として片小鬢（かたこびん）[17]を剃り落とされた世之介は、その夜のうちに、こっそり姿をくらました。哀れとはいえ、自業自得である。

14 『古今集』「君をおきてあだし心を我が持たば末の松山波も越えなむ」を踏まえる。
15 塩竈神社のこと。藩主伊達氏が尊信した。
16 大釜で沸かした湯に笹の葉をひたして、巫女が自分の体や参詣人に湯を振りかけながら舞う。
17 片方の鬢。強姦犯の片小鬢を剃り落とすのは、中世以来の刑罰。

巻四

一　因果応報の番人（因果の関守）

年八卦（としはっけ）[1]の吉凶は的中する。ゆめゆめ疑うことなかれ。安部外記（あべのげき）という世の中をなんでも見通す易者がいた。世之介は、去年十二月末に占ってもらった。

「二十八の年は、出来心から人妻に恋して、一命あやうく、大怪我をするほどの災厄がきっとある。慎みなさい」

そう予言されたのだが、「何を言うか、うさんくさい詐欺師め」と気にもかけずにいた。ところが予言に違（たが）わず、こんな目にあってしまった。強姦の科（とが）で剃られた片小

一の1　年齢干支（えと）によって、吉凶を占うこと。

鬢を隠した世之介は、通りかかる人とすれ違うのも恥ずかしい。信濃路に入り、碓氷峠を過ぎて追分[2]という所にやってきた。

この地の遊女には、手を尽くして女郎に仕立てあげた者が多い。浅黒い肌に磨きを掛け、木賊[3]を刈るような山育ちの娘のひび・皹を治させ、肌に馴染んだ粗末な割織[4]を、肌が荒れないように木曽産の麻衣に着替えさせて大切に育てる。

都から離れて暮らす世之介には、こんな遊女でも慰みになるというものだ。たまに泊まった小うるさい客が遊女に教えたのか、酒宴の際の盃の順送りや盃の取り次ぎの仕方も覚えて、田舎女郎でも少しは慰みになる。まるっきり無骨な男に盃の相手をされるよりはましだろう。

世之介は、この宿で一晩泊まり、明け方早く道を急いだ。宿はずれの山陰に、臨時の関所が設けられている。手傷を負った者を厳しく詮議するとのことで、通行人の笠や鉢巻を取らせていた。情けないことに、片小鬢を剃られた世之介は、この関で見とがめられた。

「なぜ、御詮議されているのですか」

「それはな、この国の西にある茅原という村に押し込み強盗があって、物を奪っただけではなく人を殺して逃亡した。亭主が起き合わせて、犯人に手傷を負わせたが、なにぶん夜のことで顔を見ていない。要所、要所に番人を置いて、このように犯人を捜しているところだ。お前の片小鬢が剃られているのはどうしたわけだ。理由を述べるのなら今のうちだ。白状しないなら、その詮議が済むまで、ここは通さないぞ」

関所の役人に厳しく言いわたされる。世之介は、塩竈で巫女を強姦し損ねたことを正直に話したけれど「ますます怪しい奴だ。あとでじっくり調べてやろう」と、牢屋に放り込まれてしまった。思いがけない難儀にあうのも、この身に天罰が下ったのだろう。

牢屋暮らしは、朝夕の食事もあてがい飯で、食えたものではない。はじめは目もくらみ、涙を流すばかりで何もわからなかったが、奥から十人ほどの声がした。

「新入りの小男、牢屋の作法通り、胴上げする」

男たちは浅黒く、髪は伸ばし放題、両目は爛々として、世界の図で見た牛鬼島に住

---

2 長野県北佐久郡の宿場。北国街道と中山道との分岐点。

3 固い茎を持つ植物で、木材などを磨くのに使う。

4 古布を細く割いて織った粗末な布。

む男のようである。この者たちが両脇に取り付いて、手玉のように世之介を胴上げする。投げあげられるときには息が止まり、下されるときにやっと息を継ぐ。こんな目にあっても、まだ死なれない命と、起き上がる。

「馴講舞(なれこまい)[5]をやれ。なんでもいいから芸をしてみろ」

囚人たちに責めたてられた世之介は、仕方なく立ち上がって、花の都で、最近流行っているぬめり節[6]を踊る。「長い刀に長脇差をぼっこんで、おせさ、よいさ」と歌ったけれど、皆きょとんとした顔をしている。「これはまずい」と歌を替えて「松原越えて[7]」と、一昔前の歌に合わせて踊ったところ、囚人たちは一斉に手を打って喜んだ。

後には、「地獄にも近づき」という諺(ことわざ)どおりに枕を並べ、薄縁(うすべり)にも肌がなじんで、互いに親しく語らうようになった。

「俺たちは初めて罪を犯した盗人じゃねえ。俺なんぞは伏屋(ふせや)の森[8]を根城に、旅人を殺して渡世(とせい)をしていた。今の世の熊坂長範(くまさかちょうはん)と恐れられたものだが、その咎からは逃れられねえ。とうとう捕らえられて、このていたらくだ」

日が暮れると憂鬱になり、夜が明ければもの寂しくなる。塵紙(ちりがみ)で、双六(すごろく)の盤をこしらえて、二六、五三と望んだ目を賽子で出して遊んでいても、「そこを切れ（相手の邪魔になるよう石を置け）」というとき、その切るという字を罪人たちが気にする。「戸口を閉めて出さない（石を並べて防ぐ）」などという双六用語は、いっそう嫌われる。

「唐土では、楊貴妃と虞氏君が双六をして、玄宗の寵愛を競ったそうですよ」

と言いながら、世之介が明かり取りの小窓から隣の牢を見ると、美しい女がいる。

「あの女は？」

「連れ添う夫を嫌って家出したのだが、それが咎められて入牢したようだ」

囚人の一人が、知っていることをみな話した。面白い話だと、世之介は、天井の煤を楊枝につけて、その女に手紙を繰り返し渡し、かき口説いた。やがて「互いに命を長らえたなら、一緒に暮らそう」としたためた文を、女と取り交わすまでになった。

---

5 特定の舞ではなく、寄合講に集まって舞う踊り。

6 遊里をそぞろ歩きするとき謡った小歌。「ここに買手のとんてき者、長い刀に長脇差をぼっこんで、日本堤をずんよいよいずんずとぬめり歩いて」。

7 松原踊りの歌謡。「これはどこ踊り、松原越えてやつこの〳〵」。

8 現長野県下伊那郡阿智村園原（小野川）にあったとされる森。歌枕。

二人は人目を避け、夜が更けてから格子に取りついて、蚤や虱に食われながら、しょせんかなわぬ恋だがと、互いに恋い焦がれるのだった。

二　形見に残った水櫛（形見の水櫛）[1]

将軍家の御法事があって、諸国の牢で恩赦があった。ありがたいことである。世之介は危ういところを助かり、隣牢の女を背負って千曲川を渡る。その夜は大霰が降っていた。

「藁葺きの軒に吊してあるのは、味噌玉[2]かしら」

女がひもじがるので、山の麓に置き捨ててあった柴積み車の上に座らせて、世之介は村里に向かった。椎の葉に粟飯を盛り、茄子の漬け物を村人からもらった。気のせくまま道を急ぎ、女のもとまで、あと二町というところで「世之介様」と悲鳴が聞こえる。驚いて、一目散に走った。四五人の荒くれ男が、竹槍や鹿威し[3]の弓や天秤棒を持って女を取り囲んでいる。

「大胆不敵な女め、命が助かりたかったなら家に帰るべきなのに、親の元には戻らずに、どこへ、どいつと逃げるつもりだ。兄弟にも迷惑をかけて、憎い女だ。打ち殺してしまえ」

怒鳴っている荒くれ男に、世之介がすがりついて詫びてもきかない。

「さては、こいつだな」

世之介は袋だたきにされ、棘(とげ)のある茨(いばら)や梔(くちなし)の茂みに倒れ込んだ。ぶるぶると身を震わし、息も止まって、今やあの世に行くばかりに見えた。

しばらく経ち、梢(こずえ)の滴(しずく)が世之介の口に自然と入って、正気が戻った。

「おのれ、その女は渡さぬ」

と、起き上がったが、もう影も形もない。柴積み車だけが残って、女の寝姿をしのばせる。

二の1　水を付けて髪をすく、歯の粗い櫛。

2　煮た大豆をつぶし麴と塩を加えて団子状に丸め、藁苞(わらづと)に包んで乾燥させる。この場面は『伊勢物語』六段「芥川」の和歌「白玉かなにぞと人の問ひしとき露と答えて消えなましものを」のパロディ。

3　田畑を荒らす獣を追い払う弓。

「是非、今宵は新枕をかわし、『長恨歌』ではないけれど、天にあらばお月様、地にあらば霰を玉の床と思って、俺の着物をその上に敷き、心のままに良いことをしようと思っていたのに。女の肌が良いやら悪いやら、分からずじまいで惜しいことをした」

　あたりを見回すと、黄楊の水櫛が落ちていた。

「油の匂いがする。あの女がいつも使っていたからだろう。良いものを拾った。この櫛で、せめて良い辻占[4]を聞きたいものだ」

　崖づたいに岩陰を進むと、鉄砲に雉の雌鳥を掛けて「さても、もろい命だ。雄鳥が嘆こうに」と独り言をいう猟師と会った。この雄鳥のような境遇に置かれた世之介は、身につまされて悲しく、それから六、七日も野宿しながら女を捜すのだった。

　十一月二十九日の闇夜、途方に暮れてさまよっていると、人家もまれな薄原にさしかかった。篝火が幽かにゆらいで、卒塔婆が幾本も立っている。

　どんな人が世を去ったのか、家族に惜しまれた者もいただろうに。竹で囲んだ小さな石塔があるのも哀れだ。この下には、疱瘡で死んだり、瘧[5]で親に先立ったり、母親につらい思いをさせた子も埋葬されているのかもしれない。

そう思って、梅檀(せんだん)の木陰から墓場をうかがっていると、このあたりの百姓らしい男が二人、埋めた棺桶を掘り返している。世之介は背筋が寒くなった。

足音を聞いて、二人が身を隠そうとするのも、何やらうさんくさい。

「おい、何をしている」

見とがめた世之介が近寄ると、男たちは当惑して返事もしない。

「正直に言わぬと、容赦しないぞ」

脇差を抜かんばかりに威(おど)す。

「許してくだせえ。その日の暮らしがままならず、つい悪心をおこしやした。最近ここに埋葬された女の死体を掘り起こして、黒髪と爪を切り取っておりやす」

「そんな物をどうするのだ」

「上方の傾城町(けいせいまち)へ、毎年こっそりと売りにいきやす」

「髪と爪を、何に使うのだ」

---

4 黄楊櫛を持って辻に立ち、最初に通りかかった人の言葉から吉凶を占う。

5 子供の慢性胃炎で、消化不良から腹がふくれ死亡することもあった。

と、さらに問いただした。

「女郎が心中立(しんじゅうだて)[6]に、髪を切ったり、爪を剥(は)がしたりして客に渡しやす。本物は惚れた間夫(まぶ)に渡し、ほかの客には、五人でも七人でも『貴方様のために切りました』と嘘をついて、手紙などに包んで送りやす。こういう物は人に見せられませんから、偽物をもらった客は、守り袋に入れて後生大事にありがたがるようで、笑ってしまいやす。そういう時には、目の前で、女郎に髪を切らせたり、爪を剥がさせたりしたほうがいいですよ」

「知らなかった。なるほど、ありそうな話だ」

今しがた男たちが掘り出した死体を見ると、世之介が探し回っていた女である。

「これは」と、しがみついた。

「こんな悲しい目にあうのは、どんな因果の巡り合わせだ。あのとき連れて逃げなければ、こんなことにはならなかったはずなのに。みな、俺のせいだ」

---

6 客をつなぎ止めるための手管。誓詞・放爪(ほうそう)・入墨・切指・貫肉(股(もも)を刺す)・断髪などが行われた。

涙を流して、世之介が身もだえする。不思議や、この女は目を見開いて笑みを浮かべ、間もなくもとに戻ってしまった。

「二十九まで生きてきた。今は、思い残すこともない」

自害しようとする世之介を、二人の男がやっと思いとどまらせた。ここは気を静めて、とくと思案すべきところである。

三　夢中で振るう太刀（夢の太刀風）

世はすべて、地水火風空[1]の五つから成り立っている。人間も、その借り物にすぎないのだから、閻魔(えんま)大王があの世から命を取りに来たなら、返してやるまでだ。三十年も夢を見てきたが、これからはどうにでもなれと、世之介は住処(すみか)も定めなかった。

最上(もがみ)の寒河江(さがえ)[2]という所に、世之介が少年の頃、衆道で懇(ねんご)ろになっていた人が住んでいた。落ちぶれた世之介は貧窮のあまりそこを尋ねた。十九年前に別れたきりだったが、互いに面影(おもかげ)を忘れず、涙にくれるのだった。昔を語りあえるのは、男女の交わりと違って衆道の契りが格別だからだろう。大和国(やまとのくに)中沢の拝殿で初めて契ったとき、心変わりをしないしるしにと、慈覚大師[3]の作った一寸八分の十一面観音の守り本尊を、この男に贈ったが、それを肌身離さず信心しておられたので、たいそう嬉しかった。

この人は、仕官がかなわなかったので、使用人もいない。焜炉に羽釜一つしかない貧しい暮らしである。それで飯を炊くのが唯一の楽しみで、明日の薪にもこと欠いている。風が吹くのを待って落ち葉を掻き集めて薪代わりにする。台所には里芋があるくらいで味噌漉しもない。壁に掛けてあるものは、紙縒で要を括った扇、続飯箆[4]、唐辛子、鼻捻じ[5]、捕り縄ぐらいで、なんとも貧乏な暮らしぶりである。

「何をして、今までお暮らしですか」

「今、江戸で流行っている蝿取り蜘蛛[6]を仕入れたり、泣く子をあやすのに使う一文売

三の1　地水火風空の五輪（五大）から宇宙は成り立っており、人も五輪を借りて形をなしているという仏説。

2　山形県寒河江市、最上川の西岸にあり、付近の物産の集積地だった。

3　最澄の弟子で、延暦寺第三世座主。

4　飯粒を潰して糊を作る篦。

5　馬の鼻を制御する五十センチほどの棍棒で、武具にもなる。

6　当時、この蜘蛛を飼って蝿を捕らせる遊びが流行した。

りの長刀を削ったりして日を送ってきた。『天道人を殺したまわず』の詞どおり、今日までどうにか、その日暮らしをしている。こんな所まで、よく尋ねてくれた。久しぶりに、酒でも酌み交わそう」

男は、ひそかに刀の鍔を外し、徳利を下げて出て行こうとする。世之介は、いろいろ言葉を尽くしてやめさせた。

「まずは旅の足休めに、今夜はこのまま寝て、夜が明けてから語らいましょう」

と、傍にあった砥石を枕に横になった。夜が更けてから、この浪人は古い葛籠を開けて、罠に仕掛ける鳴子や張り弓[7]を取り出す。

「近くの山で狸が出没している。これを捕らえてご馳走しよう」

と出て行った。

一人残った世之介は、まだ体が温まらず目が冴えていた。そこに、二階から梯子を伝って、顔は女で足は鳥、胴体は魚のような化け物が降りてきた。

「世之介様、私をお忘れですか。石垣町[8]の色茶屋鯉屋の小万の執念を思い知らせてやりましょう」

その化け物が、磯に寄せる波のような声で言った。世之介が枕元の脇差で抜き打ちにすると、手応えがあり消え失せた。さらに後ろから、嘴（くちばし）を鳴らしながら、女が現れた。

「私は、木挽（こび）きの吉介の娘、おはつの霊魂。二人の仲は比翼（ひよく）の鳥[9]だと嘘をついて、よくも恋死にさせたな。恨めしや」

飛びかかってくる化け物を、たちまち切り伏せた。土間の片隅からは、手足が楓（かえで）に似て背丈が二丈ほどもある女が、風が吹き付けるような声で言う。

「私は、高雄[10]の紅葉見物に誘われてその気にさせられ、一生連れ添うべき夫を毒殺までして、そなたに乗り換えたのに、すぐに捨てられてしまった。我は次郎吉の女房、覚えているか」

と、噛みつくのを、組み伏せて討ち止めた。

世之介は、もう目がくらみ気力も萎（な）え、「もはや最期か」と覚悟していると、今度

7 竹を弓状に張った罠。
8 京、鴨川を挟んだ両岸のことで、茶屋が多かった。
9 巻一（一）の注12参照。
10 京、清滝川（きよたきがわ）渓谷にある紅葉の名所。

は空から十四、五間の長さの大綱の先に女の首がついたのが、逆さまに舞い降りてきた。

「我は、上(かみ)の醍醐(だいご)[11]で墨衣(すみごろも)をまとい、後世(ごせ)を大事に修行に励んでいたのに、再び髪を伸ばし、煩悩にくるしめられたあげく、お前にすぐに見捨てられた。この怨み忘れるか。取り殺してやる」

這い回って息を止め喉笛に食いつくところを、身をかわして刺し殺す。世之介は、「もはやこれまで」と観念して念仏を唱え、刀を捨て西方(さいほう)を拝んだ。危ういところに、狸を捕りにでた浪人が戻ってきた。部屋一面が血に染まり、世之介が気を失っている。驚いて、耳元で大声をあげ正気に戻して、何が起きたか様子を尋ねた。

一部始終を聞き、不思議に思った浪人が二階に上がると、世之介が四人の女に書かせた起請文が、さんざんに斬り裂かれていた。けれども、神々の名を記したところは、破られずにそのまま残っていた。これを思うに、仮にも書かせてはならないものは起請文である。

四　変わっているのは男妾（替（かわ）つた物は男傾城）

さて、世に哀れなのは、大名の奥向（おくむき）に召し使われて、日の光もついぞ見ることのない奥女中や端女（はしため）たちである。男のことなど考えたこともない幼い時から奥の間近くに詰めて、男を目にすることさえ稀である。ましてや男と寝ることなど思いもよらず、むなしく年月を過ごすのだ。

二十四、五の年増（としま）になっても、気をそそる春画などを見ると、「こりゃ、どうにもなりませぬ。ああ、おかしくなる」と、顔が紅潮し、目がすわる。鼻息が自然と荒くなり、歯ぎしりしては腰をふるわせて悶え狂う。

「さても、さても憎い女がいるものだ。お前などの相手をしないでこのまま眠りたい。そんな顔をした男の腹の上で、もったいなや、美しくもない足で男を踏んで、しかも目を糸のように細めおって。人に見られているというのに丸裸、脇腹から尻つきまでぷっくりとして、下のお人はさぞ重たかろうに。いかに絵だからといって、この憎た

11　京、醍醐寺の山麓周辺。

らしい女め」

と、本気になって爪弾きをして春本を破ってしまうのだ。

奥女中頭も、そんな女の一人だった。使い番の女に錦の袋を渡し、「丈はこれより少し長く、太い分には、いかほどでもかまわない。今日中に間に合うように」と言いつけた。使い番は、中間に風呂敷包みを持たせ[1]「この女主従二人を通されたし」と書かれた手形を門番に見せる。裏門から出て常盤橋[2]を渡り、堺町辺[3]に張形[4]細工の名人が住んでいたので、そこに出向いた。小座敷に通され、七つぐらいの少女が、張形を持ってきたけれども、気に入った物が一つもない。「苦しゅうない」と、細工人を呼び出して、奥女中頭が望んだ寸法などを申しつけて帰路に就いた。

ちょうど、芝居が始まる時刻である。

「杉山丹後掾[5]の本節はこれじゃ」

呼込みが、さかんに怒鳴っていた。

そのころ、世之介はまた江戸に来ていて、町奴の唐犬権兵衛[6]の世話になっていた。世之介は、唐犬額[7]の髪形も目立って男ぶりもよく、女に好かれる風貌をしている。木戸口に入ろうとすると、使い番の奥女中が、中間をやって「さる御方がちょっと御目にかかって申し上げたいことがあるそうでございます」と言わせた。世之介には思い当たることがなかったが、「どんな御用でしょうか」と、女のもとに出向いた。

「はなはだ突然のことで、ご迷惑とは存じますが、お人柄を見込んで、ぜひお願いしたいことがございます。私は、さるお屋敷方に勤めて、奥様の側近くに仕える者です。話せば長いことですが、親の敵とも思っている男を、今日という今日、やっと見つけましたが、女の身ではどうにもなりません。あなた様に後見となっていただき、この思いを晴らしとう存じます」

女は小声になって、ひたすら涙を流す。

事情がよく分からなかったが、こう頼まれては引くに引かれない。

四の1 買い物など雑用をする奥女中付きの女。
2 江戸城常盤橋門に通じる、外堀にかかる橋。
3 東京都中央区日本橋人形町。芝居町だった。
4 陰茎の形をした性具。
5 江戸浄瑠璃の開祖で、滝野検校に浄瑠璃を学び、慶長末年に京から江戸に下った。
6 俠客として知られる幡随院長兵衛の子分で、幡随院の死後、町奴の親分になった。
7 額際を深く剃った髪形。

「ともかく、ここは人中（ひとなか）です。ひそかに事情をうかがいましょう」

と言って、その辺の茶屋に入る。

「しばらく、ここでお待ちくだされ」

世之介は宿に帰り、鎖帷子（くさりかたびら）を着込んで鎖鉢巻をしめ、脇差の目釘竹（めくぎだけ）[8]を改めてから、最前の茶屋に走り戻り、「さあ、相手は」と問いただす。

女は急ぐ様子もなく、例の錦の袋を見せた。

「これで、私の心は知られます。ご覧ください」

言い終わらないうちに、恥ずかしそうに襟に顔をうずめてしまった。世之介が、紅の緒を解いてみると、七寸二、三分の、先の太くなっている張形で、何年か使ったのか、先が擦り減ったのが出てきた。興醒め顔になって、「これは？」と訊く。

「ですから、これを使うときには死んだかと思うような気になりますので、命の敵でございましょう。ぜひ、敵を討ってたもれ」

と、世之介にしがみつく。刀を抜く間もなく、女を組み伏せて首筋を押さえて、畳を三畳重ねたその裏まで刺し通すような勢いで、なにやら突き刺した。女は起き別れるとき、鏡袋から金包みを取り出し、袖の下から世之介に渡した。

「今度は七月十六日、宿下がりの日には必ずお目にかかりましょう」
そう、言い残して女は去っていったとか……。

五　昼間から浮気の仕掛け罠（昼のつり狐）

世之介たちは、狂言の小舞十六番の踊り歌[1]「加賀の大聖寺の時太鼓」[2]を謡いながら、夜明けを待つ日待の宴を楽しんでいる。このなかに夢山様という大尽がいた。この御方は親もなく子もなく、七代続いた大金持ちだった。先祖が無間の鐘[3]でも撞いたのか、毎日金銀を撒き散らしても、財産が減ることがなく、遊山遊興に明け暮れていた。

8　刀身が柄から抜けないようにする竹釘。乾くと緩むことがあるので、太刀打ちの前に改める。
五の1　歌舞伎踊りの手ほどきに用いられた小舞十六番の拍子歌。
2　小舞十六番のうち第十二番の詞章の一節。
3　遠江国小夜の中山観音寺の鐘で、撞くと後世は無間地獄に落ちるが、現世は裕福になるといわれ、撞く者が絶えなかったので地中に埋められた。

この大尽、まだ都の踊り子やら舞子やらを見たことがないというので、世之介が京に上るのなら、都を案内してもらいたい、万事まかせるということになって、二人連れだって京にやってきた。

知恩院の古門前町に、十日という約束で妾を置いて夜の相手をさせ、昼は十人の舞子を集めた。費用は一人につき金子一歩である。幼いときから顔がきれいで上品な子を舞子にして、男のように振るまうように仕込む。十一、二、三、四、五までは女の宴席にも招かれて、酒の相手もする。

その年頃が過ぎると、月代を剃らせ、男の声色をさせる。裏付き袴の股立ちをとり、[4]鮫皮の大小刀を[5]おとし差しにして、虚無僧編笠で顔を隠し、太緒の雪駄をいかめしく履いて草履取りの奴を連れ歩く。これを、出家相手の通い小姓と言う。さらに歳をとると、「あいの女」と言うのだが、していることは同じでも、茶屋女でもないし女郎でもない稼業につく。それから後は、遊び宿の嬶となる。この嬶は、金を払えば客の自由になる。そのさきは婆となって、男から相手にされなくなってしまう。

「何事も、若い時分が花ですよ」

と、昔を懐かしがる女に、今まで見聞した情事の手管を語らせた。

「四条通りに『切貫雪隠』というのがあります。高貴な家の後室など、仲居・腰元やお付きの者が多くて、思い通りに男に逢えない御方は、この雪隠をつかいます。中には抜け道があって、気ぜわしい逢い引きをします。『忍び戸棚』というのは、これも中の通路から男を忍ばせておいて女と逢わせます。『揚げ畳』というのもあります。簀の子の下に抜け道を仕掛けて、逢い引きがばれそうになると、男をそこから逃がすのです。『空寝入りの恋衣』というのは、次の間の洞庫棚[6]に後室模様[7]の着物や大綿帽子[8]・房付き数珠など後家の持ち物を手回しよく隠しておきます。女より男を先に部屋に入れて、用意しておいた衣装を着せてから寝させておいて、奉公人には、『さる御隠居様です』と油断させ、逢い引きさせるわけです。『後世の引き入れ』という手立ては、墨染め衣の美しい尼姿に男を変装させ、もの欲しげな人妻に付けてやります。

4 袴の開いているところを摘まみ上げて帯に挟む。臑が出て動きやすくなる。
5 刀の鐺を低く差す伊達風俗。
6 茶室の道具畳の脇にしつらえた、押し入れ式の棚。
7 白い地に絵柄を黒く描く地味な模様。
8 真綿を平たくして、大きく丸くした被り物。

『私の住まいはここです。ちょっとお立ち寄りください』と誘い込むのです。『印の立ちくらみ』というのは、出合い茶屋の暖簾に、赤手拭いを結びつけておきます。女は、ここで立ちくらみを起こして『ここを借ります』と言って、逢い引きします。注意して暖簾を見ていると分かりますよ。『契りの隔て板』というのもあります。これは小座敷の片隅に、女が寝られるように化粧板を敷き、亀頭が通るぐらいの穴を穿っておきます。男が板の下で仰向けに寝られるように、一尺あまりの隙間を拵えておくのです。『湯殿のたたみ梯子』という物もあります。これは、外からは手桶ひとつ出し入れできないほど厳重に見せかけておき、女が裸になって湯殿に入って内から戸を閉めるやいなや、天井から細引きの縄梯子を下ろします。女が梯子を上って男と事を済ませてから、女を下に下ろすのです。こんな密会の手段が、かれこれ四十八手あります。女さえ納得していれば、男に逢わせられないことはございませんよ」

なんとも恐ろしい話ではないか。内儀や娘に、とても聞かせられない。内緒、内緒ですよ。

六　目に三月（目に三月）

謡の詞ではないが「げにげに花の都」[1]、四条・五条の人通りは絶えることがない。東山は地震と洪水で昔の面影が変わり[2]、禁裏近くにあった頂妙寺[3]も、ここ東川原に移転した。鴨川の両岸には[4]石垣が積まれている。慈鎮法師が詠まれた真葛が原[5]まで、今は人家が建ち続いている。

夢山大尽は石垣町の浪屋という水茶屋に腰掛けて「御所方のお女中相手に恋がしたいものだ」と言いながら、道行く人を眺めている。

「田舎とは違って、これはまた美人が多い。さて、そこを通るのは、どういう女たちだ」

六の1　謡曲「東北」「出で入る人跡かずかずの（略）色めく有様は、げにげに花の都なり」に拠る。
2　寛文二年の大地震、寛文三、四年、延宝二年の洪水などで、山容が変わったことを言う。
3　日蓮宗の寺。寛文十三年、新町上長者町から現在地に移された。
4　寛文八年から十年にかけて護岸工事で石垣が積まれた。
5　「我が恋は松を時雨の染めかねて真葛が原に風さわぐなり」（『新古今集』）。

と言われて、世之介も顔を向けた。下には水色の鹿子絞りの小袖と白無垢の小袖を着て、上着は青海波[6]の紫色の絞り染め。紋所は、銀で帆の字を切り抜いたのを、五所[7]紋にして輝かせている。帯は、紫の上着と同じ色で左斜めの斜線模様が染められている。結び目を後ろにして、絎け目の隅に鉛の錘を入れて結んだ帯が垂れるようにしている。髪には水引をかけ、黒繻子の奇特頭巾[8]で顔を隠しているが、首筋は真っ白である。木地の葛藤笠[9]を白い紐で結ばずにかぶり、足袋は白繻子に紅の裏地をつけて、ぼたん[10]がけして、ばら緒の藁草履を履いている。同じ年頃の女が二十四、五人、皆同じ格好をして連れ立っている。お供の男女は、はるかに下がってついていく。

「この人たちは、どういう御方ですか」

世之介が、隣の男にきいた。

「さる御所方の御女中です。あの中に、御主人が紛れ込んでいるそうですが、どなたか見分けがつきません。あのようにして毎日御遊山されておりますが、変わったことが好きなようです」

「結構なことではないか。この前、松本名左衛門[11]という役者が御所方の女中と契って良い夢を見たというが、そんな見ることも聞くこともできないことを望むより、智恵自慢の世之介よ。すぐに自由になる女を呼べ」

夢山に、そう言われた世之介は、扇屋の店先で地紙(じがみ)を売る女に、今流行っている扇の地紙を持ってくるように話をつけてきた。

「この女はどうでしょうか」

「雨が降って、うら寂しい晩や、女人禁制の高野山(こうやさん)で見たなら、仕方ないかと我慢もできようが、京に来て、大勢美人を見たからには、この程度の女では」

夢山にけなされて、女を帰してしまった。

「ともかく夢山様のお望みだ。島原へ繰り出そう」

世之介が提案する。

---

6 渦を四分したような波形を重ねた模様。
7 背・両袖の表・胸の左右の計五カ所に付けた紋。
8 目だけを出すようにした黒布製の頭巾。
9 漆を塗っていない葛藤(つづらふじ)で編んだ笠。奇特頭巾に葛藤笠をかぶるのは、当時の派手な風俗。
10 ボタンで足袋をとめること。当時の最新風俗。普通は足袋の上部を紐で結わえる。
11 大坂の座本で、歌舞伎役者。やつし事と実事を得意芸とした寛文・延宝期の名優。

「世之介には初めての遊女買い、お二人とも、この善吉の仕方を見習ってください」

と、江戸で遊び慣れた粋人の善吉が言う。

立派な身なりの大柄な善吉が、袴の裾を上げて、刀は、旗本奴のよしや組風[12]にきめる。編笠を深くかぶって、挟み箱持ちと小者を供に連れ、大門口にさしかかった。頃は正月十六日で[13]、島原では人形店が建ち並んで、揚屋に入れぬほど賑わっていた。太夫は皆、十両、十五両もする人形を買って慰みにするそうである。この日に客となった大尽はその費用を負担するのだから、まったく気の毒なことだ。魂のないはずの藤六・見斎・粉徳・麦松[14]などの道化人形までも、この日ばかりは浮かれているように見えるのもおかしい。

善吉は、今や男盛り。江戸・吉原では人気絶頂の小太夫に惚れられ、浮き名がたった。普通の客相手にはしないことだが、雪がちらほら降る寒い日に善吉が帰る時、小太夫は袖をまくって唐傘をさしかけ、しかも裸足になって大門口まで善吉を見送った。これは前代未聞のことだと廓で評判となった。

小太夫を抱えている親方は、二人の仲を塞いたのだが、それでもかまわず女の方から身を捨て、善吉を深く恋い慕った。これほど慕われるのは、他人にはわからぬ良いところがあるのかもしれない。江戸の廓では、善吉を知らないものはいない。

そんな善吉でも、京の島原にはしるべがない。揚屋の丸太屋の店先に、挟み箱を下ろさせ、腰をかけて内をうかがうと、遊女ばかりが集まって酒を飲んでいた。太夫の石州が、さされた盃を一つ飲み、禿に言いつけて門にいる善吉に「知らぬ御方ですが、お酒をさしましょう」と言わせた。「これはありがたい」と、二杯飲んで盃を返した。石州がその盃を戴くとき、善吉は「これをお肴に」と、挟み箱から、黒檀の継棹六筋掛けの三味線[15]を取り出して弾き始めた。

「僕、歌え」

と言われた世之介は、かしこまって弄斎節[16]を歌ったが、その声は美しく、善吉の三

---

12 旗本三浦小次郎義也を頭目とした旗本奴の一団。大小刀は鮫鞘で、柄糸には白糸を用いた。万治・寛文ごろに流行した。

13 正月十四日から二、三日間、島原では通りに人形店が出た。十五・十六日は物日（遊女が必ず客をとらなければならない日で、客が来ないと揚代は遊女の借金となる）である。

14 野呂間人形の名。野呂間人形は、寛文年中、江戸の野呂松勘兵衛が使いはじめた道化人形。

15 黒檀製の棹を取り外せるようにした携帯用の上等な三味線。六筋掛けは弦の太さを言う。

16 巻三（一）の注12参照。

味線も上手である。さすが石州の見立てだけのことはあると、一同が感心して善吉を揚屋の内に入れた。

その日のうち、是非とも逢いたいと、恋を求めて石州のほうから申し出た。馴染みの客には断りの手紙を遣り、善吉と親しく語らったが、思った通りの粋人である。世之介は、というと太鼓女郎[17]にもふられる有様。

「この悔しさは忘れない。遊里は、人の金で遊ぶところではない。おれも一度はああいう遊びをしてやる。このままでは終わらないぞ」

世之介は、そう決心したのだった。

七　火神鳴の夜に行方しらず（火神鳴の雲がくれ）

奥まった裕福そうな家から、銀貨を量る天秤の針口を小槌で叩く音がする。その音を聞き、まだ銀を貯めたいのかとさもしく思った世之介。

今、おれに金を持たせても、それを貯めようとは思わない。ものの見事につかいはたして、世界の揚屋を驚かせてやる。「こいよ」と呼べば、一度に揚屋の亭主十人ばかりに返事をさせてやるのに。とはいえ、親仁に「目が開いているうちは、世之介を寄せ付けるな」と、勘当された。そのことを恨んではいない。おれのやった悪行は身に染みている。これからは、山奥の庵に引きこもって生臭物を食べない暮らしをして、迷いの波がやかましい音をたてたりしない生活をおくろう。紀州音無川の谷陰に、ありがたい僧がいるそうだ。この僧も女に溺れて、それから翻心し、仏道に入られたと聞いている。この方に、仏の道を尋ねてみよう。

世之介は、海岸伝いに、泉州の佐野・嘉祥寺を経て加太[1]に着いた。ここは漁師の住む浜辺である。娘に限らず、人妻も男の相手をする土地柄なので、田舎育ちの女も都風に装って、みな紫色の綿帽子をかぶっていた。男は漁で忙しいので、留守の間はやりたいことをしても誰もとがめない。男が家にいる時には、表に櫂を立てて目印にしたので、そういうときには、みな心得ていて、誰も家に入ったりしない。

世之介は出家の志など最早忘れて、夕暮れには淡島明神が女神なのを思いやり、

17　音曲を担当する遊女で、位は「囲（鹿恋）」。

七の1　和歌山県和歌山市加太町。

そこから名所で知られた由良（ゆら）の門（と）[2]を見渡す。「由良の門、恋の道かな」[3]という歌は、自分よりさきに恋のあわれを知る人がいて詠んだのだろうと感慨深い。

磯辺での契りも度重なって、ここも住みよいものだと、この地で日数が経つうち、世之介を訪ねて恨み言を言う女が数限りなく現れた。どの女に対しても、世之介はまともに顔を上げて言葉も返せない。適当にあしらうが、女たちは逆に、思いをますます募らせるようだった。

「この身一人を、大勢で取り殺しても益のないことです。せめては皆さんの憂さ晴らしに」

世之介は、女たちに酒をすすめた。そして思い出話や長年の苦労話をして憂さを晴らそうと、小舟を並べ、沖に漕ぎ出した。折から六月の末の空模様、山々に丹波太郎（たんばたろう）という入道雲が恐ろしげに湧き上がり、急に夕立が降り注いで、雷が臍（へそ）を盗（と）ろうと落ちかかってきた。絶え間なく大風が吹き、稲光が起こる。女の乗った船は、どこの浦に吹き散らされたのか、行方が分からなくなった。

けれども、世之介だけは、二時（ふたとき）（約四時間）ばかり波に漂って、吹飯（ふけい）の浦（うら）[4]というところに打ち寄せられた。しばらく気を失い、そのまま砂に埋もれて死ぬかと思われたが、流木を拾う人に大声で呼び覚まされた。かすかに鶴の声が聞こえてくるばかりで、あやうく生死の境を越えそうになった。

それから、なんとか生きながらえて堺までたどり着いた。堺の大道筋柳の町[5]に、昔雇っていた手代の親がいたので、そこを頼ったところ、夫婦はたいそう喜んだ。

「ただ今も、貴方様のことを気遣って、人々が手分けして国々を探し回っております。去る六日の夜、ご親父様がお亡くなりになりました」

そんな話をしているうちに、京から人が来た。

「これは不思議にも、良いところに来合わせました。お袋さまの嘆きは並大抵ではございません。とにかく急いでお帰りください」

早駕籠に乗せられ、間もなく昔の家に帰り着いた。みな涙にくれていたが、まるで炒り豆に花が咲くような信じられない心持ちである。今さら惜しいことがあろうかと、

---

2 淡路島由良と加太との間の紀淡海峡。「由良の門」は、その古名。
3 曽禰好忠「由良の門をわたる舟人かぢをたえゆくゑも知らぬ恋の道かも」（『新古今集』）に拠る。
4 大阪府泉南郡岬町深日。「吹飯の浦」は歌枕。
5 堺中央を南北に貫通する大道筋の北部の町。

すべての蔵の鍵が世之介に渡された。長年の貧乏暮らしにかわって、大金持ちとなったのである。母親が気を利かせて「好きなように、この銀(かね)をつかえ」と、銀二万五千貫目の遺産すべてを、世之介に譲り渡した。これは、譲り状の文句ではないが、まさに「明白実正(じっしょう)」[6]、嘘偽りではない。

「何時なりとも、御用次第に、この銀は太夫様たちに差し上げよう。日頃の願いが今かなった。思う女を身請(みう)けし、名高い遊女を、残らず買わないではおかない」

そう、弓矢八幡大菩薩(ゆみやはちまんだいぼさつ)に誓うのだった。百二十末社（太鼓持ち）を集めて豪遊を始めた世之介は、人々から「大大大尽」と呼ばれることとなったのだ。

6 銀二千五百万匁。約三百七十五億円。

巻五

一　後には奥様と呼ぶ（後は様付けて呼ぶ）

「都をば花なき里になしにけり吉野は死出[1]の山にうつして（吉野が死んでしまったので、都は桜のない里になってしまった。都の桜をすべて吉野山に移したかのように）」と、ある人[2]が歌に詠んだ。死んだ後まで名を残した吉野太夫は、これまで聞いたこともないような遊女である。何一つとっても、非の打ちどころがない。とりわけ情けが深かった。

一の1　六条三筋町、林与次兵衛抱えの太夫、二代目吉野。本名松田徳子、名妓として著名。寛永八（一六三一）年退廓。寛永二十（一六四三）年歿。享年三十八（『色道大鏡』）。

2　吉野を妻とした佐野（灰屋）紹益。本阿弥光悦の甥、本阿弥光益の子で、佐野紹由の養子となる。元禄四（一六九一）年歿。享年八十二。

さて、都の七条通りに住む駿河守金綱という小刀鍛冶の弟子が、この吉野太夫に一目惚れした。人には言えない我が恋を妨げているのは銀だ、銀さえあれば太夫と逢える、と思い込んだこの男、毎夜一本ずつ小刀を打ち、五十三日に五十三本、太夫の揚代の銀五十三匁を貯めこんだ。銀を稼いだのだから、きっと逢えるだろうと待っていたが、魯般の雲梯のような手立てもなく、一向に逢うことができない。「恋しい」と流す涙は、神にかけて嘘偽りはなかった。

十一月八日の稲荷神社の祭日には鞴に供え物をして鍛冶屋は仕事を休む。その鞴祭の夕暮れ時のことである。吉野のいる三筋町の遊廓に忍び込んだ小刀鍛冶の弟子が嘆き悲しんでいた。

「銀さえあれば太夫と逢えると思っていたのに、身分が低いからと、口をきくことも許されない。悔しいなあ」

ある者が、この男のことを吉野太夫に知らせた。

「その心持ちが、あまりに哀れです」

こっそりその男を呼び入れた吉野は、思いのたけを語らせた。

小刀鍛冶の弟子は、あまりのことに、どうしていいのか分からない。身震いしながら、薄汚れた顔から涙をこぼす。

「こんなありがたいことはござえません。この御恩はいつの世にか、必ずおかえしいたしやす。長年の願いが、今、やっとかないやした」

と、逃げだそうとする。

吉野は、その袂（たもと）をとって男を引きとどめ、灯火を吹き消し、帯も解かないで抱きしめた。

「お望み通りに、この身をおまかせいたします」

服を脱ぎ捨て、身を悶えてみせる。この男は気ばかりあせって、絹ならぬ木綿の褌（ふんどし）を解きながら「誰か、来る」と起き上がろうとする。仰向けになった吉野は、下から男を抱きとめた。

「このことを済まさなければ、夜が明けても帰しません。さあ、あなたも男ではありませんか。吉野の腹の上に上がって、何もしないでこのまま帰るのですか」

3　楚王が宋を攻めたとき魯般に作らせた城攻めの長い梯子（はしご）のこと（『淮南子（えなんじ）』）。目的達成に向けた手段（雲梯）もない、といった意。

吉野は、男の脇の下をつねったり、股をさすったり、自分の首筋を色っぽく動かしたり、男の腰のくびれをこそぐったり、懸命に男を励ました。日暮れから床に入って、やっと四つ（午後十時）の鐘が鳴るころ、どうやらこうやら、まがりなりにもことを済ますことができた。その上、盃まで取り交わして、小刀鍛冶の弟子を帰したのである。

大夫の身をあずかる揚屋（あげや）[4]から「情夫と寝るとは、これは、あまりなお仕打ち」と、苦情がでた。

「今日お逢いする約束をしたのは世之介様です。何も隠すことはありません。皆様の科（とが）にはしませんよ」

と言っているうちに、夜も更けて「介様（すけさま）のお越し」と声がかかった。

吉野太夫は、今しがたの顚末を隠さず世之介に話した。

「よくやった。それこそ、女郎の手本。おまえを決して見捨てはしないぞ」

4　太夫・天神など高級遊女が遊客をもてなす島原の揚屋は、抱え主から遊女を借りるかたちをとったので、遊女が馴染みの客以外の男と密会すると、揚屋の管理責任が問われた。

その夜、急いで話をまとめ、世之介は吉野を身請けした。

こうして、吉野は晴れて世之介の正妻として迎えられることとなった。生まれつき気品があり、遊廓では無縁だった世間とのつきあいもよく学んだ。その賢いことはこの上もない。後世（ごせ）を願う仏の道も、旦那様と同じ法華宗（ほっけしゅう）になり、煙草も嫌いなので吸うのをやめる。万事、世之介の気に入られるように振る舞った。

ところが、遊女を正妻に迎えたことが道に外れると、世之介は親戚一門から義絶されてしまった。吉野にとっては、それが悲しく、自分を離縁してくれと訴える。

「せめて妾としてお下屋敷（しもやしき）に住まわせていただき、時折お通いになってくださいませ」

吉野は、そう願うけれども、いっこうに聞き入れられない。

「ならば、一門の皆様との仲を、私がお直ししましょう」

「出家や神主の仲裁さえ聞かない者どもなのに、どうするつもりなのだ」

「何はさておき『明日、吉野を離縁して国元に帰すことにした。今まで通りにおつきあいください』と下手（したて）に出られ、『庭の桜も今が盛りなので、ご婦人方をぜひとも招きたい』と招待状をお出しください」

吉野の望んだ通りにすると、憎いというわけではないからと、その日には、大勢の女たちが乗物（のりもの）でやってきた。久しく使わなかった庭の築山（つきやま）の懸作（かけづく）り[6]や大広間に女たちが居並んだ。

酒宴もたけなわとなったころを見計らって、吉野は、粗末な浅葱（あさぎ）色の木綿の綿入れに赤前垂れを締め、髪には置き手拭いという下女姿で顔を出す。切熨斗（きりのし）[7]を片木（へぎ）[8]に載せた酒肴（しゅこう）を持ち、まずはお年寄の前に手をついた。

「私は三筋町に住んでおりました吉野と申す遊女でございます。このようなお座敷に出るのは、もったいのうございますけれども、今日は旦那様からお暇（いとま）をいただき、里に帰るお名残にと思っております」

と挨拶し、静御前が頼朝の前で歌った「昔を今になすよしもがな」の一節を口ずさむ。その美声に、聞き入る人の魂は消え入るばかりである。

5　吉野は、鷹ケ峰（たかがみね）の法華宗常照寺（じょうしょうじ）、日乾（にっけん）上人に帰依した。
6　庭に築いた山の斜面に張り出すように造られた建物。
7　薄く削いだ干しアワビ。
8　板皿。

吉野は、琴を弾き、歌を詠み、しおらしく茶を点じ、花を活け替える。櫓時計の分銅の調整をし、娘たちの髪をなでつけ、碁のお相手になり、笙を吹く。しんみりとしたこの世の無常咄[9]やら、家計のやりくりまで話し相手になり、何ひとつとっても、人の気をそらすことがない。台所に戻ると、吉野は座敷に呼び戻される。吉野一人の接客で、女たちは帰宅時を忘れるほどだった。

夜明けになって、招かれた女たちが家に帰った。

「どうして世之介様は吉野さんを離縁するのでしょうか。同じ女の身として考えても、あんなに話が面白くて、やさしく、賢い人はおりません。誰の嫁にしても恥ずかしくはございませんよ。一門三十五六人の女たちと比べても、あんなに素晴らしい人はいません。堪忍して、吉野さんをぜひ奥様にしてあげてくださいませ」

と、夫や父に取りなした。

それが効を奏して、世之介と吉野は婚儀を取り急ぐこととなった。お祝いの酒樽・杉折が山と積まれ、蓬莱山[10]の飾り物も置かれた。「相生の松風[11]」と高砂の謡もめでたく、吉野は共白髪の九十九まで、と祝い納めたのである。

二　かき餅を焼くのが望み（ねがひの搔餅）

「三井の古寺鐘はあれど」[1]という謡曲の詞章ではないが、使い捨てるほど金はあるのに暇がない。そんな理由からか、世之介は、まだ大津の遊廓、柴屋町を見たことがなかった。

「昔名柄の山芋が[2]鰻に変わったそうだが、柴屋町には何か変わったことがあるのかもしれない。行ってみようか」

「心得ました」

9　和時計は、昼夜を各六分する不定時法（季節により昼夜の長さが異なる）に対処するため、分銅の調整が必要だった。

10　祝い事に用いられた。蓬萊山を模した飾り物・島台ともいう。州浜台の上に、松竹梅、鶴亀、姥尉（能の装束を身につけた老夫婦）の人形を飾りつける。

11　「相生の松風颯々の声ぞ楽しむ」（謡曲「高砂」）。

二の1　「さざなみや三井の古寺鐘はあれど昔にかへる声は聞こえず」（謡曲「三井寺」）。

2　「さざなみや志賀の都はあれにしを昔ながらの山桜かな」（『千載集』）の「昔ながらの山桜」を「昔名柄の山芋」に替えてもじった。

世之介は急に思い立って、太鼓持ちの勧六をお供に連れて、京三条通りの白川橋から大津への戻り駕籠に乗り込んだ。逢坂山を越え、早くも大津手前の八町の宿屋に着いた。

「お泊まりじゃございませんか」

と言って、客を引く女に誘われて、広くてきれいそうな宿を選んだ。

「ちょっと姉さん、今ここで人気があるのは誰だ」

「さあ、石山寺の観音様が一番人気がありますけど」

見くびられたものだ、と亭主を呼んで「傾城町の案内をしてくれ」と頼む。

「やめたほうがいいですよ。下っ端女郎でも、銀六匁や七匁では足りません」

それを聞いて、勘六が歯ぎしりして怒り出す。

「世之介様は、忍んで遊びに来たからこそ、供も連れずに、身なりも、わざと野暮にしているのに、なんてことを言う」

そう苛立つのを、世之介はおかしがる。

「お前に預けた金を見せてやれ」

と、鷹揚に笑っていた。ところが台所では、使用人が「今夜は傾城買様のお泊まりじゃ」と大声をあげ、勘六を指さしては笑いだす始末。

さすがに世之介は我慢ができず、外に出た。門口では、群集した人々が「京から、豪華な伊勢参りが来るぞ」と、祭りの行列でも見物するように騒いでいる。大坂の黒舟という乗りかけ馬[3]、伏見の漣波(さざなみ)、淀の樊噲(はんかい)、名馬を三頭揃えて、七つ重ねの布団を白縮緬(しろちりめん)で馬の鞍に括って、馬の足には、藁ではなく唐糸(からいと)で編んだ沓(くつ)を履かせている。その上には、四つ替わりの大振り袖[4]を着て、紅白ない交ぜにした紐を付けた紅色(もみ)の裏地の菅笠をかぶった十二、三歳の娘たちが乗っている。いずれも島原で世之介と馴染みの禿(かむろ)たちである。ちょうど、馬子(まご)が宿(しゅく)入りに歌う小室節(こむろぶし)の最中で、馬一頭に馬子二人ずつ付いている。

馬上から世之介を見つけた禿は抱き下ろされ、三人とも世之介にしなだれかかった。

「これから御伊勢様に参ります。介様(すけさま)は、どうしてここにいらっしゃるの」

「勘六の女郎狂いにつきあって来たが、いや、頭が痛い。肩を叩いてくれ」

3　人と荷物を載せるようにした馬。
4　着物の前と後ろの右・左を、別な柄で仕立てた大振り袖。

一人の禿が頭、一人は足、別な禿が腰を揉む。禿たちと戯れて、泊まっている宿にはしばらく戻らない。

「その柴屋町という所を見てみたい。帰ってから、太夫様に土産話ができます」

「それなら、連れて行こう」

三人の禿を先に立て、南口の門から入る。都に近い廓だが、遊女の風俗も変わっている。小部屋にいる端女郎(はしじょろう)は、物を言うにも声高で、大股で歩いてせわしそうだ。着物はだらしなく着て、帯もゆるく締める。人目を惹くように濃く化粧して、上下の差なく、遊女はみな三味線を弾き、頭を振って歌う。客は、馬方(うまかた)、琵琶湖の丸太船の船頭、入り江の漁師、相撲取り、鮒鮨(ふなずし)屋の息子、小問屋の手代など。こんな連中では、恋も遠慮もあったものではない。

知り合いどうしで悪口を言い合ったり、脇差の鐺(こじり)がぶつかったと喧嘩したり、男伊達が競いあったり、一町に九箇所も、喧嘩騒ぎが起こるほどである。踏むやら叩くやら、頭巾を取られた、羽織がなくなったと、ただただ騒がしい。男たちは、ざんばら髪で片肌脱ぎ、懐には鼻捻じ棒をねじこみ、手には白刃(しらは)取り[5]を持って、廓を闊歩(かっぽ)している。こういう手合いは、色町を喧嘩の場と心得ているようだ。命知らずのならず者の寄り合いで、所帯持ちが、夜出かける所ではない。

世之介は、知り合いの揚屋で、兵作・小太夫・虎之介などという名の遊女を集めて、面白く遊んだ。その翌日は、禿たちが出立するので祝い酒。逢坂の関も近いから関送り[6]だと洒落て、その日は、格子見世[7]の遊女を残らず買い切りにする。酒を少し飲み過ぎた世之介が、禿たちに申し出た。

「お前たち、道中に、何でも好きなことをさせてやろう。欲しいものを言え」

「太夫様から、何から何までお気遣いをしていただき、何一つ欲しいものはありません。でも、乗りかけ馬では、三人が離れてしまって、自由に話ができません。昼間でも寝ながら、かき餅を焼いて、それを食べながら行くことはできないでしょうか」

「そんな望みなら、たやすいことだ」

世之介は、すぐに乗物二挺を持ってこさせ、中の隔てを取り払い、並べた乗物を、釘・鎹でつなぎ合わせた。中には火鉢を置き、角には棚をつらせ、枕屏風や手拭

5 刀を防ぐ十手や釵の類いの武具か。
6 伊勢参りの人を、逢坂の関まで見送ること。
7 小部屋で客を取る局女郎に対し、高級遊女を抱えている見世。

い掛けまでしつらえた。駕籠かきは十二人を選りすぐって担がせたので、まるで小さな家が歩くようである。やろうと思えば、何でもできるものだ。

三　欲の世間にこれは無欲な（欲の世中に是は又）

我が国の遊女の始まりは、近江国朝妻と播磨国室津が起源で、今は国々に広まっている。朝妻は、いつの頃からか遊里は絶えてあばら屋の集落になってしまった。女は縞布を織り、男は地曳網を引いて、その日暮らしをしている。一方、室津は今でも西国一の大港で、遊女も昔に増して美人がそろい、容姿や作法も、大坂とそれほど違わないそうだ。

世之介は、商売をやめて金利で生活している大金持ちの金左衛門を誘って室津に出かけた。気心の知れたひょうきん者どうしが二人、借り切った船を急がせた。その日の夕暮れ時、夕焼けが美しいなかを、「恋の港」室津に到着した。しかも、それは七月十四日のこと。というのは、ここでは十三日締めで、面倒な決算を済ませてしまう慣習があり、この夜は、みなお盆で浮かれている。

男は小さい編笠をかぶり、女のなかには投頭巾[1]に大小刀を差す者もいて、女郎も交えて盆踊りが始まる。見ているこちらも阿呆になって、女たちの袖の香に惹きつけられる。橘風呂・丁子風呂[2]などという屋号のついているのは、この地の揚屋である。世之介一行は、広島風呂という揚屋に行き、亭主の八兵衛に案内をさせた。丸屋・姫路屋・明石屋、この三軒の抱える遊女八十余人を見尽くして、その中で天神・囲[3]を七人選んだ。今夜の相手はまだ決めないで、すぐに酒宴となった。

「七人のうち、気に入った妓がいたら、今夜の相方にしよう」

世之介が、そう亭主にささやいたのを聞いて、女たちが、いそいそと身繕いするのもおかしい。酔い覚ましに、千年川という銘の香炉に、厚く割った香木をたいて聞かせたところ、大概の遊女は香を聞く嗜みがなく、香炉を手にとって、そこそこに回してしまう。あまりにみっともない。

その末座にまだ脇明け[4]の服を着た若い女郎がいた。それほど利口ぶった顔もせず、

三の1　四角に縫った頭巾の上端を後ろに折りかけたもの。男の風俗。
2　室津では、風呂屋が揚屋をかねていた。
3　遊女の階級。天神の揚代は銀二十八匁、囲は銀十六匁。

上着をゆったりと肩先までおとして、肌着に地蔵の紋を付けている。なにか、いわくありげである。自分に香炉が回ってくると、静かに香を聞いてから、少し首を傾（かし）げて二三度も香炉を見返した。

「今、思うと」

と言って、しおらしく香炉を下に置いた。その言葉を耳にした世之介が尋ねた。

「この香木は、何だと思うか」

「諸髪（もろかずら）に違いありません」

「これは、見事」

世之介は、懐へ手を入れ、別な香を取り出そうとするのを、女が止めた。

「いえ、私などには香を聞き分けられません。その香木は、江戸吉原の若山様に所縁（ゆかり）がございませんか」

「いかにもいかにも、逢った思い出にと、若山からもらったものだ」

「さっき、ふと申し上げたのは、備後（びんご）福山のさる御方が『江戸で若山様にもらった香包みだ』とおっしゃって、その香を袖にたきこんで枕をともにいたしましたが、いつもより嬉しい思いをしました。その夜のことを思い出したからです」

「縁とは不思議なもの。その備後の客の十分の一でも、お前に可愛がられたい」

横手を打った世之介は、この遊女がすっかり気に入った。

亭主が床を用意し、蚊帳をつる。

「こちらへ」

「では、二人でよい夢でも見ようか」

中に入ったものの、残暑で汗ばむ。この女は、秋まで残っていた蛍をたくさん入れた紙包みを禿に持ってこさせ、蚊帳に放った。花の咲いた水草の桶も中に入れて、世之介が涼しく感じるように心配りする。それから「都の人の野とや見るらん」[5]と言いながら、おもむろに蚊帳のなかに入った。

その寝姿の美しさ、情交の巧みさ。わざとらしくなく、さもしいことも口にしない。

「これはたまらぬ」

女可愛さのあまり、世之介は「人のほしがるものだ」と言って、巾着から金をあ

4　脇下を縫わないであけた着物。巻三（六）の注11を参照。
5　「唐衣袖朽つるまで置く露は我身を秋の野とや見るらむ」（『後撰集』、よみ人知らず）を踏まえる。

るだけ出す。一歩金四十ばかりを紙に包んで、女の袖に入れるが、手を触れようとしない。

やがて夜が明けた。別れ際に、たまたま来合わせた旅の修行僧が「お志をいただきたい」と言った。この女郎は、世之介からもらった金包みを、そっくりそのまま渡してしまった。修行僧は、何気なく布施を受け取ったが、四五町歩いてから、とって返す。

「これは、思いも寄らぬこと。一銭、二銭なら、ありがたく戴くが、これは、今の女郎にお返しする」

そう言って、投げ捨てた。昔は、どういう身分の人だったのか、奥ゆかしいことだ。世之介は、女の心根に感心し、その素性を尋ねたところ、名あるかたの御息女だということが分かった。身請けして、この女の住んでいた丹波に送り届けた。

その後、女がどうなったのか、誰も知らない。

四　焦がれ死の鬼火（命捨ての光物）

「いや、若衆遊びも面白いものじゃ」

世之介は、遊び仲間にそう勧められて、霊山[1]に誘われた。稽古能[2]が終わって人々が帰ったあとは、松の梢に吹く風の音と麩を揚げる音とが聞こえるばかりである。寺の精進料理では、にぎやかに酒も飲まれない。

「さあ、ここが思案のしどころ。これからどうしようか」

「今日は趣向を変えて、玉川千之丞[3]・伊藤小太夫[4]、それにあと四五人役者を呼び寄せよう」

宮川町[5]まで来るように、早駕籠で役者を迎えにやると、瞬く間に「いらしゃいました」との声。その麗しい姿を見たなら、「男はイヤだ」とは言われない。ある人が、こう言ったそうだ。

四の1　京都市東山区にある、時宗正法寺のこと。宿坊を遊山客に貸した。
2　町人には演能が禁じられたので、稽古ということにして能が行われた。
3　京・村山座の人気若女形。寛文十一年歿。
4　京・嵐座の女形。傾城事を得意とした。元禄二年歿。
5　京鴨川の東、四条南にあった色町。陰間（男娼）をよんで遊ぶ野郎宿が多かった。

「野郎遊びは、散りかかった桜のもとで狼が寝ているようなもの。傾城に馴染むのは、入りかかる月を目前にして、提灯(ちょうちん)がないような気持ちになるからだ」

誰でも、色の道には迷うものだ。

一晩中眠らないで、若い役者たちと大騒ぎする。よい歳をして、枕躍(まくらおどり)[6]、貝回(ばい)し[7]、扇引き[8]、なんこ[9]などして遊ぶ。子供心に戻ったようだ。夢中になって遊んで汗ばんできたので、風で涼もうと、皆で南表の縁側に出た。折から五月の空はまだ暗かった。高塀の向こうに榎(えのき)があったが、その下葉の繁ったあたりに、光の玉がたくさん浮遊している。一同驚いて、庫裏(くり)や方丈に駆け込み、気を失ったり、倒れ込んで頭を抱えたり、大変な騒ぎになった。

力こぶが少しはある男自慢の強者(つわもの)が、半弓(はんきゅう)に、鳥の舌形の鏃(やじり)のついた矢をつがえて、縁側から飛び降りた。その後に滝井山三郎(たきいさんざぶろう)[10]という若衆が続いた。

「たとえ何物であろうと、射殺す必要はありません。ちょっと待っていてください。生け捕りにしますから」

そう言って、男を止めた。ここから離れた木陰に行って見上げると、星の林のように光玉が漂っている。その梢に、真っ黒な物が一塊うごめいていた。山三郎は心を静めて「怪しいやつめ。何者」と声を掛けた。

「恨めしや、恨めしや。矢先に射られて死んでいれば、こんなつらい目にあわずに済んだものを。お情けで止めたのだろうが、ますます恋心が胸にせまり、執念の鬼が骨を砕いて、今は火宅（かたく）の苦しみじゃ[11]」

と、こぼれた湯玉のような熱い涙が山三郎の袖にかかった。

「いったい誰を、恋い慕っているのですか」

「そう訊かれると、つらくなる。毎日、芝居で顔を拝み、楽屋帰りのあとを、こっそりつけて門口で待ち受ける。御声を聞くたびに、死ぬかと思うことが何度あったことか。今日は東山にお出かけと、草履取（ぞうりと）りがささやいているのを聞いた。今一度、お顔

6 木枕を重ねて、ダルマおとしのように遊ぶ。
7 貝独楽（べいごま）をぶつけ合う遊び。
8 扇の両端を二人が親指と人差し指で持ち、引き合う遊び。
9 碁石などを手に握って、相手に何個か当てさせる遊び。
10 寛文初年京の若女形として舞台を踏み、寛文七年江戸に下り中村勘三郎座で活躍した。延宝三、四年ごろ歿。逸話の多い役者。
11 この世の苦悩を、燃えさかる家にたとえた仏語。

を拝してから首をくって、この世から去ろうと思い、この梢にのぼったのだ。このように言葉を交わせたので、もう思い残すことはない。哀れだと思うなら、死んだ後にでも一遍の回向(えこう)を頼みたい」

そう言って、水晶の数珠が投げ捨てられた。

「私にも、思い当たることがあります。気になっていましたので、矢を射ようとした人を押しとどめ、ここまで確かめにまいりました。互いの一念が通じて、これほどうれしいことはありません。その御志を捨て置くことができましょうか。この身は、お望みに任せます。夜が明けるのを待って、明日は必ず私の家に」

山三郎が言い終わらないうちに、松明(たいまつ)を灯(とも)した大勢の人々が取り囲み、梢の男を手荒に引きずりおろした。山三郎が事情を説明したが、聞き入れない。顔を見ると、貧しい寺の学僧だった。世之介は「その衆道の志は、じつに見事だ」と、二人の仲を取り持ち、自由に逢えるようにしてやった。

後に、この僧は、茶屋に呼ばなくても山三郎の家で逢えることを、少し自慢するようになった。そのうち、山三郎の書いた固めの誓詞まで疑い始めた。左の腕に「慶一大事[12]」と刺青(いれずみ)をさせたのは、この僧が「慶順」と言ったからだとか。

世之介が江戸で役者たちと一座して、色事の打ち明け話をした時、「もう隠しておくことはあるまい」と、山三郎の身の上に起こった昔のことをまざまざとあわれ深く物語った。これは、本当のことだ。

五　一日貸してもこの程度（一日かして何程が物ぞ）

「堺の浦の桜鯛（さくらだい）を地曳網で漁（と）って、生きている鯛を見せてやろう」

世之介は、京で山ばかり見ている太鼓持ちを連れて堺に出かけた。住吉大社を過ぎて、堺の北端に来れば、そこは高洲（たかす）の色町である。中の丁から袋町[1]まで足を延ばし、集めた女郎を選びもせずに、一行の人数分だけ呼んでもたかだか知れた揚代である。しかし、ここでは天神・小天神[2]と、世知辛（せちがら）く揚代を区別している。二階座敷で相方を

12　名前の一字「慶」の下に、命がけという意味の「一大事」を彫って愛情を示した。

五の1　「中の丁」は堺の甲斐町筋と火鉢町とをつなぐ路（現在の甲斐町東三丁辺）、「袋町」は同じく妙国寺南門前町。それぞれ遊女町があった。

2　『色道大鏡（しきどうおおかがみ）』によれば、天神の揚代は銀二十八匁、小天神二十一匁。

決め、盃もまだ末座に回らないうちに「葛城(かずらき)様、ちょっと借りましょう」[3]と声がかかる。葛城は早々と席をたった。また女が来て、今度は「高崎様」と呼び立てる。女郎が戻ってくると、入れ替わり立ち替わり、一時(いっとき)(約二時間)ほどの間に、七八度ずつも貸してやった。

「繁盛しているようだ。女郎に馴染み客がたくさんついているのだろうか」

　そう思って、階下を覗いてみると、客がいるでもなく、遊女が手枕して煎(せん)じ茶をがぶがぶ飲んでいるだけ。あくびをしては二階に上がり、下に降りては浄瑠璃本など読んでいる。何の用もないのに、座敷に出たり入ったりして、酒宴の興を冷ましているだけではないか。この遊里の慣習で、たびたびお呼びがかかって先客の座敷を抜ける女郎が一番人気だと、どうやら見栄を張るらしい。

　床入りも、窮屈な思いをさせられる。まるで一晩中、せせこましい新三十石船[4]に乗り合わせたような気分である。足を伸ばすには寝道具が短く、布団も冷え切っている。

「世之介様、旅のつらさを体験して、京の女郎様に気に入られるようになさいませ」

　と、太鼓持ちが言った。

「その通りだ。この地で味わった苦労を老後の話の種にしようと思う。寝覚めに風邪をひかぬように、女には肌を見せず、帯をしたまま布団に入るとしよう」

枕を並べた太鼓持ちたちも、一人は硯を引き寄せて、これから建てる家の見取り図を描いている。また一人は、何もしないよりはと、寝転びながら編笠の緒にする紙縒をひねっている。もう一人は、象牙の根付けをつけた印籠から艾を取り出し、三里[5]に灸を据えて顔をしかめている。女郎は女郎で、部屋の隅に集まって、夜更けまで綾取りや腕相撲をしている。時々居眠りをしながら、退屈な夜が明けるのを待つ様子は、寺の籠り堂で徹夜する参詣人のようである。

こんなことをしていても面白くないと、一人が話し始めた。

「ここでも、羽振りの良い若者は、大坂新町遊廓に馴染みの遊女がいたり、金を貯めておいて京の島原遊廓で一度に使い捨てたりするそうですが、もっともなことです。傾城狂いに金を惜しむのと、下手なやつに月代を剃らすほどいやなことはない。し

---

3 先客に揚げられた遊女が、他の客の座に行くことを「借りる」という。

4 寛文十年、淀二十石船に対して新造した船。実質は二十石船だが、三十石と称したので、従来の三十石船と区別して「新三十石船」という。

5 膝頭の約九センチ下の外側のへこんだところ。この灸穴は足を丈夫にする。

みったれて妾を囲うのも、時間で切り売りする安女郎に良い衣装を着せてみるのも、同じこと。一文惜しみの四十六匁知らず、[6]ですよ。一度でいいから、太夫の寝姿を、ここの女郎に見せてやりたい。色のあせた紅裏(もみうら)や染みの目立った腰巻をしないし、汚れた枕を使ったりしない。ここの女郎とは大違いです。

田舎の人がたまにやる傾城買いならいざ知らず、行きつけの揚屋があるような御大尽(おだいじん)は、他人の寝息のかかった夜具を、平気でつかうことなど慎むべきでしょう。ある京の大尽が、定紋を付けた梨子地(なしじ)の塗り長持(ながもち)[7]に、四季に応じた寝道具を入れて、島原の丸屋七左衛門[8]方に預けておいたのはもっともなことです。そのほか、枕箱[9]や煙草盆、器物、水呑みまで自分用にあつらえたのは、決して奢(おご)りではありません。大切なお体なのですから、世之介様も、これぐらいのことはなさったほうがいいでしょう」

「そう言えば、ある太夫が、とんでもない病気持ちと寝たそうだが、翌日になってしまえば、檜扇(ひおうぎ)を持つようなお公家様でも、前日の客のことまでは調べないだろう。自分も都に帰ったら、考えがある」

世之介は、そう言って、いくつも長櫃(ながびつ)をこしらえ、その中に遊女と逢うときに必要な諸道具を入れて、行く先々の揚屋に持たせてやったということである。

六　今風の男を見たことのない女郎（当流の男を見しらぬ）

都から大宰府に飛んだという菅原道真遺愛の梅のように、世之介は、はるばる筑前博多に飛んで、その地の遊廓柳町を見物に出かけることにした。昔は、ここに博多小女郎[1]という男勝りで派手な風俗をした女郎がいたが、この遊女のために死人が出て、袖の湊[2]が大騒ぎとなった。それ以来、夜に廓で遊ぶことが禁じられた。昼でも門を閉ざして、ひとりひとり、くぐり門から入る。しかも、侍は丸腰にさせられた。こ

6　諺「一文惜しみの百知らず（わずかな金を惜しんで、あとで大損をすること）」のもじり。四十六匁は、大坂新町の太夫の揚代。

7　漆の下地に金銀粉を散らした蒔絵の長持。

8　島原揚屋町の揚屋。

9　手回り品を入れて、枕元に置く手箱。

六の1　慶長ごろ、乱暴を働いた唐人頭を捕らえて遊女の長となったという伝説の遊女。

2　慶長の頃まであった港。唐船で賑わったというが土砂で埋まった。

れでは、誰でも面白いはずがない。

ころは、六月の初め。船路も快適で、世之介一行は安芸の宮島に着いた。この地の夏の市には、五里も七里も離れた所から人が集まってくる。厳島神社の神前の千畳敷（大経堂）で仮寝をしていた小娘をそそのかしたり、歌舞伎若衆に気を取られたり、遊女を買う順番を争ったり、昼夜の別なく騒いで、他には見られない大層な賑わいである。

宮島では、揚屋といっても奥行きが浅いので、表から内が見えてしまう。女郎は、浴衣に染めるような派手な模様の単衣を着て、中紅[3]の腰巻を、わざとチラチラ見せている。その野暮ったいことといったらない。やっと最近覚えたような手つきで「岡崎女郎衆」[4]を弾く三味線のばち音は、ただやかましいだけだが、「辛気篠竹かけては簾」[5]と、この土地の流行歌を聞くのは一興である。一通り様子を見てから、世之介一行は揚屋にあがった。

「誰でもかまわないから、気性が激しすぎて男を袖にするぐらい威勢のいい女郎を呼べ」

やって来たのは、天神と太鼓持ちが二人の、合わせて三人。その三人を並べておいて、世之介・金左衛門・勘六が、みな揃って、薄柿色(うすがき)の袷(あわせ)に、みすぼらしい麻地の縹(はなだ)色羽織[6]姿。四寸五分ほどもある紋所を付けた羽織には、鎌と輪と「ぬ」の字が[7]描いてある。まったく字の読めない輩が着るような野暮ったいなりである。

「自分で言うのも何だが、こりゃまた醜(ひど)い格好だ」

と、世之介が言う。女郎はおかしがって盃もささない。仲間にしか通じない隠語を使って、世之介たちを、いいように馬鹿にした。

翌朝、山里の百姓が、出盛りの林檎を手籠(てかご)に入れて売りにきた。世之介は「それを買え」と、腰の巾着から端銭(はしたぜに)を出して投げ与えた。女郎たちは「まあ」とうれしそうな声をあげて「昨夜(ゆうべ)のことは」と話をはぐらかせて笑った。

---

3 蘇芳(すおう)(マメ科植物)などで染めた紅色の布地だが、紅花(べにばな)を用いた本紅(ほんもみ)より、色が薄く安価。

4 三味線の手ほどきなどに教えた、寛永頃流行った小歌。「岡崎女郎衆岡崎女郎衆、岡崎女郎衆はよい女郎衆」。

5 寛永ごろ流行した端歌「しんき篠竹な、やれすのすだれ、かけて思ひは我ひとり」。

6 薄い藍色の羽織。

7 「かま・わ・ぬ」という意味。

「さて、我々は何者に見える」

世之介が、もったいぶっている女郎にきくと「人間と見えます」と答える。

「そいつは、ありきたりの洒落だ。商売を当ててみろ」

「ひいき目に見立てました。畳の上で暮らしている御方でしょう。たぶん、こちらは筆屋さん、あなたは張箱(はりばこ)屋、もうお一方は組帯屋さんでしょう」

よく考えてから、そう答える。

「なんと不思議なことよ。組帯屋と言われた男が違っているが、ほかの二人は当たっているぞ」

一行が、わざと驚いてみせると、その女郎は得意げに鼻を蠢(うごめ)かした。

「そもそも身分というものは、どんな着物を着ていても、脇差・印籠・巾着などの拵えや、手足を見れば、たいてい見当がつくものだ。それに自分が連れてきたのは、堀川の勝之丞(かつのじょう)といって、都でも名高い小草履取り。[8] 誰の目にもとまる美男だ。これを召し使う客の身分を軽くみるのは、人を見立てる心が働かないからだ。こんな女と床入りしてもつまらない。操り人形をして遊ぼう」

世之介に言われて、一行は挟箱(はさみばこ)から、五尺にも足らない組み立て舞台[9]を取り出した。

上幕(うわまく)[10]・面隠し(つらがく)[11]・首落とし[12]まで揃った、金銀をちりばめた舞台を設(しつら)える。その舞台で本式の六段浄瑠璃そのままに、自由自在に人形を操った。

「それでは、信太妻(しのだづま)の女房[13]を、江戸風の身なりでお目に掛けよう」

「世之介様、その人形は吉原のあの太夫様に生き写しですね」

　と、太鼓持ちが言う。

「よく分かったな。その太夫に似せて人形をこしらえたのだ。この太夫のもとに、ある大尽が、お忍びで逢いに来たことがあった。供の者と三人で同じ格好をして、揚屋の市左衛門の座敷で遊んだのだが、『この三人のなかで、本物の大尽に盃を差しあげよ』と言われた太夫は、少しも慌てなかった。『神ならぬ身ですので、お許しくださ

---

8 少年の草履取りで、男色の相手となる。
9 当時の操り舞台は、約九メートル幅だったので、その六分の一にもみたないミニチュア舞台。
10 舞台の最前部の間口上方に、横に細長く張った幕で、水引幕ともいう。
11 片手操りで、人形遣いの顔を隠すために舞台に張られた上幕。
12 人形遣いの首までの高さに張られた下幕。上下幕の間から人形を突き出して操る。
13 山本角太夫(やまもとかくたゆう)の古浄瑠璃。信太の森の狐が人妻になる。

い』と言って台所へ行き、禿に、飼っていた鶯を逃がすよう言いつけた。庭山で『あれ、あれ』と禿が立ち騒ぐと、三人が障子を開けて一斉に外に出た。その様子をじっと見ていた太夫は、本物の大尽に盃を差しあげたという。みな、太夫を褒めそやして、あとで『どうして分かったのだ』と尋ねた。太夫は『三人とも薄黄色の木綿足袋を履いておいでででしたが、一人だけ鼻緒擦れのない方がいました。この御方こそ、普段から土を踏まないお大尽に違いないと思い、盃を差しあげました』と答えたそうだ」

さきほどの女郎は、この太夫の爪の垢でも煎じて飲んだらいい。

七　今だと、尻を出す女（今爰へ尻が出物）

まだ見ない遊里もあるけれど、つまらない田舎傾城に懲りて、良い日和に恵まれたのを幸い、大坂に帰ることにした。難波江が見えてきたのも嬉しい。澪づくし[1]の傍を通って三軒屋[2]に着いた。昔は、ここにも遊女がいて「淡路に通う鹿の巻き筆[3]」などと歌っていたが、それも遠い昔の話となった。今は、芦の上葉に秋の初風が吹く季節。

京・大坂の町人が屋形船(やかたぶね)を浮かべて、世間をはばからず笛や太鼓を鳴らしている。ある船には外山千之介(とやませんのすけ)[4]・小島妻之丞(こじまつまのじょう)[5]・小島梅之介(うめのすけ)[6]など、名だたる歌舞伎若衆を乗せている。また、別な船には、松島半弥(まつしまはんや)[7]・坂田小伝次(さかたこでんじ)[8]・島川香之介(しまかわこうのすけ)[9]が乗っている。酌み交(く)わす朱塗りの盃が夕陽と色を競い、船底にあたる波が音を立てているのも快い。向こう岸では、松本常左衛門(まつもとつねざえもん)[10]・鶴川染之丞(つるかわそめのじょう)[11]・山本勘太郎(やまもとかんたろう)[12]・岡田吉十郎(おかだきちじゅうろう)[13]が、竿を並べて、

七の1　河口などの水深を知らせる杭。
2　木津川河口の船着き場。
3　出典未詳。三軒屋の遊里は、明暦三年に禁じられた。
4　延宝ごろの京の若女形。
5　寛文・延宝期の若衆方。元禄初めに狂言作者になる。俳号立花。
6　延宝ごろの大坂の若女形。
7　延宝から貞享にかけて活躍した大坂の若衆方・若女形。
8　延宝から貞享にかけての上方の若衆方。
9　延宝・天和期の上方の若衆方。
10　寛文ごろの大坂の若衆方。
11　若衆方。
12　京の若衆方。延宝三、四年頃、江戸から上方に帰る。

ハゼ釣りをしている。まことに情趣のある眺めだ。連れだった船には笹葺きの仮湯殿をしつらえ、鯛・鱸の生簀船も用意されている。昼は、落書きした扇を川に流し、夜には花火が水面に映えて、天も酔うばかりの風情である。

「いや、大坂の船遊びが京の遊山より面白いことを、内裏（天皇）様にも見せたいものだ。衛士の焚く火[14]ではないけれど、焜炉に薄鍋をかけてあっさりとした水雑炊で酔いを覚ますのは、下戸の知らない楽しみ。こちらも一杯いける口だから、大坂にいる間に、一日ぐらいは歌舞伎役者と遊ぶのも面白そうだ。それにしても、今、ここで見ている役者遊びが羨ましい」

そう言うのを聞いて「世之介ではないか」と声をかけた男がいた。

「誰だ」

「小倉[15]に可愛がられる男だよ」

「おや、ひさしぶり。おぬし、その後は京へ上らないのか」

「まず、積もる話もある。こちらの船に乗らないか」

と誘われた。

何はともあれ、世之介は、その船に乗り移った。そこにいたのは、みな肩肘を張らずにすむ遊び仲間である。見覚えのある太夫の定紋の付いた盃で、あれこれふざけながら酒を飲む。とやかく話しているうちに、四つ橋[16]に着いた。

「着いたぞ。あがれ」

「また、悪所へ行くのか」

「ざっと見て帰ろう。新町の夜見世は、吉野山の夜景のようなものだ」

一行は、東口から廓に入って、九軒町の揚屋、吉田屋に行く。台所では、白の絹縮に紅裏を付けた広袖を着た年輩の男が、女房たちを横柄に指図している。内儀のおなるに「あいつは何者だ」ときく。

「あら、私の亭主ですよ」

「この二、三年も、ここに通って、亭主の顔を知らないというのも、うっかりした話

---

13 未詳。

14 宮中警固の武士が焚くかがり火。「御垣守り衛士の焚く火の夜は燃え昼は消えつつ物をこそ思へ」大中臣能宣（『詞花集』）による。

15 島原柏屋抱えの天神か。

16 長堀川と西横堀川の交わるところに架かった四つの橋。近くに新町遊廓がある。

だ。おなるが利発で、何事もてきぱきと済ませてしまうからだろう。今夜の相手は、目と鼻がある女郎なら誰でもいい。我慢しよう」

と、売れ残った女郎をみな呼びにやった。世之介は、というと、今まで言ったことのない注文を出した。「ちょっと訳があるから」と言って、ある天神を指名したのだ。

二階の大広間に上がると、南の空から、昔と変わらず、月光が差し込んでいる。ここは以前に、加賀の三郎という大尽が逢っていた市橋（いちはし）という遊女の定宿（じょうやど）だった。そのころは金箔が張られていた、金の間の襖（ふすま）も、今は粗末な湊紙（みなとがみ）が腰張りされている。

「あの時には、四尺の長机（ながづくえ）に、書院硯（しょいんすずり）、筆架（ひっか）、香箱（こうばこ）など、いろいろな唐物（からもの）が置き放しになっていたが、そのまま女郎が帰っても、誰も手を付ける者がいなかった。今は、木枕さえかっぱらう奴がいて数が足らなくなるし、煙草盆の煙草まで空にしていくやら、煙管（キセル）までなくなってしまうやら。禿が盗むわけではなかろうし」

世之介が、女郎を待つ間、揚屋の者と不愉快な話をしていると、座頭（ざとう）の城春（じょうはる）[17]が三味線を買う寄附帳を持ってきた。

「心得た。小判（こばん）を出すついでに、何か他にねだるものはないか」

世之介は嫌みを言って「女郎衆はまだか。顔だけ見て、座りもしないうちに帰してやるのに」と言っているところに、やっと世之介の馴染みがやってきた。

どこで飲んできたのやら、少々酔っ払っているようである。床の支度ができたので、滅多にないことだったが「ひさしぶりだ。寝ようか」と、帯も解かずに一眠りしてから、気乗りのしない情を交わした。その最中に、「お立ち」と土間から呼び立てられる。世之介が「帰るぞ」と起き出しても、女郎は「酔いが覚めないわ」と、寝たまま暇乞(いとまご)いもしない。

世之介は、眠気覚ましに煙管を放さず、行灯(あんどん)の火で、立て続けに七、八服も煙草をふかす。なぜか、夜着の下から尻を突き出す女郎。世之介が不思議に思って見ていると、あたりに響くほどの音で、とりわけ臭い屁を二つもこいた。世之介は、手にしていた煙管の熱い火皿で、尻を押さえつけてやった。

分かっていながら、堂々と屁をこくとは、この女郎の心持ちはさもしいかぎりだ。思わずしてしまったというならば、お釈迦様でも、屁をこきたまうだろうが。

17　揚屋が抱えている太鼓持ち。

巻六

一　袖のなかに食べかけ蜜柑（喰さして袖の橘）

島原の三笠[1]は、情が深く、おうような性格で、太夫職にふさわしい容姿をしていた。衣装をよく着こなし、揚屋に向かう道中[2]にも他の太夫とはちがう風格があった。何をするにも少し世慣れし過ぎているように見え、威勢のない大尽は、貫禄負けして逢うこともできない。しかし馴染みになると、良いことの多い太夫である。宴席はにぎや

一の1　島原下之町大坂屋太郎兵衛抱えの天神。本話では太夫とする。男伊達好みの、物怖じをせずに意志を貫く「奴女郎」として有名。

2　遊女が禿などと一緒に揚屋入りする際の所作。島原の遊女は、両足のつま先を内側に向けて、八の字形に歩む「内八文字」で揚屋に向かう。

かで、床入りは艶(つや)めかしく、なぜか男がまた逢いたくなる。どの大尽も、別れるとすぐ次に逢う日を待ちわびるほどだった。

それでいて供の者や駕籠(かご)かきにまで心配りする。寒風が吹きすさぶ夜などには、何気なく見えるように気をつかって、彼らに酒をついでやった。これで下々には、太夫の気持ちが十分に伝わった。太鼓女郎のたいていの色恋は大目に見るが、揚屋の男と恋仲になると、あとで悪い評判がたつからと、そっと戒める。遣手(やりて)[3]の欲得ずくの話には乗らず、金銀は卑しいからと手に触れない。禿(かむろ)が居眠りしていても、叱ったりしなかった。

「夜更けまで用をさせられるのだから、仕方のないこと」

と、事を荒立てないようにして禿を喜ばせる。そうやって、太夫様のためなら何でもすると普段から思わせておいた。実は、これには訳があった。好きな男とこっそり逢うためである。

世之介は、その年から定宿(じょうやど)にしていた揚屋を使えなくなってしまった。というのは、揚屋三文字屋(さんもんじや)[4]で、三笠に逢い初め、「命をかけてこの恋を貫こう」と言い交わす深い仲となって、しばらく面白おかしく三笠と逢っていたが、しまいには金に困るようになってしまったのだ。揚屋からは請求書を何枚も突き付けられるし、抱え主からは三笠と逢うことを禁じられる。死ぬなら今だけれど、自分を慕ってくれる三笠の気持ちを思うと死なれない。

自由に逢えなくなったので、人目を忍び、少し前に三笠がここを通ったと、その道筋を行ったり来たりする。

「こんな暗闇に、鬼の落とした小判でもあればいい。加賀殿(かがどの)[5]のお言葉ひとつで借金が帳消しになるのに」

そんなふうに思っても、実現しない欲ばかりが先だつ。世之介は、逢えない太夫の幻影を何度も見るありさまだった。

三笠も世之介と逢いたくて、世之介が人目を避けて来る時間を見はからい、そっと揚屋を忍び出る。

「今夜は、中立売(なかだちうり)の竹屋[6]の七様のお座敷だったのよ。そこで、紀州の『きちじよ』と

3　廓で、諸事の周旋や遊女・禿の世話や監督をする老女。
4　三文字屋権左衛門(ごんざえもん)は、島原揚屋町の揚屋。
5　未詳。加賀守(かがのかみ)の意だが、京都所司代板倉伊賀守勝重(いがのかみかつしげ)（伊賀殿）を「加賀殿」にもじったか。

いう大尽と初めて逢ったけれど、いやな人。貴方のことを根掘り葉掘りたずねて、是非別れよと、つらいことばかり言う。こんなに好きなのに、別れられるものですか」

三笠は、世之介の左の袖口から手を入れ、脇腹をそっと抓って涙ぐんだ。五月雨の季節には珍しい、季節外れの見事な蜜柑を袖から取り出し「私の口をつけた物ですけれど」と食べかけた蜜柑を、手から手に渡してくれた。

「あなたは覚えているかしら。去年の秋、私の黒髪を抜いて、蜜柑の袋を猿の形に括って遊んだでしょ。あの夜は、おもいきり騒いで、ホラ、按摩の休斎が二階からころげ落ちて」

三笠が早口に話していると「太夫様は」と、口々に三笠を捜す声が聞こえてきた。

三笠の身としては、世之介と別れるのが悲しい。

「明日は、顔が見えるくらい明るいうちに来てくださいね。私はかまわないから」

と、泣き別れした。「大門を閉めますぞ」[7]と門番が叫んでいる。世之介は、出口の行灯で顔がばれないように横を向いて、主人持ちやら泊まっては差し障る客やらに混じって、足早に大門をくぐった。「昔は、ここまで見送らせたものなのに」と悔しく思いながら、先斗町のみすぼらしい宿に帰ったのだった。

三笠が世之介と密会しているという噂が廓中に知れ渡って、抱え主から折檻されたが、密会をやめようとしない。酷く当たっても一向に言うことを聞かない。仕方なく、台所で下々と一緒に働かせた。粗末な木綿の袷を着せて、味噌こしを持たせたり、おからを買いに行かせたりしたが、世之介様のためならば、と一向に恥ずかしがらなかった。

その年の十一月、初雪の積もった日、あまりの強情に業を煮やした抱え主が、三笠を丸裸にして、庭の柳に縛り付け「二度と世之介と逢わぬか」と責めたてた。三笠は「逢わない」と決して言わない。死ぬ覚悟をして、五日も、七日も食事を断った。ある日、涙を流している三笠を見た妹女郎が「こんな仕打ちをされて情けのうございます」といたわった。

「我が身の行く末を思って泣いているのではありません。これほど恋い慕っているのに、それを世之介様が知らないのが悲しいのです」

6　中立売通（現京都市上京区中央部を東西に通る路で、一条通の一筋南）には、大店の呉服屋が多かった。実在の「松屋」をもじったか。

7　島原では四つ（午後十時ごろ）に大門を閉めた。

そう言っているところに、香油売りの太右衛門(たえもん)が来合わせて、これを嘆いた。三笠は、この男が世之介のもとにも長年出入りしていることを思い出した。

「この縄を解いてください。気分が悪くなりました」

縄を解かせた三笠は、白綸子(しろりんず)の腰巻きを引き裂き、右の小指を嚙み切った。その血で、思いのたけを書き綴り、「世之介様に頼みます」と太右衛門に渡した。そしてまた、柳の木に括られた。

もはやこれまでと、舌を嚙み切ろうとしたところに、三笠の血文(ちぶみ)を読んだ世之介が、死に装束で駆け込んできた。集まった人々が、道理を説き、円満に解決するように取りはからった。その後、世之介は三笠を身請けすることができた。このような心立ては、またとはない。この太夫は、後々まで「大坂屋の奴(やっこ)三笠」と名を残した。

二　**身は火に焼かれても（身は火にくばるとも）**

生玉神社(いくたま)[1]の御池(みいけ)の蓮の葉は、毎年七月十一日に[2]、水際に小舟を浮かべて刈るのが慣例である。鎌の刃音に驚き、鯉(こい)・鮒(ふな)・スッポンが騒いだり、カイツブリが逃げ回ったりして、神前であることも、殺生の罪も忘れて愉快である。

その日は早朝から、新町遊廓越後町の揚屋扇屋(おうぎや)[3]の主人が、もろこし餅や酒を詰めた提げ重(さげじゅう)[4]を供に持たせて、蓮の葉刈りを見物に出かけた。遊山(ゆさん)の友としたのは、揚屋住吉屋の誰それ、揚屋吉田屋のなにがし、の平(へい)[5]という幇間(ほうかん)、佐渡島伝八(さどしまでんぱち)[6]、それに世之介をまじえた、計五人である。男たちは、御池の東南に陸続きとなった出島に居並んで「松の木陰は時雨(しぐれ)の雨か、濡れかかる、かかる」と口拍子を揃えて、はやり歌を歌った。

声も揃っているが、当代の粋人(すいじん)五人が、なんとまあ、よく揃ったものだ。男達は、今まで逢った女郎が本気なのか、手練手管の金目当てで逢っているのか、確かめてみようと、懐の手紙を出し合ってみた。どの手紙も、金の無心をたくらんだ女郎の返書などではない。みな、女郎のほうから切々と恋心を訴えた手紙ばかりである。つらい勤めの身でも、男に惚れたことが嬉しくて書いたものだろう。幸い、こんな色道の達人が集まったのだから、隠し立てをせず、依怙贔屓(えこひいき)もしないで、最近人気の高い太夫の品定めをして、今日の暮れ方まで気晴らしをしようということになった。

背山(せやま)(背後にそびえる山)に入る日は名残惜しいものだが、背山太夫[7]も今少しで年季が明けるのは、やはり名残惜しい。小柄なのが玉に疵でも、顔は美しく、気品があって、気立ても賢い。大橋太夫[8]は、背が高く輝くばかりに美しい。目元はすっきりしているが、口元が少し下品に見える。揚屋までの道中姿はあまり好ましくない。座についた様子は、歌を詠めない小野小町のようで、美しいのだけが取り得で座持ちが上手とはいえない。気が弱く、禿のしゅんが、何事も智恵を貸しているようだ。お琴太夫[9]は、少し不細工な顔をしているが、個性的な顔立ちを好む客もいる。何事にも賢すぎて、欲が深い。首筋に腫物があるのが嘆きの種。しかし座の取り持ちは申し分な

二の1　大阪市天王寺区生國魂神社のこと。当時、門前に蓮池があった。
2　盆に売るために刈るのだろう。
3　大坂・新町佐渡島町の西町の俗称。十七軒の揚屋があった。
4　酒器や食器を組み入れた携帯用の重箱。
5　初代岩井半四郎の手代。太鼓持ちとして知られる。
6　大坂の道化形の歌舞伎役者。所作事（歌舞伎舞台で演じられる舞踊）を得意とした。
7　新町佐渡島町の佐渡島勘右衛門抱えの太夫。
8　新町中之町の扇屋四郎兵衛抱えの太夫。
9　新町佐渡島下之町の丹波屋善太郎抱えの太夫。

く、しくじったことがない。どこか、太夫らしい風格を感じさせる。朝妻太夫[10]は、背筋がすらっとしていて、腰つきに色っぽいところがある。横顔が美しく、鼻筋も通っている。残念なのは鼻の穴が黒いことで、煤掃きの手伝いでもしたかのようである。けれども、優雅で落ち着いていて、多少こざかしく見えるときもある。今あげた遊女はみな太夫職に就いていても、誰からも文句は出ないだろう。

　ところで、こういう太夫もいる。朔日から晦日までよく勤めて家内繁盛、その神代以来、類いなき傾城のお手本となった太夫だ。髪は結わなくても麗しく、素顔、素足のままで美しい。手足の指先は細く、艶やかで、容姿はしとやかである。肌合いは、むっちりとして雪のようで眼差しは賢そうだ。立ち居振る舞いは上品だが、根っからの色好みで床上手。男は我を忘れてしまう。酒は嗜むし、歌えば声よく、琴や三味線も得意である。一座の取り回しも申し分ない。優雅な文面の手紙も上手に書く。物をもらおうとはせず、物惜しみをしない。情が深く、しかも手管の名人。

「さあ、この遊女は誰か分かるか」

「日本は広いというけれども、夕霧太夫[11]よりほかに、これほどの遊女はいない。この君、この君」

と、五人が声を揃えて褒めちぎった。

さらに、めいめいが夕霧の情けにあずかった思い出を語り出した。男が命を捨てるほど思い詰めると、夕霧は道理を説いて男から遠ざかる。浮き名が立ちそうになると、客に納得させて廓通いをやめさせる。恋心が度を超すと、道理を説いて身を引く。身分のある人には世間体を考えるように諭(さと)し、妻帯者には、女房が恨めしく思うことを合点させる。魚屋の長兵衛にも手を握らせ、八百屋の五郎八にまで言葉をかけて喜ばせる。どんな身分の人も見捨てない誠実な夕霧の心情を思い合わせ、そこにいた男たちは、はじめは声高に話していたが、いつとなくしんみりとなって、涙ぐんだ。人に笑われるのを職業にしている道化方の佐渡島伝八も、この太夫様のためにはと、ひたむきな思いを寄せるのだった。

この話を聞いた世之介は、いてもたっても居られず、仮病をつかって、人より早く帰った。すぐに、恋心を文に書きくどき、つてを捜して夕霧に送った。それからは、

10 新町佐渡島町の佐渡島勘右衛門抱えの太夫。

11 新町中之町の扇屋四郎兵衛抱えの太夫。夕霧とその愛人藤屋伊左衛門(ふじやいざえもん)の恋愛を扱った浄瑠璃・歌舞伎が多く作られた。

雨の夜も風の夜も、雪の降る夜も道をかき分け、この恋がかなうまではと廓に通い続けた。夕霧は、世之介の心底を見極め、その年の十二月二十五日、[12]世間も廓も慌ただしい折節、「今日こそ、忍んでお出でください」と、密かに文を寄越した。

うれしいことに、夕霧はいつもより早く揚屋に来て世之介を待っていた。それから仲居の用意した小座敷で世之介と逢い引きしたのだが、どうしたことか、夕霧が炬燵の火を消させてしまった。折から寒さが厳しいのに、なぜだろうと、世之介は不思議に思ったけれど、いろいろ、たわいのないことをしては逢瀬を楽しんでいた。そこへ、この日の夕霧の客が来たようで、「権七様、おいで」の声が聞こえてきた。夕霧は、少しも慌てず、世之介を炬燵の下に隠した。先ほど火を消したことと思い合わせ、賢い心遣いがまことにありがたい。たとえ焼け死んだとしても本望である。夕霧は、権七が変だと思うように、何でもない文を思わせぶりに持って台所に逃げた。男は、そのあとを追っかけ「見せろ」「いやよ」と言い争っているうちに、世之介が裏へ逃げる恋の抜け道が用意してあった。いや、お見事。

三　心中箱（心中箱）

涼風を待つ夕暮れに、四条河原の涼み床を見渡すと、柳の馬場の長七という太鼓持ちの顔が見えた。提げ煙草盆に大団扇を持って、誰かを捜しているようである。

「やい、間抜け。他人に見られたさまではないぞ。誰を捜しているのだ」

長七は、笑いながら黙って指さす。その先には、長七の女房がいつもと違う洒落た格好で、雇われ腰元や下女を連れてこっちへやってくる。長七も下男の与七といったなりをして、女房殿にかしずいた。

「これはまた、変わった趣向だ」

と、世之介は事情をきく。

「毎朝、飯を炊き、井戸の重い釣瓶縄をたぐるのも、みな亭主の私がかわいいと思うからでしょう。夜更けに帰っても一度も戸を叩かせず、すぐ開けてくれる。『今夜は

12　十二月二十五日は新町の紋日。この日には、遊女は必ず客を取らなければならないので、慌ただしい。

早くお仕舞いですね。いつも、お帰りを待ちわびているのですけれど。旦那様のご機嫌はようござんした？ 仕事はうまくいきました？』と、世間のことにも家のことにも、気をつかう。その可愛いことと言ったらありません。せめて今日一日だけでも、世間の奥様なみに、かずき[1]姿で外出させて、夜になったら、そのまま横にねかして、この世の思い出になるほど堪能させるつもり。いつも独り寝ばかりで、口にはしないが、太鼓持ちの女房などにはなるものではないと、きっと思っていることでしょうから」

長七の言い分はもっともである。この女は、もとは島原で藤浪（ふじなみ）太夫[2]に仕えていた春（はる）という遣手（やりて）だった。

「互いに好きあって縁づいた仲。女房の春がこつこつ貯めていた端金（はしたがね）は、減ってはいないか」

「そんな金が残っていたのは、はるか昔のこと。子が生まれなかったのが幸いでした」

長七は苦い顔をして、身震いしながら世渡りのつらさを話し出した。

「これから、このまま家に来ないか。夜通し、昔話を聞きたい。聞かせたいこともある」

世之介は、長七と女房二人を伴って我家に着くと、人気(ひとけ)のない奥座敷に通した。何となく良い匂いがする。

「いやに油臭い。嬶(かか)、どう思う。何の匂いだろうか？」

夫婦が、鼻を突き合わせていると、「今日は、秘蔵の宝物を土用干(どようぼ)しする」と、世之介が言った。小書院(こしょいん)に行くと、箱が一つ置いてあった。上書きに「御心中箱、承応二年より今まで」と記されている。中には、女郎や若衆の起請文が入っていて、大部分は血文(ちぶみ)である。床柱には琴の糸を引き渡して、女に切らせた黒髪が掛かっている。八十三までは、髪の名札を読んだが、あとは数えるのが面倒になった。右の違い棚の下には、肉の付いた爪が数知れず置いてある。そのほか、袱紗(ふくさ)に包んだものが山のように積まれていた。これも、なにかいわくがあるのだろう。

この部屋の有様といったら、女が髪を寄進する鐘鋳(かねい)[3]の場か、御開帳の善(ぜん)の綱(つな)[4]が張ら

三の1　良家の婦女子が、顔を隠すために頭にかぶる小袖。

2　島原下之町(しものちょう) 柏屋又十郎抱えの太夫。

れているかのようだ。さらに次の間を見ると、落書きした緋無垢、血書で血染めのようになった白無垢、朝別れた時の気持ちを切々と綴った着物が置いてある。十六形の模様[5]を染めた紫地の着物、あれは花崎太夫[6]の形見にちがいない。定紋入りの三味線もあれば、腰巻の布を天地（てんち）[7]、帯を中縁（なかべり）[8]に表装した美人画の掛け軸もある。そんな物が数限りなく置いてあった。

「これほどまで、大勢の女にやるせない思いをさせたのだから、世之介様は、その執心からは逃げられますまい」

と、長七が言うやいなや、床の上に置いてあった髪が四方に広がって、伸びたり縮んだり、二三度も跳び上がったり、物を言わないものの、まるで生き物のようで、身の毛がよだつほど恐ろしい。

「これは？」

「春も覚えがあろう。わけがあって、藤浪太夫に切らせた髪と爪だ。こればかりは今でも忘れられないので、置き場所も特別にして鄭重（ていちょう）に扱っている。藤浪が夢や幻に現れ、時には現（うつつ）に姿を現して、今世話になっている男との仲をあれこれ話すので、一向に縁が切れたとは思えない。昨夜などは、別れ際に『新しく織りだしたこの縞縮緬（しまちりめん）

で羽織を仕立てて、あなた様に着せたなら、ほれぼれするほど似合うでしょうに』と置いて帰った。夢にもせよ、こうして緋縮緬がここにあるのが不思議だ。この話を聞かせようと、『家に寄れ』と声を掛けたのだ」

これを聞いて、春も長七も腰を抜かさんばかりに驚いた。

「本当にどうしたわけでしょうか。藤浪様は、世之介様には身を投げだし、命も惜しまぬほど惚れていましたから。京では知らない者はおりません」

二人は、そう言って帰った。それからすぐに、春は藤浪のもとに出向いた。

「あの大切な縮緬一巻が見当たらない」

と、縞縮緬を捜している藤浪と会って、人に聞かれぬよう注意しながら、先ほどの

3　寺院の梵鐘を鋳造する際、女性は鐘に鋳込む鏡や、鐘を釣る綱に使う髪を寄進した。
4　ご開帳の際、仏像の手に五色の糸を張り、参詣人に引かせる。
5　未詳。十六武蔵の模様、すなわち麻の葉模様のことか。
6　島原下之町桔梗屋喜兵衛抱えの太夫。
7　掛け軸の上下。
8　掛け軸の二重の縁の、中の方の縁。

様子を話した。

「確かに、世之介様に差しあげたいと思っておりましたが、その一念が通ったのでしょうか。寝ても覚めても世之介様が忘れられないのだから、生きながらえて、今の旦那の世話になってもしかたがない」

藤浪は自ら元結を切り、出家したいからと旦那に暇乞いして、尼寺に駆け込んだ。浮世を見限り、後生を願う道に入ったのだ。この太夫を誉め称える話は、数え切れない。

四　寝覚めのご馳走（寝覚の菜好み）

新町の揚屋京屋仁左衛門[1]自慢の庭の松の枝が雪で折れて、少し惜しまれる。そんな大雪が降った夜、寒さしのぎに呑んだ酒がまわって、「さあ、これから枕を借りて一眠り」と、世之介は御舟太夫[2]と布団に潜り込むやいなや、二人は同じ寝姿で、鼾も一緒にかき始めた。隣り合わせの床には、新屋の金太夫[3]と槌屋の万作[4]が床をとっていて、二人の鼾を聞いて笑っていることもつゆ知らず、良い気持ちで夢を一つ、二つ見ていた。

そのうち、額に波のような皺を寄せた御舟が目を剝きだし、荒々しい声で喚きだした。

「弓矢八幡、今こそ大事。七左様逃しはしませんぞ」

隣で寝ている世之介の肩先に嚙みついて歯ぎしりし、雨のように涙を流した。驚いて「おい、世之介だよ」と、慌てて御舟を起こすと目が覚めた。

「どうか、お許しくださいませ。私の情事の噂は、ご存知のはず。相手の丸屋七左衛門殿[5]が夢に姿を見せ『世間体を慮って、この恋は思い切る』とおっしゃいました。あまりに悲しくなって、今のような有様です」

四の1　大坂・新町佐渡島町の揚屋。
2　京・島原宮島甚三郎抱えの天神だったが、大坂・新町に下って太夫となる。
3　新町下之町　新屋抱えの太夫。
4　新町東口之町槌屋彦兵衛抱えの遊女だが、未詳。
5　京・島原の揚屋丸屋七左衛門と御舟との醜聞は、遊女評判記等に多出する。揚屋と遊女との恋愛は禁じられていた。

御舟が自害でもしそうなのを、やっとなだめて、丸屋となれ初めてからの苦労話を聞いた。今の世ばかりか、来世にも現れそうもない類い稀な遊女である。一夜を過ごして起き別れる風情もしとやかで、酒の飲み方もほどよい。「お呼び申せ」と、もらいをかける声[6]がしても適当にあしらって、今逢っている客が満足するまで座を立たない。帰り際には、揚屋の内儀（ないぎ）や奉公人がうれしがるほど丁寧な別れの挨拶をする。道中は、塗り下駄の音も静かに、差し掛けられた唐傘（からかさ）から落ちる雪が袖に降りかかっても気にせず、実におうようである。

「どうして、京の島原では太夫にしなかったのか」

「それほど美人ではないからでしょう」

と、揚屋の内儀が言う。

「たわけめ。太夫は、器量の善し悪しだけで決めるものではないぞ」

世之介は、御舟をゆっくり見送ってから、一人さびしく揚屋の二階にあがった。階下では、遊女屋から迎えの遅い女郎が、茶釜のそばに集まって、椀をかたづける揚屋の女の邪魔をしている。

鮒（ふな）の煮こごりを食い散らし、「湯が欲しい、水が飲みたい」などと言って、口をもぐもぐさせている。割った丸盆を、素知らぬ様子でくっつけておいたり、城浪(じょうなみ)[7]の三味線を踏み折って知らぬ顔で置き場所を替えたり、やりたい放題である。暗がりから覗いていると吹き出してしまう。竈の上にかけた竹竿から吊したスルメも身をよじり、煎海鼠(いりこ)も、おかしくて踊り出すかと思うほどだ。

揚屋を立ち去るときには、衣装が汚れるのを嫌って、着物一枚になったり、下着を上に着替えたりする。雨の日には、軒の雨垂れがかかるのを嫌って「せめて戸口だけでも、竹樋(たけひ)をかけておけばいいのに、気が利かない仁左衛門め」と、大声でののしる。身も蓋もない有様である。

はしたないと言えば、ある太夫は、吉田屋[8]で、毛馬(けま)村[9]から来た田舎大尽の緋縮緬(ひぢりめん)の下帯を無理にもらって、翌日には、はや腰巻に仕立て直したそうだ。また、さる太夫は綾絹(あやぎぬ)の巾着を肌身離さず、その中に黄色くて飯櫃(いいびつ)の形をした物(小判)をたくさん

---

6 先客と逢っている遊女を、後からきた客が呼び出すこと。
7 太鼓持ちの座頭の名。
8 大坂・新町九軒町の揚屋。
9 摂津国(現大阪府)東成郡(ひがしなりぐん)毛馬村のこと。

入れておいた。

「夜道で盗られないよう用心したらいいぞ。さぞ心配だろう」

ふと、それを見た世之介が、皮肉ったことがあった。貪欲な心根はいやなものである。このほかにも、五年の間に見とがめたことが数限りなくある。名を言うと、かわいそうなので止めておくが。

「人に見られていない時にこそ、行いを慎まなければならないぞ」

そう言って、世之介は人の言うことをよく聞く女郎を肯かせた。そこを出て、越後町を歩いていると、北側の中程にある揚屋の格子のなかから、眠たそうな女郎の声が聞こえてくる。

「マナガツオの刺身が食いたい」

どうして、そんなことを言っているのか、話の前後は分からない。

「ここは、聞き所だ。みな、だまれ」

耳の穴を広げて聞いていると、一人一人聞き覚えのある太夫の声だ。

「胡桃和えの餅を飽きるほど食いたい」

「鶏の骨抜きがいいよ」

別な太夫が「山の芋の煮染(にし)め」と言う。

「雉鳩(きじばと)が美味(うま)い」

「芹(せり)を鍋で煮たやつ」

「有平糖(あるへいとう)[10]」

「生貝(なまがい)のふくら煮[11]を、川口屋[12]の帆掛け船の重箱[13]にいっぱい食ってみたい」

めいめいが、食い物のえり好みするのもおかしい。

「聞いたか」

と、世之介が言うと、初音(はつね)の太兵衛(たへえ)[14]等四人が口を揃えて「いや、ご馳走になりました」と笑い捨てて帰宅[15]したのだった。

今年の夏に、吉岡に西瓜(すいか)を振る舞って、出歯をむき出しにさせ、妻木(つまき)[16]にところてん

10 砂糖に飴を加えて着色した砂糖菓子。
11 鮑(あわび)を柔らかく煮た料理。
12 大坂伏見町にあった菓子屋。
13 未詳。帆掛け船の形をした重箱か、重箱に帆掛け船の模様が描かれていたか。
14 新町西口之町の茶屋、湊屋太兵衛。太鼓持ちもしたか。

を食わせて「うんめえなあ」と田舎言葉で言わせたのも、世之介だった。

ある年には、住吉屋[17]の納戸（なんど）で、きぬがえ・初雪（はつゆき）[18]が、仏壇に供えてあった団子を炬燵（こたつ）の火で炙（あぶ）りながら、茶飲み話をしていたのを見て興を覚えた。

「女どうしのつきあいは、こういうものだ。かまわないじゃないか」

と、普段は口うるさい伏見堀の悪口屋[19]が言ったそうだが、そうかもしれない。

五　見事な正月の太夫道中（詠（ながめ）は初姿（はつすがた））

世之介は、廓通いのおろせ駕籠（かご）[1]を急がせて、丹波口（たんばぐち）[2]で元日の朝を迎えた。編笠茶屋の亭主小六（ころく）が迎えに出て「おめでとう存じます」と新年の挨拶をする。

「ここは朱雀（しゅじゃく）の野辺[3]も近いから、鶯の初音（はつね）も聞こえるだろうけれど、今日こそは初音太夫の年始の礼を、ぜひ見たいものだ」

というわけで、世之介一行は、出口の茶屋[4]に腰を下ろした。茶屋の女房さごが給仕する大福茶（おおぶくちゃ）[5]を三杯飲んでいると、三度も「いらっしゃってください」との使いが来る。

「誰からの使いだ」

揚屋町にさしかかると、男が命を取られるほどの美人が、年始の挨拶に居並んで

「ならば、そこへ行こうか」

「鶴屋伝左衛門(つるやでんざえもん)[6]からでございます」

---

15 未詳。当時、西瓜は下品な食物とされた。

16 未詳。

17 新町九軒町の揚屋。

18 きぬがえも初雪も遊女だが、未詳。

19 伏見堀は京町堀のこと。ここでは京町堀川(きょうまちぼりがわ)の両岸にまたがる町。悪口屋とは、そこに住んだ大尽か。

五の1 遊里通いの駕籠で、足が速い。

2 京から丹波に出る街道口。一貫町(いっかんちょう)にあった。ここに茶屋があり、島原に通う遊客は、駕籠をおりて編み笠を借りた。

3 丹波口から島原遊廓に行く約二百二十メートルほどの細道のある野原。実際には田畑があったが、「野辺ちかく家居しせればうぐひすのなくなるこゑは朝な朝なきく」(『古今集』春上 よみ人しらず)を踏まえて「野辺」とした。

4 島原大門から入って突き当たりの茶屋。

5 若水を沸かし、梅干などを入れた元日に飲む茶。

いる。

「あれは小太夫(こだゆう)様、こちらは野風(のかぜ)様、そちらは初音様」

なかでも初音太夫の装いは見事である。春めいた空色の肌着、中着は樺(かば)色の繻子(しゅす)にこぼれ梅の散らし模様、上着には、緋緞子(ひどんす)の地に羽根・羽子板・破魔弓(はまゆみ)を切り抜いた布を五色の糸で縫い付けて輝くばかり。その地布は、しめ縄・ゆずり葉・思い葉[7]などめでたいものを数多く染め模様にしている。その上に紫の羽織を着て紅のくけ紐[8]を結び下げる。その模様には、初音の名にちなんで、鶯を白梅の立木に止まらせている。

着飾った初音の、ゆったりした抜き足のぬめり道中[9]を目にした男は、見れば見るほど恋心がつのるにちがいない。「女郎は浮気っぽく見えて、賢いのが上物」と遊女屋の又市が言っていたが、その通りである。

初音は正月二十五日まで揚げ詰めで、予約の先客に割り込むことができない。世之介は、やっと二十六、七日に逢うことができた。

「時折、あなた様を見かけておりました。どなたとお逢いになっているかは存じませんが、そのかたはお幸せ。ほんとうに良い男ぶりだこと」

初会の挨拶で、はなからおだて、何事も嬉しがらせる。そうなると、客は話をするにも受け身になり、自分の身だしなみに気をつかうようになる。世之介さえも、冷や汗をかきながら言葉に詰まって一座が気まずくなってしまった。そうなると、酒はこれ見よがしに飲むわ、伽羅（きゃら）も惜しげもなく焚（た）き捨てるわ、と大尽ぶりを太夫に見せつけようとする。中二階が古くなったのに気づいて亭主を呼び出し「このままにはしておけまい」と普請（ふしん）を請け合い、揚屋の内儀には祝儀をはずみ、投節（なげぶし）[10]を歌う太鼓女郎にも高価な紫檀（したん）の継棹（つぎざお）の三味線をやろうと約束する。太夫の手前、しきりに見栄を張る遊び方は、少し時代遅れの女郎狂いのように見える。連れの金右衛門も迷惑がって、世之介の出過ぎた奢りを、幾度ももみ消してしまった。

　世之介は、いつもは粋人と評判になっているのだが、初音の客あしらいの巧みさは、

6　島原揚屋町（あげやちょう）の揚屋。
7　向かい合った葉が触れ合う模様。男女相愛のたとえ。
8　縫い目を表に出さないように縫った紐。
9　「抜き足のぬめり道中」は、足を抜きあげて、つま先を内側に向け八の字形に歩む「内八文字」による道中。
10　島原で流行した小歌。

世間並みではなく、ほかの太夫も真似ができない。座がしらけてくると笑わせ、粋人気取りの男は上手にたぶらかすが、初心（しょしん）な客は涙ぐむほど喜ばせる。客に応じて、そのつど接し方を変えているのだ。まごまごしていると、神でも初音にしてやられてしまうだろう。人間の智恵では、及びもつかない賢い女郎である。しかも床上手で、床入りの駆け引きもいやらしくない。

「今夜は、もう眠りたいわ」

と、それとなく床の用意をさせ、身ごしらえに立ったのを、金右衛門がそっと様子をうかがう。うがいを何度もして口を清め、髪をゆっくりとなで付けさせる。その間、二つの香炉で両袖に焚きしめ、「室（むろ）の八島（やしま）」[11]と書かれた箱から立ちのぼる煙を、裾に包み込む。鏡に横顔まで映して化粧を直している。

世之介の寝ている小座敷に来ると、仕切りの襖（ふすま）を開けさせ、引舟（ひきふね）女郎[12]は帰らせて禿（かむろ）だけ連れて中に入る。ほのかな灯に映えた初音が世之介の枕元に寄る。

「あれあれ、ああっ、見慣れない蜘蛛（くも）がいます。蜘蛛が」

世之介は驚いて目を覚まし「気味悪い」と起き上がった。そこを、しっかり抱きついて「女郎蜘蛛が取り付きます」と言うや、帯を解かせた。自分も帯を解く。

「これが気味悪い？」

と、肌まで世之介を引き寄せて、その背中をゆっくり撫でおろした。

「今まで、どなたが、ここらを撫でたりさわったりしたのかしら」

初音の指が、下帯のそのあたりをまさぐると、世之介の魂は消えてしまいそうだった。もう我慢できなくて、声もかけずに腹の上に乗る。すると、下から胸を押して、

「だめよ。ぶしつけなことをなさいますね」

「我慢できない。たのむ」

「また逢う機会もありますわ。今夜は、このぐらいで」

「今夜と同じ目にあって、江戸でも乗った腹からおろされたことがあった。今も無念やるかたない。おまえが抱き下ろしてくれるなら、腹からおりよう」

そんなことをとやかく言っているうちに、世之介の肝心なものがぐにゃとなって、役に立たなくなった。仕方なく腹からおりようとすると、初音はその両耳をつかむ。

11 香の名。「いかにせむ室の八島に宿もがな恋の煙を空にまがへむ」（『千載集』藤原俊成）にちなんで命名されたという。

12 太夫に従って世話をみる鹿恋女郎。

「人の腹の上に今まで乗っていながら、このままただでは下ろしません」

そう言って、初音は、世之介の思うように体をまかせた。まことに、古今稀なる床上手である。

実は、そのあと二人は痴話げんかを始めて、起き上がった初音に、世之介は踏まれてしまった。何を言って、初音の気に障ったのか、それは秘密。

六　匂いはご褒美（匂ひはかづけ物）

京の女郎に江戸の張り[1]を持たせ、大坂の揚屋で逢ったなら、この上に何の望みがあろうか。ここに、吉原名物、吉田[2]という口舌[3]の巧みな女郎がいた。容姿は一文字屋の金太夫[4]にも勝っている。筆を持たせれば野風[5]ぐらいに上手に書いて、しかも、歌道にも心得があった。あるとき、飛入[6]という俳諧師が「涼しさや夕べよし田が座敷つき」と、発句[7]を詠むと、則座に「蛍飛び入る我が床のうち」と脇句[8]を付けた。これに限らず、たびたび口の端にあがる女郎である。歌も上手で、三味線も弾き、女郎勤めのために生まれてきたような女だ。そのうえ、意外なほど賢い。

山の手のさる御方が吉田に目をかけ、かたじけなくも贔屓にされた。吉田は、いやとは言われず、他の客を断って逢っているうち、誓紙に指の血をしぼって印をおすほど本気で恋するようになった。ますますいとおしくなったのに、この御方は、別な太夫に心変わりした。なんとか吉田と別れようといろいろ工夫をこらしたけれど、非の打ち所がない。

「何をしてもかまわないから、吉田に無理難題をふっかけて、今日限りで首尾良く縁を切り、あいかたを替えるぞ。さあ、いくぞ」

ある日の暮れ方に、この大尽は、世之介と同道し、他には小柄屋の小兵衛一人を連

六の1 「張り」は意気地が強いこと。
2 吉原新町、彦左衛門抱えの太夫。
3 痴話げんかのことだが、廓では、遊女と客との間でゲームのように仕組まれた。
4 京・島原中之町の遊女屋、一文字屋七郎兵衛抱えの遊女には金太夫の名がみえない。
5 京・島原下之町大坂屋太郎兵衛抱えの太夫。達筆で有名。
6 江戸の俳諧師、嶋田飛入。
7 連句の最初の五七五の句。季語と句切れが必要。
8 発句に付ける七七の句。発句と季を同じにして、添えるように付ける。

れて揚屋尾張屋清十郎方で太夫と逢った。最初から横車を押したけれど、吉田はすぐに、その意図を見抜いて、少しも逆らわずに普段と変わらない接客ぶり。無理難題を肴(さかな)に、大尽のほうが盃を重ねる始末である。大尽は酔っ払ったふりをして、そこらを荒々しく踏み立てたので、燗鍋(かんなべ)の酒がこぼれ、畳がひどい状態になった。小兵衛が、あわてて鼻紙で拭いたが間に合わず、吉田の上前(うわまえ)[9]の裾まで酒が流れたとき、禿の小林が、脱ぎ捨ててあった自分の黒茶宇(くろちゃう)[10]の着物で残らず拭いて、それを脇に捨てた。さすがにこの太夫に仕えているだけあって良い心がけだと、口にはしなかったが、みな感心した。見ていた吉田も、さぞ嬉しかっただろう。「春宵一衣(しゅんしょういちえ)、値千枚(あたいせんまい)」[11]というべき見事な仕方である。

花が蕾(つぼみ)を開く夕暮れ時になった。吉田太夫が台所に立とうと廊下を半分ほど歩いたところで放屁した。まぎれもなく、あれは屁の音だと、一同は、「してやったり」と横手を打つ。

「おもしろの春屁(はるへ)[12]や。立派な口舌の種ができました。ここに戻ってきたら『座敷が臭くて、とてもここにはいられない』と言いましょう」

「いや、鼻をふさいで、吉田がどうしたのかと問いただしたら『今日は良い匂いを嗅ぎにきた』と言え」

これに決めて、待ち構えていたけれど、吉田は一向に顔を出さない。

「とても、顔出しできる場ではなかろう」

と、一同は大笑いしている。そこへ、衣装を着替えた吉田が桜の枝を一本持って戻ってくる。様子をうかがっていると、先ほど放屁した廊下の敷板まで来て、そこをことさら注意深く避けて歩き、障子を開けて座敷に入ってきた。ここは肝心要(かなめ)の大事なところ。小兵衛もうかつな事を言ってはと、口をつぐんだ。世之介も二の足を踏み、例の板敷きの上を歩いてみたが、音はしない。それでも言いそびれていると、吉田のほうから切り出した。

「最近のなされかたは腑に落ちないことばかりです。逢おうというお話があった時『お前に飽きられるまで、私は逢い続けるつもりだ』と申し越されましたが、今日と

9 着物の前をあわせたとき表に出る方の部分。
10 黒い茶宇縞の平織の絹布。
11 蘇東坡(そとうば)「春宵一刻直千金(春の夜の一時はたいへん貴重だ)」(「春夜詩」)のもじり。
12 謡曲「田村」「面白の春辺(はるべ)や、あら面白の春べや」を踏まえ、屁と言い掛けた。

いう今日、あなた様に飽いてしまいました。これからは二度とお逢いいたしません」

そう言い捨てて、表の見世に出て、犬にちんちんをさせて遊んでいる。その様子は少し小面憎い(こづらにく)い。屁をされながら、口舌では裏をかかれて、一行は「さらば」と挨拶もしないで、仕方なくすごすごと帰った。そのうえ世之介と小兵衛が無理な口舌を企んだという評判が立って、とうとう逢おうとしていた太夫にも振られてしまった。

吉田は、身近にいる位の低い女郎やら揚屋の内儀、それに重都(しげいち)[13]という座頭や遣手(やりて)のまんなどを集めて、この出来事をありのままに話した。

「もし、向こうが無理難題を言ってくれば『それは、下品な言いがかり。そんなことをなさらなくても、口舌の種はほかにもあるでしょうに』と言い返すために、わざと通り道を変えたのに、向こうの方が気を回して何も言い出せなかったのですよ。あれには笑ってしまったわ。屁をこいたのは、確かに私」

吉田は思い切って白状したのだが、誰もあしざまには言わなかった。大尽客たちは利発な吉田に感心し、太夫の空いている日に逢おうと争うほどだった。

この太夫を慕って、八王子の柴売り、神田橋に立っている願人(がんにん)坊主、[14]金杉(かなすぎ)の馬方(うまかた)までも、謡曲「通小町(かよいこまち)」の詞章ではないが「君を思えば歩行(かち)はだし（恋い焦がれれば裸足になっても逢いに行きたい)」と吉原に通ってくる。「雲目(くもめ)・風目(かぜめ)」[15]と呼ばれる、吉原の辻に立って太夫道中を見物するだけのひやかし客も、吉田の道中を見て心を奪われ、半分死んだような体たらくで帰宅するのだった。

七 人気一番、古筆切(こひつぎれ)の紙子(かみこ)羽織(全盛歌書(かしょ)羽織)

最近の遊客は本奥縞(ほんおくじま)[1]の流行の装いで着飾り、女郎も衣装が洒落ていて、墨絵で『源氏物語』を描かせ、紋所(もんどころ)を小さく比翼紋にして、袖口を黒く、裾を山道(やまみち)形に染めている。昔の遊客は、目の細かい編笠をかぶり、紅(もみ)のくけ紐のついた畝足袋(うねたび)[2]を履いたものだが、素足に草履を履く今の風俗と比べると、野暮ったくて見られたものではない。

---

13 盲目の太鼓持ち。
14 願掛けの身代わりをして米銭をもらった乞食僧。
15 道中見物に群がり、終わるとさっさといなくなるので、このように言う。
七の1 紺色に赤三筋の縦縞の入った船来の唐桟(とうざん)織り。和製に対して船来物を「本奥縞」という。
2 重ねた布を畝刺(うねざ)しという縫い方で補強した足袋。

服装というのは、その時々の流行に従うのが良い。それにしても最近の客は贅沢になった。名香を焚き比べるのに、どんどん燃やし、それで禿の林弥に酒の燗をさせる。こんなことをしている大尽は、始皇帝の造った咸陽宮に、銀四万貫目を貯えておいたとしても、雁門[3]から夜逃げするはめになる。

初雪の降った朝、世之介の着た紙子羽織[4]は、古筆了佐[5]が鑑定した古筆を集めた真跡帖から、定家の歌切[6]、頼政の三首物[7]、素性[8]法師の長歌、そのほか著名な歌人の真跡を継ぎ合わせたものだ。こんなものを着るとは身の程を知らない奢りで、まったくもったいない。尾州の伝七という大尽も、傾城二十三人の誓紙を接ぎ集めて紙子羽織を作った。世之介と二人で、互いの男ぶりを競ったのは野秋太夫と逢いたいためである。二人とも遊びの達人、後には金銀の張り合いを超えて、命をかけるような競い合いになった。

野秋にとっては、世之介・伝七二人は菟原処女に恋して生田川に身を投げた二人の[9]男のように思える。どちらが好きで、どちらが嫌いだというわけではないので、二人と一日おきに逢うことにした。昨日の噂を今日は言わず、今日のことは明日語らない。野秋は生まれつき賢いので、手紙を出すにも二人に分け隔てなく心を尽くし、誓紙も

「お二人よりほかは」と書いた。これは見事な扱いだった。

ところが、口さがない世間では「野秋は、勤めのために、両手に花と紅葉を握って眺めているのだ」と悪い評判が立った。それは、まだ遊びの浅瀬しか渡っていない人の言い草で、この里の恋の深みを知らない初心者のたわごとである。少しは泳ぎを覚えて、せめて一度は引舟女郎なりとも買ってみるがいい。ふたりのうち、どちらか一人に決めても、世之介にしろ伝七にしろ、太夫を五万日揚詰めにできない男ではないのである。今更、太夫様の肩をもって、こんな当たり前のことを言うわけではないけれど。

---

3 咸陽宮の築地が高いので、雁が通れるように造った穴。
4 紙子で造った羽織。本来は貧乏人が着る。
5 鑑定家古筆家の祖。近衛前久に学び、豊臣秀次から古筆姓を授けられる。
6 藤原定家真筆の和歌数百を切り取ったもの。
7 源三位頼政の和歌三百の草稿。
8 三十六歌仙の一人。僧正遍照の子。
9 血沼荘子と菟原荘子のこと。女に恋した二人の男が生田川に身を投げた生田川説話は、『万葉集』『大和物語』謡曲「求塚」などに見られる。

ある雨の日のこと。客が姿を見せず、なにかしようにも、するべきことがない。しかも、その日は涅槃会(ねはんえ)の二月十五日で、新町の紋日(もんび)[10]である。内儀(ないぎ)は煎じ茶を入れ替え、野秋のもてなしで、桜に先駆けて柳の枝に咲いている餅花(もちばな)をちぎり取って焙烙(ほうろく)[11]で煎(い)ると、おいしそうな香りが漂った。

「みなさん、上品ぶるのは止めて、前歯が痛むまで食べましょう」

禿や遣手のひさを交えて、内輪話を始め、懐(ふところ)具合のことまで遠慮なく語り合った。

「世之介様も伝七様も、お二人は車の両輪とでも申しましょうか、これほどいとおしく思うのは、たぶん前世の因縁。この身が二つあればいいのに」

普段は人に見せない姿なのだが、野秋が涙ながらに、そう心の内を語った。

このことを聞いた太鼓持ちの清介。

「野秋太夫は、こんな誠実な気持ちでいるのです。決して卑しい思いから二人のお相手をしているわけではありませんよ」

と、大勢の遊女のいる宴席で、居ずまいを正して言ったそうだ。全くその通りだ。

その後の話だが、三月二日は世之介、翌日三日の曲水(きょくすい)の宴(えん)[12]には伝七が逢うことになっていた。ところが、酔った世之介が居続けて、偶然、二人が顔を合わせることになってしまった。世之介・伝七は話し合い、三人が枕を並べて寝た。別段、下卑たことをするわけでもなく、実に洒落た遊び方だ。二人とも、前代未聞の傾城狂いである。男はよし。金はあり。親はなし。暇は十分。

世之介・伝七の栄花は、世間のありきたりの奢りをやめさせるほどで、遊里の粋な遊びの質を高めた。野秋のことは、新町の遊女評判記『まさり草』『懐鑑』[13]にありのままに記されている。そのほか、逢わなければ分からない良いことが二つあった。

生まれつき恵まれているのか、帯を解けば肌が麗しく、抱くと温かで、あの時には、我を忘れて鼻息も激しくあえぐ。結い髪が乱れるのもかまわず夢中になって枕がいつの間にか外れてしまう。目つきがかすかに青みを帯び、しだいに脇の下が潤ってきて寝間着が汗だくになる。腰が弓なりに畳を離れ、足の指先がかがまるほど悶え狂う。しかも、わざとしているわけではない。これが男に好かれる一つ目である。さらに面

10 客を必ずとらなくてはならない日。客が来ないと「身揚がり」といって、遊女自ら揚代を払わなければならない。
11 豆などを煎る平たい土鍋。
12 三月三日の遊宴。元来は、曲水で盃が流れてくる間に歌を作るという公家の遊び。

白いことに、蚊帳（かや）の釣り手も落ちるかと思うほど激しいよがり声が鵺（ぬえ）[14]に似て、男が落ちても、九度まで締め上げる。これには、どんな精力絶倫男も絶え絶えとなって乱れてしまう。事が済み短夜の名残に、火を灯して、その美しい顔を見ると、まるで絵に描かれた虞子君（ぐしきみ）[15]である。絵はものを言わないけれど、「さらばや」という野秋の声や物腰は実にしとやかだ。あの鵺のようなよがり声は、どこから出るのだろう。

「親はどこに住んでいるのだ。親は」

と探したところ、都の辰巳（たつみ）、宇治の朝日山に近い里の出だと分かった。だから、宇治だけにお茶（女陰）の出来がいいのか。なるほど。これは、昔々のお話。

13 『まさり草』は、藤本箕山（ふじもときざん）著、明暦二年刊。『懐鑑』は未詳。

14 想像上の鳥。このあたりは謡曲「鵺」の詞章を踏まえる。

15 項羽（こうう）の寵姫（ちょうき）。虞美人（ぐびじん）とも。

巻七

一　その面影は初雪の日の初昔（其面影は雪むかし）

島原の昔の高橋に恋心を抱かぬ者はいなかった。

「太夫にふさわしい容姿に生まれついて、顔に愛嬌がある。目がつぶらで、腰つきは何とも言えず艶っぽくて、それに、ほかにもまだ良いところがあるぞ。これぱかりは寝てみなければ分からないが」

帯を解いて高橋を抱いた人が、そう語った。そうでなくても、髪の結いぶりや振舞

一の1　宇治茶の銘柄。三月二十一日に新芽を摘んで製した高級茶。「昔」が「廿一日」と読めるので、このように言う。

2　島原下之町大坂屋太郎兵衛抱えの初代高橋太夫。

が申し分なく、しかも利発である。この太夫の風儀は、今でも何かにつけて女郎の手本とされる。

ある初雪の朝、高橋が急に思い立って、茶壺の口を切り、茶会を催した。上林[3]抱えの太夫たちも加わって世之介を正客にした。揚屋喜右衛門[4]方の二階座敷を屏風で囲って茶室をしつらえ、白紙を表具にした掛け物をかけたのは、深い趣向がありそうである。茶菓子は雛の行器[5]に入れ、天目や水翻[6]などの茶道具には高橋の定紋の橋が付けられていた。由緒ある茶道具ではなく使い捨てにしてしまう諸道具も、使う場所によっては面白くなる。

しばらくして台所から「久次郎が宇治からただ今帰りました」という声がして、水漉し[7]が始まった。さては、茶に良い宇治橋の三の間の水を[8]、わざわざ汲みにやったのかと、世之介は嬉しかった。客が揃うと、高橋が墨をすった。

「この雪を、ただ眺めていらっしゃるわけではございますまい」

と、客たちに、即興の誹諧を望んだ。先ほどの白紙の掛け物に、めいめいが発句から五句目まで書き付けた。いずれも見事な付句である。中立ち[9]のあと茶室に戻る合図には、にぎやかに獅子踊りの三味線が弾かれた。客が浮き浮きした気分で座敷の囲いに戻ると、竹の筒だけが置かれ、花が活(い)けられていないのは不思議である。高橋の心を察するに、今日は太夫だけを集めての茶会、太夫にまさる花があろうかと、思われてのことだろう。

その日の高橋のいでたちは、紅梅染めの下着に、上着は、白繻子(しろしゅす)に能の三番叟(さんばそう)を刺繍して、萌葱(もえぎ)の薄衣(うすぎぬ)に紅(くれない)の唐房(からふさ)を付け、尾長鳥(おながどり)を散らし模様にしている。髪は、稚(ち)児額(ごびたい)[10]にして、金の平元結(ひらもとゆい)[11]をかけている。そのあでやかな風情は、天女の妹とでも言

---

3 島原上之町(かみのちょう)の遊女屋上林五郎右衛門。
4 島原揚屋町の八文字屋喜右衛門。
5 ひな人形のお道具で、食べ物を運ぶのに使う円筒形の曲物。
6 水翻は、茶碗を濯(すす)いだ水を捨てる壺。
7 川水を茶の湯につかうとき、晒布や麻布を張った柄杓(ひしゃく)で水を漉す。
8 宇治橋の西詰めから数えて第二柱と第三柱の間の水が良いと、茶の湯に珍重された。
9 茶会で、懐石膳のあと席を立ち、亭主の案内で茶室に戻る。その合図に、普通は鐘や拍子木を用いる。
10 稚児髷(まげ)に結った額。
11 金箔を置いた丈長紙(たけながかみ)を平たく折った元結。

うべきか。お茶の手前のしおらしさは、千利休の生まれ変わりかと疑われるほどである。

茶事の済んだあとは、くつろいで乱れ酒となり、いつもとは変わった遊びになった。酔っ払った勢いで、世之介は金貨銀貨を紙入れから取り出し、両手一杯に掬った。

「太夫、いただけ。これをやろう」

しかし、太夫が人前で金銀を手にするわけにはいかない。初心な女郎は、人ごとながら顔を赤らめて様子をうかがっていた。高橋は、しとやかに微笑み「それでは、いただきましょう」と、傍にあった丸盆で受け取った。

「今、ここでいただくのも、こっそり手紙で無心するのも同じ事」

と言って禿を呼んだ。

「なくてはならぬ物。取っておきなさい」

その捌きの見事さ。いつの世にまたあるだろうか。

することなすことがみな面白く、女郎も客も夢のような一日を過ごし、日が暮れるのを惜しんでいた。

「尾張のお客様が、先ほどから高橋様をお待ちです」

と、揚屋の丸屋七左衛門から、せわしく使いが何度も来る。初会の客なので、もらい[12]も掛けられない。

「何の因果か、よりによって、なぜ今日逢う約束をしてしまったのか。遊女勤めの悲しさ。とりあえず逢って、断りを申してきます。すぐ戻ってきますから、世之介様が寂しくならないよう、皆様にお願いいたします」

と、高橋は涙ぐんだ。門口へ出たものの、二、三度も小戻りする。

「私がいない間は、お酒を小盃で差し上げなさい」

細かい指示を禿にして丸屋に出向いた。しかし、すぐには座敷に行かず、台所にたたずんで世之介に届ける手紙を長々と書き始めた。

「ほんのちょっとの間でかまわないですから、座敷に顔を出してください」

丸屋の亭主も内儀(ないぎ)も、いろいろなだめたけれど、高橋は耳をかさない。

「もう、お膳が出ます。二階へおいでください」

その場を取り持とうとした太鼓持ちが言った。

12 先約のある客から、女郎を借りること。女郎と初めて会う客には「もらい」ができなかった。

「あなた方も太鼓持ちなら、島原の女郎気質を知っていそうなもの。そんなせっかちな客とは、逢っても面白うない」

高橋は、そう言い放って、世之介のいる揚屋、八文字屋喜右衛門方に戻ってしまった。尾張の客の待つ丸屋七左衛門から催促が来ても、もう行こうとはしない。世之介は、「恋は、互い」と思って「是非、行ってやりなさい」と太夫を諫めたけれど、腰をあげない。

「今日ばかりは、日本の神々に誓って参りません」

「それほど言うなら、覚悟を決めておきなさい。よもや、先方でもこのままにはしておくまい。引っ立てにくるときには、お前の腰半分は、先方に切ってやって、頭のほうは、こちらでもらおう。それでもいいか」

「覚悟はできております」

高橋は、世之介に三味線を弾かせ、膝枕して「さても命は」と投節[13]を歌っている。

腹を立てて、こちらに押しかけてきた尾張の大尽。

「これが、黙って聞いていられるか」

と、刀を抜いて斬りかかろうとした。高橋は、そちらには目も向けず、声も震えずに歌い続けた。みなが尾張の大尽に取りすがって詫びたが、聞き入れない。とうとう、二軒の揚屋と町役人が、袴を着て出てくる大騒ぎとなった。双方の言い分が入り乱れて、しっちゃかめっちゃかになっているとき、高橋の抱え主が駆けつけてくる。

「今日は、尾張の客にも、世之介殿にも、高橋は売らぬ」

と言って、高橋の髻（たぶさ）を摑んで、遊女屋に引き上げて行った。それでもめげずに「世之介様、さらば」と挨拶をしたのは、まことに芯のある女郎である。こういう女郎に恋い慕われる世之介にあやかりたいものだ。

二　太鼓持ちの気ままな遊び（末社らく遊び）

昔の薫（かおる）太夫[1]より今の薫[2]のほうが人気があって、上林の家[3]を繁盛させている。こと

13　「嘆きながらも月日を送る、さても命はあるものを」（『新町当世投節』）による。

二の1　島原上之町（かみのちょう）上林五郎右衛門抱えの初代薫、正保四年太夫に出世、承応二年歿。

2　五代目薫、延宝四年太夫に出世。

3　島原上之町上林五郎右衛門。

に衣装好みが抜群で「よいものはよいと人はいうなり」[4]と、素仙(そせん)法師[5]が語り草にしたほどだ。草花は四季の中でも秋が美しいと、白繻子の袷(あわせ)に、狩野雪信(かのうゆきのぶ)[6]に秋の野を描かせた。さらに、これにちなんだ歌を、公家八人に寄せ書きさせた。こんな贅沢は掛け物にも稀である。これを無造作に着るとは、全盛の遊女とはいえ、もったいないことだ。とはいえ、京だから、薫だからこそ出来る思い切った趣向だと、めったに驚かない人も、目にしたあとは自慢話にしたという。

世相も移り変わるもので、大尽(だいじん)の風俗も贅沢になった。肌着に隠し緋無垢(ひむく)[7]、上着は卵色の縮緬(ちりめん)に、馴染みの女郎の紋を数多く散らす。帯は、薄鼠(うすねず)色の西陣織。羽織には、黒い呉絽服連(ごろふくれん)[8]に縞天鵞絨(しまびろうど)の裏地を付ける。その格好で、町人好みの七所拵え(ななところごしらえ)[9]の大脇差を、反(そ)らし気味に差す。藍色の鮫皮の柄(つか)に、小ぶりの鉄鍔(てつつば)。柄は長目にして金の四(よ)つ目貫(めぬき)[10]を打ち、鼠屋(ねずみや)[11]の藤色の組糸で柄を巻く。帯に平印籠(ひらいんろう)[12]と色革(いろがわ)の腰巾着(こしぎんちゃく)[13]をさげ、それには揃いの瑪瑙(めのう)の緒締めと唐木細工(からきざいく)の根付け[14]がついている。扇も十二本骨で友禅(ゆうぜん)[15]が浮世絵を描いたもの。小菊の鼻紙[16]を持ち、運斎織(うんさいおり)[17]の袋足袋(ふくろたび)[18]に細緒(ほそお)の中抜き草履[19]を履く。大草履取り[20]には笠と杖を持たせて、名ある太鼓持ちを連れ歩いている。こういう大尽は、暗がりで見ても、御女郎買いだとすぐに分かるものだ。

「廓は、日野絹の洗いざらしの着物を着て、褌の替えも持っていない男の行くところではない」

藤屋市兵衛[21]が言ったことを、もっともだと思うなら、商人は倹約第一に励むべきで

---

4 喜撰法師「我が庵は都のたつみしかぞ住む世をうぢ山と人はいふなり」（『古今集』）をもじる。
5 『色道大鏡』『まさり草』などの著者藤本箕山。
6 狩野探幽門下の女流絵師。久隅守景の娘。
7 裏表が緋色の布地の裾を別な布地で包み縫いして、目立たなくした物。
8 羊毛などで織った舶来の薄手の毛織物。
9 七カ所の金具を同じ意匠で作った、刀剣の装飾。
10 刀の柄の両側に二つずつ目貫を打つ。
11 京室町通下立売の組糸屋・鼠屋和泉。
12 平たい形の印籠。
13 色染めしたなめし皮の腰巾着。
14 紫檀・白檀・黒檀類を細工した根付け。
15 京の絵師、宮崎友禅。友禅染の創始者。
16 極上品の鼻紙。
17 厚手の綿織物。

ある。しかし、金を貯めてもいずれ死んでしまう。ならばつかってしまえと、世之介は揚屋町の風呂を借り切って、大勢の太鼓持ちを集め、今日一日は誰に気兼ねなく遊べるようにした。九人の太鼓持ちが、世之介の定紋瞿麦を染めた浴衣を着て、ざんばら髪になって褌もしめず、一列に並んで揚屋八文字屋の二階にあがった。そこで大騒ぎを始めると、揚屋町では鳴りを静めて面白がった。京で名うての変わり者が集まったのだから、無理からぬことである。

願西弥七[22]が、棕櫚箒に御幣を付けて虫籠窓[23]からにょっと出すと、揚屋町西側の丸屋の二階からは大黒・恵比寿が差し出される。これを見た東側の柏屋[24]の二階から掛小鯛を見せると、神楽庄左衛門[25]が焙烙に釣髭[26]を描いて出す。それを見ていた隣からは三社の託宣[27]を出して拝ませる。また、向かいから金槌を出すと、今度は鸚鵡の吉兵衛[28]が懸け灯蓋[29]に火を灯して見せた。丸屋から仏に頭巾を着せて出すと、柏屋からは釣瓶取りを見せる。衆生をすくうと洒落たのだろう。八文字屋からまな板を見せると、丸屋では牛蒡一把を見せつける。猫に大小を差させて出せば、乾鮭に楊枝をくわえさせて見せる。火消し壺に注連縄を張って出せば、火吹き竹の先に醤油の通い帳[30]を吊して出す。願西弥七が烏帽子を着けた頭を突き出すと、向かいからは十二文の包み銭を投げてくる。北から、擂粉木(すりこぎ)に綿帽子を巻いて婆さんの姿に見立てると、南の揚屋からは、障子に「上々吉 子堕(おろ)し薬あり。同じく日雇いの取あげ婆もあり」と書いて見せる。揚屋町中程の揚屋の二階からは、幡(はた)・天蓋(てんがい)など葬礼の道具が出される。泣くやら笑うやら、その日揚屋町にいた女郎も客も残らず外に出て、夢中になって三軒の揚

---

18 裏と表と同じ布地で、袋のようになっている足袋。
19 藁しべで作り、緒を白紙で巻いた草履。
20 成人の草履取り。
21 京室町御池の大金持ち。『日本永代蔵』などの倹約話で著名。
22 京太鼓持ち四天王の一人。
23 虫かごのような細かい格子造りの窓。
24 揚屋町東側の柏屋長右衛門。
25 太鼓持ち四天王の一人。
26 恵比寿の顔に見立てる。
27 天照大神(あまてらすおおみかみ)・八幡大菩薩(はちまんだいぼさつ)・春日大明神(かすがだいみょうじん)の託宣。
28 太鼓持ち四天王の一人。
29 油皿を吊す仏具。金槌で打ちつけられて、目から火が出た、という洒落。
30 醤油の掛買いを記録した帳面。

屋の二階を眺めて楽しんだ。これこそ、古今稀な遊興だろう。興に乗じた人々が「もっとやれ。もっとやれ」と望んだので、しまいには外の大道に出て、太鼓持ちが即興の駄洒落の言い合いをする。誰も彼も腰をよじって大笑いした。おかげでほかの遊びはいつとなく火の消えたようになり興ざめとなってしまったが、この騒ぎは続いた。

「この騒ぎを、すぐに静める工夫はないか」

「すぐに、騒ぎを止めてみせよう」

と、東側の中程の揚屋から声がかかる。

「太夫の慰みに、騒いでいる連中に金を拾わせてみせるぞ」

袱紗(ふくさ)をあけて、一歩金を山のように積ませた大尽は、小坊主に言いつけて、雨のように、表に撒(ま)かせた。しかし、誰一人拾う者もなく、太鼓持ちの芸尽くしを見物している。さすがに都の心意気である。大尽は金を捨てながら、その場がしらけて人に笑われ、すごすごと引っ込んだ。騒ぎの収まったあと、鉢開(はちひら)き坊主や、紙くず拾いが金を掻き集めて、天部(あまべ)村の貧民窟に帰っていった。

三　人の知らないへそくり銀(がね)（人のしらぬわたくし銀(がね)）

「もしもし、ちょっとお戻りなさいまし」

高嶋屋[1]の女中に呼び止められた世之介が、何の用かと振り返ると、「さる御方から」と、宛名も書かれていない手紙を懐に差し込まれ、女中は何も言わずに走り去った。心当たりはないのだが、気に掛かったのは、高嶋屋の滝川(たきがわ)に恋している男がいて、世之介が仲立ちをして、その返事が来たのかと思ったからである。家に帰るのももどかしく、順慶町(じゅんけいまち)[2]の辻行灯(つじあんどん)[3]に立ち寄って読んでみたが、腑に落ちない。滝川からの返事ではなく、さる太夫が、世之介にぞっこんだと、殺し文句もたっぷりと書き綴られていた。連れの男に、世之介は少し鼻を高くした。

「これを見てみろ。こちらから女郎を口説いても、うまくいかないことがあるのに、先方から首ったけだと言ってきた。しかも、さる太夫様からだ。世に若い者は多いと

三の1　大坂・新町佐渡島町下之町の遊女屋高嶋屋。九郎左衛門と長左衛門の二軒があった。
2　新町遊廓の東口を出た所にある町筋。
3　辻番所の前に置かれた台付き行灯。

いうのに、お眼鏡にかなったのは、おれが厚鬢（あつびん）[4]で上品だからだろう。この世之介にあやかれ」

そう言って、ありがたがらせるが、連れは「合点（がてん）がいきませんな」とせせら笑っている。世之介も、むきになる。

「嘘など言うものか。これを見てみろ」

「見るまでもありません。それはその、あそこの太夫殿からの手紙でしょう」

「どうして、それがわかったのだ、わけを言え」

「いや、その女郎からなら、そんなに喜ぶことはありませんよ。と言うのは、手紙をもらったのはあなた様にかぎったことではないからです。近頃も、半太夫（はんだゆう）様や薩摩（さつま）様のお客にも、同じような手紙を出しております。そうやって人の客を横取りするのが、このごろのやりかた。その心根がいやなのは、少しも恋ではなく、紋日（もんび）[5]を欠かさぬ大尽ばかりに目を付けたやり口だからです。その太夫が、客の男ぶりなどにかまっていない証拠になる話をしましょう。河内の庄屋に鼻の欠けた人がおりましてな、その男に恋文を送りつけて、この三年間、身揚がりの借金から、掛買いの借金まで[6]払わせました。その後しばらくは、目をつぶって抱かれて寝ていましたが、『顔が気に入らない』と、無理な口舌を仕掛けました。庄屋は仕方なく『それが、今になって目に入りましたか。何やかやともらっておきながら、あまりに酷い仕打ち。私が真心を尽くしてきた証拠には、遣手に小麦をやれ、と言われましたので、真搗き[7]にして二俵、今日運ばせました。親たちにも綿が要るということだったので、塵までのけて百斤も四五日前に進上しました。干し蕪・瓜・茄子も、遠い天満の果てに住む親元まで送り続けましたのに。これも、そなたに気に入られるため。今年の夏に、仁和寺の淀川堤が切れて、田畑が水に浸かったと見くびられたのが悔しい』と、男泣きして帰ったそうです。その場に居合わせて聞いた者が大勢おります。この太夫だけは、相手にしないほうがいいでしょう」

これを聞いた世之介は、「憎い女だ。ただではおかない」と、わざと色よい返事を

4　月代を狭く剃り、横髪を厚く結った髪型で、実直で上品な髪型とされた。
5　この日に客がこないと「身揚がり」といって揚代が女郎の借金となった。新町で、年に約六十日が紋日となる。
6　「身揚がり」に加え衣食費も遊女自身が負担したので、その代金もまた借金となる。
7　水に浸した麦を乾燥させ、また水に漬けて搗く。

送って、くだんの太夫と忍び逢うことにした。

ある時、この太夫が豊後の客と初会のおり、世之介も同じ揚屋に居合わせた。太夫は世之介に気づくと、「裏にまわってお待ちください」と走り書きした紙切れを渡した。世之介は、先々のことはともかく、今夜は相手になろうと、薪小屋に忍び込み、物陰から覗いている。太夫は盃もろくに手に持たず、急に腹痛がすると、言い出した。田舎大尽は、印籠を開けて薬を何服か与えたが、呑む振りをして煙草盆の灰吹きに捨ててしまった。禿に紙燭を灯させて、雪隠の入り口に待たせておく。自分は、雪隠から抜け出して「こうしてお逢いできました。うれしい」と、世之介に抱きついた。大尽は、本当に太夫の身を気遣って、中庭の仕切り戸を開け、禿に声をかける。

「太夫様はずいぶん長く用を足しておられるようだが、まだ腹が痛むのか」

「はあ。まだ雪隠にいらっしゃいます」

使い古された手だが、この手立ては、誰でも一度は食うものだ。

事がすんで、世之介と炭俵の間から起きあがって別れようとする。太夫は、もう着物が汚れたのを気にしだして、「大損をしてしまったわ」と、世之介が見ているのにもかまわず、禿に藁箒で背を払わせた。

それからすぐには座敷に戻らず、仏壇の前に座り込んで、ささげ飯の茶漬けと、むしった干鱈（ひだら）を食い始めた。食い終わると、手元にあった銭ざしの銭を抜いて心覚えに一枚ずつ数え始めた。どんなわけがあろうと、女郎がしてはならないことである。放っておかれた大尽は、あまりの寂しさにいたたまれない。座敷を立って、帰り際に太夫の様子を目にする。

「まずは安堵した。銭勘定するほど、ご気分がよさそうなので」

と、皮肉を言い、揚屋にも礼を言って帰った。太夫は、こんなことを言われても平気である。手代らしい客に近寄り「小判貸しの利息は、どのくらいなの」と訊いている。面（つら）に水を掛けてやりたい。こんな女でも、よく太夫として売り物になるものだ。まったく嫌らしい女だ。ここに、名を書くまでもない。やがて知られることになろう。

世之介は、その後、四五度も忍び逢っていると、案の定、太夫から無心の手紙がきた。とりあえず、その返事に、こう書いてやった。

「正月の諸費用を用立てて欲しいとのお手紙を拝読いたしました。時節がら、かたじけなく存じます。金を出して女郎狂いいたしますのなら、御存じのとおり、私には惚れた女郎がおります。その者と長年親しくしております。あなたから、ただでも良いというようなお申し出がありましたので、恋に暇のない私ですけれども、時々はお情けで逢ってやりました。ほかの男からお稼ぎになってください。日貸しの高利を取って、小判を貸すつもりなら、その相手をお世話いたしましょう。当方は取り込んでおりますので、用件のみ申し上げます。以上」

この手紙を受け取った太夫の顔が見たいものだ。

四　盃を運んだ道のりは百二十里（さす盃は百二十里）

露や時雨(しぐれ)で、旅衣(たびごろも)の両袖を濡らしながら、濡れ（色事）の開山、高尾太夫[1]の女郎盛りを見ようと、世之介は紅葉襲(もみじがさね)[2]の旅衣を着て、八人肩(はちにんがた)の大乗物[3]に乗り、五人の太鼓持ちと一緒に江戸に向かった。ぱっと人目につく派手ないでたちに、陰陽の神業平(なりひら)も乗り移ったかと思うばかり。世にかくれなき粋人(すいじん)たちが、昼も夜も旅を続けて宇津(うつ)の山辺[4]にさしかかった。

島原へ、近況を伝える伝手(つて)が欲しいと思っていると、三条通りの亀屋の清六と出会った。乗りかけ馬からおりるのももどかしそうな清六と立ち話をする。

「唐土（もろこし）様[5]は息災でしょうか。江戸で小紫（こむらさき）様[6]に逢って、都の大尽にさす盃をことづかってきたところです」

清六の話を聞いていると、江戸が恋しくなる。ましてや京も忘れられない。「少し待て」と、鼻紙に石筆（せきひつ）[7]を走らせた。

「今日、蔦（つた）の細道で清六に会った。旅にやつれた我が姿を清六に見せたが、またお前に逢いたい。露の命が消えなかったなら、また逢うまでのしるしに、これを送る」

と書いて、岩根の蔦の葉を包み、金太夫[8]に渡してくれと清六に頼んだ。五人の太鼓

四の1　四代目高尾。江戸・吉原京町三浦屋四郎左衛門抱えの太夫。
2　表は紅、裏は蘇芳（すおう）（黒紅色）か青の襲（かさね）。
3　八人が交替でかつぐ箱形の駕籠。
4　東海道丸子（まりこ）宿と岡部（おかべ）宿との間にある峠道。『伊勢物語』九段「東（あずま）くだり」のパロディ。
5　京・島原中之町一文字屋七郎兵衛抱えの太夫。
6　江戸・吉原京町三浦屋四郎左衛門抱えの太夫、三代目小紫。江戸に居ながら、京の大尽と盃の献酬をした逸話で著名。
7　紫黒色の鉱石を筆形に削って管にはめた、筆の代用。
8　京・島原上之町上林五郎右衛門抱えの太夫。四代目金太夫。

持ちも、涙にくれながら手紙を書いた。

「それから、ちょっと書き忘れた。上林の遣手のまんに、『無精しないで首筋の垢をよく洗い流せ』とぶしつけながら伝えてくれ」

あとは大笑いとなって、清六と別れた。

苔むした野道を下ると、粗末な草葺きの茶屋で十団子[9]を売っている女でも美しく見える。女に手招きなどしてからかった。路を急ぐと手越という里に着いた。そこに酒林を提げた店があった。

「ここは、『千手の前』の親父[10]が住んだところだ」

安倍川を渡ると、東の方で拍板[11]に合わせて「来ずに待たする殿は恨み（来ないで私を待たせる殿方は恨めしい）」と歌う声がする。

「おや、ここの傾城町のようだ。寄らなければなるまい」

一行は尻からげをおろし衣服を整えて、道中案内図を描いた扇をかざして入ったが、「見ない方がよかった」と、ここで遊ぶのをやめたのは、よくよく気に食わなかったからだろう。島原の北向女郎[12]よりひどかった。三島宿では、今は絶えた遊女屋の跡まで捜し、恋の関所とでも言うべく、女の出入りを厳しく取り締まる箱根の関を、無事に越えた。

そして、ようやく武蔵野の紫草にゆかりある江戸紫の染物屋平吉の家に到着した。

「まず、吉原の話を聞きたい」

平吉の取り出したのは新版の遊女紋尽くし。「紅葉は、三浦屋抱えの太夫高尾」と読んでいくうち、はや心がときめいてくる。

「いつ朝の嵐が吹くかもしれない。身請けされて散らないうちに、この君に逢っておこう」

と、世之介ら六人が吉原に繰り出した。金龍山（待乳山）を目印に浅草川（隅田川）を二挺艪の猪牙舟で急がせ、駒形堂もあとにして日本堤にさしかかった。このあたりは、浅茅原・小塚原[13]・吉原と名所の野が三つあるので三野という。また三谷とも書く。大門口の茶屋で身なりを整え、尾張屋清十郎[14]という揚屋に行って「上方の

9 宇津谷峠の茶屋で売った、十個の小粒餅を竹串にさした名物団子。
10 『平家物語』に登場する頼朝の侍女で平重衡の接待をする「千手の前」の父「手越の長者」。
11 数十枚の短冊形の板の一端を紐で括った打楽器。
12 京・島原中堂寺町北側の端女郎。

客」と名乗る。

「お名前は、かねがね承っております。ひょっとしてお宿をお望みになるかと、心待ちにしておりました。さあ、どうぞ」

亭主が襖(ふすま)障子を開けると、八畳敷きの小座敷をすべて新しく仕立てなおし「京世之介様御床」と張札(はりふだ)がしてあったのは心憎い。そればかりではなく、盃・燗鍋(かんなべ)・吸物(すいもの)椀(わん)にまで、世之介の定紋瞿麦(なでしこ)の散らし紋があしらわれていたのは、気の利いた亭主のはからいである。

世之介が「さて、高尾太夫は」と尋ねる。

「九月十月両月は、さる御方が、桐屋市左衛門[15]方で揚詰(あげづ)めにされ、そのあと十一月は利右衛門[16]方にお出でとのお約束。年忘れ三十日までは手前どもで御契約させていただいております。正月も、もう決まっております。年内には、一日とてお暇はございません。こちらで年越しをして、春にお逢いなされませ」

そう言われて、呆(あき)れた世之介一同は「高尾を揚詰めにしている、その客は何者だ」と、尾張屋の亭主清十郎に訊いた。

「小判は木になるものやら、海にある物やら知らない御方です」

世之介が、今度使い捨てようと持参した千両ぐらいでは、とうていかなわない相手である。十月二日の初の亥（い）の日から口説き始めて、清十郎と平吉の働きで、口説き落とし、やっとその月の二十九日に、客の目を盗んで密会することになった。忍んで逢うので、平吉一人を供にして、その日の暮れ方、揚屋から帰る高尾の姿をかいま見た。惣鹿子（そうがのこ）、唐織類を身にまとい、帯は胸高に締めて腰を据えた歩みかたは、上方とは違って、世之介の目をみはらせた。親しい人にも声を掛けず、対（つい）の着物を着た禿を二人連れて、遣手や六尺（ろくしゃく）[17]にまで、高尾の定紋の紅葉を付けさせている。さながら、秋の色づいた山が動いているようである。

世之介は、「ぜひ、今夜こそは」と待ちわびている。夜半の鐘もやるせなく、まだ

---

13 日本堤から衣紋坂（えもんざか）を下って大門にいたる五十間道（ごじっけんみち）の両側に並んだ、遊客が顔を隠す編笠を貸し出した編笠茶屋。
14 江戸・吉原揚屋町の揚屋、松本清十郎。
15 江戸・吉原揚屋町の揚屋。
16 江戸・吉原揚屋町の揚屋蔦屋理右衛門。
17 太夫道中の供をする下男。

逢えないのかと、恨みの鐘の数を数えていると、世間が寝静まったころ、女乗物が担ぎ込まれてきた。勝手の灯を消し、お姿を見られないようにして、揚屋の女房の用意した引き合わせの盃を酌み交わした。夜明けまで間がないと、はや世之介を床に入れた。平吉は鹿背山[18]という女郎と情けを交わす。しばらくすると、高尾が世之介の寝間に「私より先に寝かせませぬ」と、ずかずか入ってくる。世之介を引き起こし、平吉と鹿背山の恋の邪魔をして呼びつける。しばらく布団の上でたわいもなく「なぞなぞ」などして皆で遊んでいた。

「つまらないわね」

と、二人を床にもどし、世之介に声を掛けた。

「さあ、帯を解いて床にお入りください」

世之介は、気圧されて裸になれない。

「それでは、私の好意が無になってしまいます。布団がまだ冷たいと思って、用もない二人を呼んで温めさせましたのに、そのかいもございません」

高尾は微笑みながら世之介の着物を脱がし、自分も裸になって肌と肌とが直に触れあうことを許した。

「近いうちに、またお逢いするわけにもいきますまい。お心任せになさいませ」

床入りしないはずの初会で、世之介は格別のもてなしをうけた。まさに、高尾はこの世の人とは思われないような太夫である。

五　廓の日記帳（諸分(しょわけ)の日帳(ひちょう)）

遊女にとってうれしいもの、その日の客の早帰り、中戸(なかど)[1]で情夫と忍び逢い、患(わずら)っている遣手の目を盗んで開ける、客から届いた分厚い現金入りの手紙。

さて、その手紙ではないが、世之介がうれしく読んだ分厚い手紙の差出人は木村屋(このむらや)の和州(わしゅう)[2]である。ひとところは吉野の花にも見まさり、全盛の春を誇っていた。世之介は、恋の山[3]ゆかりの出羽国庄内(でわのくにしょうない)に下り、米など買い込んでいたが、はるばる大坂へ向か

18　江戸・吉原京町三浦屋四郎左衛門抱えの格子女郎。格子女郎は、上方の廓の「天神」に相当する。

五の1　店の土間と奥との境にある戸。

2　大坂・新町 瓢簞(ひょうたん)町の木村屋又次郎抱えの太夫。

3　出羽国(でわのくに)湯殿山、あるいは酒田の国府山ともいう歌枕。

う船を待つのももどかしく、新町を恋しがっていた。その世之介に、三月いっぱい三十日の日記が送られてきたのである。早速封を切って読み始めた。

「夜明けとともに駆け込んできた客は、中之島の塩屋宇右衛門の手代。昼はゆっくり逢う暇がないというので、高島屋[4]で逢いました。前夜の勤めの疲れが残って、紙と筆を持ったままくたびれてうたた寝をしておりました。あなた様のことを思い浮かべて良い夢を見ておりましたのに、惜しいことに、格子を叩く音に起こされてしまいました。憎らしくなって、返事もしませんでしたが、しきりに声をかけてきますので、寝坊の八千代[5]まで目を覚まし『もしもし』と呼びますので、仕方なく『行水の支度をして』と言いつけました。揚屋から迎えにきた男は待ちきれず、腹を立てて一人で戻るようでしたが、車屋[6]の黒犬に吠えられて、西の横町へ回ったのには吹き出してしまいました。思う男と思わない男とは、これほど違うものかと、自分の心が恐ろしう存じます。揚屋から、また使いが来たので、いやいや参りましたが、朔日早々から、その客と痴話げんかをしてしまいました。

二日は、川口屋[7]で肥後八代の米商人衆と初めて逢いました。一座には、八木屋の霧山[8]、伏見屋の吉川[9]と一緒で、それに清水の利兵衛[10]などが来て、浄瑠璃の道行になりました。『東(あずま)の空はそなたぞ』と語り出すのを聞いて、はっといたしました。私も世之介様を尋ねて行ける身ならば、と哀れでもないところで涙をこぼしましたが、はたから見て、この恋ゆえ、とは誰も気づかないでしょう。床入りまでもなく、日暮れて帰りぎわに『道中提灯(ちょうちん)の紋は瞿麦(なでしこ)だが、まだ世之介を思っているのか』と、暗がりから悪口を言う者がいます。誰かと思って振り返れば天満(てんま)の又様(またさま)でした。介様(すけさま)のお帰りはいつかとお尋ねでした。この方も越前殿[11]とはわけがあって、二十日あまりもこの廓と疎遠になっていましたが、道頓堀で、若衆方の峰(みね)の小曝(こざらし)[12]がかわいいと毎日逢って

4　大坂・新町佐渡島町の揚屋、高島屋八兵衛。
5　和州とおなじ、大坂・新町瓢箪町の木村屋又次郎抱えの太夫。
6　大坂・新町瓢箪町の車屋庄九郎。木村屋と筋向かいの遊女屋。
7　大坂・新町九軒町の揚屋川口屋彦兵衛。
8　未詳。桐山か。
9　未詳。
10　浄瑠璃大夫・井上播磨掾(いのうえはりまのじょう)の門下で、今播磨と称された。
11　大坂・新町瓢箪町の木村屋又次郎抱えの太夫。
12　大坂・道頓堀の若衆方。

いるとか。これも変わったお慰みでございます。あなた様の弟分の吉弥[13]様もますます美しくおなりです。

三月四日[14]は、住吉屋長四郎[15]のほうに参りました。客は唐津の庄介様。この方には、去年の盆の紋日にお世話していただきました。昼のうちは住吉の潮干狩りにお出でになり、桜貝・うつせ貝[16]など拾って『逢わぬ先から袖濡らす』などとお戯れになる風流な御方です。五日は茨木屋[17]で、御存じの嫌な男と逢いました。勤めのために書きたくもない誓紙を一枚書きました。あの方にもらった誓紙は同封しましたので、あなた様にお預けいたします。六日は、灸を据えるということにして、幸い休みをいただきました。七日は茨木屋にいましたのを、もらいを掛けられて、井筒屋[18]で最上の商人衆と逢いました。八日も同じ一座でした。九日は母の十三回忌にあたり、千日寺[19]へ石塔を建て供養をいたしました。十日は八郎右衛門の取りなしで、鼬堀の客と仲直りいたしました。十一日は折屋[20]で、播磨の網干[21]衆と初会。この方は、今まで八木屋の霧山様と馴染みでしたが、理不尽な手切れをしていないかを十分に確かめてから逢いました。十三日はどこにも出ないでおりました。内々蒔絵屋の治介に、あなた様が注文されていた硯箱ができあがり、届けてきました。和歌浦の風景を描かせた御趣向は格別、ことに布引（ぬのびき）の松は、実際にあるかのようにまざまざと筆が尽くされています。ほんとうに気に入りました。今日は使い初めで、この手紙を書いています。

さて、あなた様が残しておかれた春画の肌着ですが、十四日にふとあなた様が恋しくなって、下に着て庄介様と逢いましたところ、ねだられて、いやとは言えないはめになり、快く差しあげました。他意があるわけではありません。一日、二日経って、庄介様からちょろけん一巻（ひとまき）[22]、有り合わせを送ると言ってきましたが、そのなかに一歩

13 若女形上村（かみむら）吉弥。
14 三日は桃の節句の紋日。四日も紋日で客は続け買いする。
15 大坂・新町九軒町の揚屋。
16 身のない貝殻。歌語。
17 大坂・新町佐渡島町の揚屋、茨木屋長左衛門。
18 大坂・新町九軒町の揚屋・井筒屋太郎右衛門。
19 大坂・難波（なんば）千日前の法善寺（ほうぜんじ）。
20 大坂・新町佐渡島町の揚屋、折屋喜兵衛か折屋六兵衛。
21 現在の兵庫県姫路市網干港にあたる地の商人。廻船業を営む豪商が多かった。
22 舶来のインド産絹織物。

金五十が入っておりました。そのことは何も言わずに、こっそりくださいました。そのまま手を触れず、うるさくお金を催促する呉服屋の左兵衛にわたしました。私の身の上は、あなた様がいらっしゃらないので、何かにつけて悲しいことばかりです」

　このように、細々（こまごま）と廓の暮らしを書き綴ってきた。読んでいるうち涙ぐむ世之介の後ろに、和州の俤（おもかげ）が現れた。

「私は、いよいよ京の廓に移る相談が決まり、いやですけれど、明後日大坂を発（た）ちます」

　と、泣き声で言う。

「このごろ、お客が少なくなったからと、京に移すとはあまりに酷い仕方。京に上ったなら、私は追っつけ死んでしまいます」

　世之介は「それは」と悲しくなって見上げると、四つ五つ足音がして、和州はしょんぼりと後ろを振り返って消えてしまった。幻だからといって、これは見捨てておけないと、世之介は再び難波（なにわ）の遊里に帰ったのだった。

六 籠で下ろした口付け盃（口添て酒軽籠）

『大雑書』[1]に書かれているように、この男の恋は初め吉だが、後には凶となった。男は金性で、三百両の金で吾妻太夫[2]を請け出した。計画通り、待兼山[3]の麓近くの村里に吾妻を迎えて、贅沢三昧に暮らし始めた。吾妻はそれを嬉しいとは思わず、物思いに沈み、ままならぬ身の行く末を嘆くのだった。というのは、世之介と言い交わしたことが忘れられなかったからである。書置きをして剃刀を手にしたこともあったという。しかし廓の苦しみから救い出してくれたことには、気に染まぬ男でも恩がある。このうえは浮名の立たないような死に方をしようと思い立ったのは春のことで、湯水を断って花の萎れるように衰え、延宝五年五月八日の曙に夢のごとく亡くなった。まことに残念なことである。

六の1 男女の相性、運勢などを記した、民間に流布した占い書。

2 大坂・新町佐渡島町佐渡島屋（富士屋）勘右衛門抱えの太夫。摂津国河辺郡山本村（兵庫県宝塚市山本）の庄屋坂上与次右衛門（山崎与次兵衛）に三百両で身請けされた。

3 摂津国の歌枕。

　この太夫は、情けが深く、物腰は柔らかで賢く、行儀正しいふるまいを心がけた。座についてからは台所に立つことをせず、禿(かむろ)が隠しごとを耳打ちすることもなかった。客への手紙も人目をしのばないで、決まり文句をさらさらと書き流す。その日の客の心に背かないし、まして初会には一座を引き締めた。小用にたたねばならないときには、さりげなく前庭におりて萩の袖垣などを物静かに眺め、露に濡れた着物の前褄(まえづま)を取る。厠(かわや)の野根板(のねいた)[4]の板戸を開けるときにも音を立てない。下地窓から外をのぞかず、立つときには紙を惜しまない。厠から出ても、しばらく座敷には戻らないで、築山(つきやま)の景色を様子ありげに見渡した。いつとなく手水(ちょうず)をつかって、そのあとで香を一たき裾にたきこめてから座敷に戻った。太夫の振舞は、こうありたいものだ。

　吾妻は、勤めの外(ほか)は人に手を握らせたこともない。客を待っている日には人目のある台所に立ち、物陰に身を隠すということもなかった。身持ちは正しく、どう間違っても間男(まおとこ)などいないと思われていたが、実は、この二年あまり世之介と深い仲になっていたのだ。仲立ちをしたのは、越後町の揚屋の女房である。

　座敷踊りが終わって乱れ姿になったある夕方、着替えの浴衣を取り寄せ、汗まみれになった腰から下の一重(ひとえ)の腰巻も脱ぎ捨てた。行水(ぎょうずい)をする吾妻の裸身の美しさ、久(く)

米の仙人[5]が通力を失ったのもこんなことからだったのだろう。真木の戸袋の陰に隠れていた世之介は、釣り行灯の火をわざと消した女房に「それ、そこ」と背中を押され、こわごわ湯殿に駆け込んだ。気のせくままに、ちょっとナニして出るところを遣手のよしに見つけられた。「しまった」と、さまざま口止めをして、郡内縞[6]の表地をやると約束させられたのも気の毒だった。それからは、毎日有り難いことばかり。銀をつかって遊ぶ客は、今の世之介には馬鹿に見えてしまう。

その年の十一月二十五日のことである。

「九軒町の揚屋紙屋[7]で、平野[8]の綿屋の吉様と逢いますが、日暮れには必ずお帰りになるはずですから、忍んで逢いにきてください」

---

4 土佐国安芸郡野根山産の薄板。
5 吉野川で洗濯する女の脛を見て、空から落ちたという仙人。『今昔物語集』『徒然草』にこの話が載る。
6 甲斐国郡内産の縞模様の絹織物。
7 大坂・新町九軒町の揚屋、紙屋甚兵衛。
8 摂津国平野郷町。河内木綿の集散地。

と、吾妻から知らせが来たので、世之介は庭先に隠れて、二階座敷の様子をうかがっていた。綿屋の吉は、久都(ひさいち)という座頭の太鼓持ちに「太夫様のお相手をせよ」と言いつけて帰っていった。久都は、ここが大事と吾妻から離れようとしない。これには困ってしまった。しかたなく宵のうちは待っていたが、夜半過ぎから降り出した雪が袖にかかるのも払いきれず、世之介は、敷石の上に置かれていた駒下駄を枕にしていつしか寝入ってしまった。下の座敷の寝床では扇屋(おうぎや)の長津(ながつ)太夫[9]が馴染みの客と寝ていたが、目を覚まして障子をあけ「下駄はどこ?」と禿にきく。身をすくめた世之介は、縁(えん)の下(した)に隠れた。その姿を見た長津。

「もういい。下駄は探さなくてもいい」

と、禿を止めたのは、まことに深い恋知りである。この時のうれしさは、たとえようがない。世之介は「あの君が末永く栄えますように」と手を合わすのだった。

二階では、久都が階段の上り下りまで聞き耳を立てているのは小憎らしいことである。じれったくなった吾妻が、手紙などを引き裂いた紙縒(こより)で小さい軽籠(かるこ)を作り、熱燗

---

9 大坂・新町瓢箪町扇屋四郎兵衛抱えの太夫。

の酒をついだ天目(てんもく)茶碗にちょっと口をつけ、その軽籠にのせてそろそろと下ろしてやった。世之介は、吾妻の心遣いに感じ入り三度おしいただいて喉を潤したが、酒が喉を通る刹那の楽しみは千年も寿命が延びたような気持ちである。半分ほど呑んで息をついたところに、長津が、小声で「これ、お肴(さかな)に」と、漬(つ)け山椒(ざんしょう)[10]を一房くれたのは、有り難いことだった。

それから長津は、二階に世之介を手引きし、久都の気を引いた。

「まあ、美男の坊様。この胸のつかえをさすっておくれ」

と、嬉しがらせ、その手を取って懐に入れる。

「そこよ。その下のあたり。もっと下よ」

そんな具合に、肝心のあたりまで触らせて、久都が我を忘れてときめいているうちに、吾妻に思いを晴らさせた。まことに賢い働きである。目の見えない久都こそ知らぬが仏。

「ああ、ありがたや。太夫様の黄金の肌え」

と、うかうかとさすっているうちに、「お客、立たしゃりませい」と、揚屋の男衆が客の帰りを促す声が聞こえてきた。久都には残念、時間切れ。

七　新町の夕暮島原の曙（新町の夕暮島原の曙）

茶屋の亭主が、浅葱（あさぎ）色の麻裃（あさかみしも）に茶小紋（ちゃこもん）の着物、小脇差（こわきざし）といういでたちで、普段とは違って少し賢そうな顔をしているのは、この世の人とも思われず、[1]娑婆（しゃば）で見た弥三郎殿[2]が、取り澄まして菊の節句のお礼回りに来たような按配である。まずお祝いを述べた。さて、今日からは、色里の衣装重ね、[3]これを見ると命が洗濯される。

菊の露に濡れながら、香りの深い山水を汲んで長寿を得ようと、世之介は夕景色を見に廓にやってきた。茶屋 鶯（うぐいす） の太兵衛[4]の軒端の簾（すだれ）越しに、ほのかに女郎の姿が透けて見える。名も知らない鹿恋（かこい）女郎の姿にさえ、「これは」と心がときめくのは、今

10　塩漬けした山椒の実。

七の1　「紅（くれない） ふかき顔ばせの、この世の人とも思はれず」（謡曲「紅葉狩（もみじがり）」）を踏まえる。

2　「娑婆で見た弥三郎殿」は知っている人に知らないふりをする 諺（ことわざ）。

3　九月九日の紋日前後の三日間、太夫・天神は揚屋の座敷に、小袖などを並べて全盛を競った。

4　大坂・新町西口の茶屋湊屋太兵衛か。

日がめでたい日だからだろう。

高間太夫[5]は格別美しく、新艘[6]を連れて道中する姿は悠々と千里を行く趣がある。まことに廓は極楽浄土。井筒屋の入り口には、金吾太夫[7]の長持を運び込み、出入りの遣手まで祝儀の一歩金をもらって、ほくほく顔である。世之介は所を変えて、九軒町の住吉屋まで足を延ばした。亭主の四郎右衛門に、舌のもつれた軽口を言わせたり、総角太夫[8]についた禿のるいに、好物の酒をたっぷり呑ませて喜ばせたりする。端近くに座って、通りかかった女郎一人一人に嫌がることを言ってはやきもきさせ、いやいやながら脇に腰をかけさせる。小盃の数が重なると、「下戸でない男前が好きです」と、兼好[9]という太夫が言った。

その日、世之介は扇屋[10]で、馴染みの太夫と逢っていたが、ふと都の島原が恋しくなった。これは二道かけた浮気心というものである。その太夫をほったらかし、すぐに道頓堀に行き、畳屋町の親しい役者の家から、科もないのに人目を忍ぶ四人肩の忍び駕籠に乗り込んだ。弟分の上村吉弥[11]との約束も、恋の相手が変わったので、そこそこに言づけをして、気の急くままに夜の道を急がせた。初夜[12]の鐘の鳴るとき「佐太の天神に着きました」と駕籠屋が言う。

「天神だって？　天神がいるなら、太夫は居なくてもかまわない、呑もうじゃないか」

駄洒落を言って、焚き火で燗をし、焼き味噌を肴に一杯やるのも一興である。その酔いのさめぬうちに、交野(かたの)・禁野(きんや)[13]を過ぎ、淀の小橋(こばし)[14]は霧が立ちこめていた。「鳥羽(とば)の恋塚(こいづか)[15]を過ぎますよ」

---

5 大坂・新町佐渡島町、佐渡島屋（富士屋）勘右衛門抱えの太夫「高間(たかま)」の音読。
6 初めて勤めに出る遊女。姉女郎が廓中の親族をまわって挨拶し、揚屋で祝宴を張る。
7 大坂・新町佐渡島町、佐渡島屋（富士屋）勘右衛門抱えの太夫。
8 大坂・新町佐渡島町、佐渡島屋（富士屋）勘右衛門抱えの太夫。
9 佐渡島屋抱えの太夫、吉田をもじった。「下戸ならぬこそ男(おのこ)はよけれ」（『徒然草』初段）。
10 大坂・新町佐渡島町の揚屋、扇屋四郎兵衛。
11 若女形、初代吉弥の養子となり、延宝末年襲名。
12 午後八時頃。
13 交野・禁野は、それぞれ大阪府枚方(ひらかた)市の平野の地名。
14 京都市伏見区の淀から、対岸の納所(のうそ)に掛けられた橋。現存しない。
15 上鳥羽(かみとば)の浄禅寺(じょうぜんじ)と下鳥羽恋塚寺にあったと言われる塚。遠藤盛遠(えんどうもりとお)が渡辺渡(わたなべのわたる)の妻袈裟(けさ)に恋し、誤って殺したので、その菩提(ぼだい)を弔ったという。

「合点だ」

世之介は目を覚まし、間もなく四つ塚[16]の茶屋に着いた。竹の編戸を手荒く叩き亭主を起こした。

「湯が沸くまで待っていられない。息が切れる。水を飲ませてくれ」

駕籠かきが、口々に怒鳴った。そういえば去年、森という大尽が駕籠かきを急がせすぎて殺してしまったのは、たしかこのあたりだ。そう思うと、島原の空が恋しくなる。星の輝きが薄れる夜明けを待ちかね、丹波口の茶屋の小兵衛方に到着した。朝帰りの客待ち顔に、小兵衛が店の片側を開けていた。

「これは世之介様、珍しいお上り。高橋様[17]も『いらっしゃるのが待ち遠しい』と昨日もおっしゃっていました。早速お知らせして喜ばせましょう」

門を叩いて出口の茶屋[18]に伝え、はや三文字屋[19]に使いを出した。

「ここの朝景色の面白さ。西行は、何を思って松島の曙・象潟の夕べ[20]を褒めたのか。昨日は新町の夕暮れの風情を見て、今日は、その目ですぐに島原の朝景色を見る。こんな楽しみが唐にもあるだろうか。世之介、そうではないか」

「いかにも、もっともだ」

連れと話しながら、出口の茶屋の藤屋の彦右衛門方に立ち寄った。昨夜の行灯が消え、片隅に物さびた釜がたぎっている。岩倉名物の松茸を焼いて、中ぐらいの椀に二杯、酒を呑み「これは美味い」と言っているところへ、幸運にも身請けされた歌仙[21]が、内儀らしい格好をして、顔を出した。

「いよいよ、お別れだ。どちらへ行くのだ」

世之介が尋ねると、歌仙は「我が庵は[22]」とだけ言って出て行った。

「なんの、宇治へ行くはずがない。身請けの相手を知っているぞ。六角堂[23]の裏あたりへ行くのだろう」

16 京都市南区条町四つ塚町。
17 京・島原下之町大坂屋太郎兵衛抱えの太夫「高橋」の音読。
18 島原大門に入ったところにある茶屋。
19 島原揚屋町の揚屋。東側に清左衛門、西側に権左衛門の二軒があった。
20 西行「松島や雄島の磯も何ならずただ象潟の秋の夜の月」(『山家集』)を踏まえる。
21 京・島原中之町一文字屋七郎兵衛抱えの天神。
22 喜撰法師「わが庵は都のたつみしかぞ住む世をうぢ山と人はいふなり」(『古今集』)を踏まえて、洒落た。

そう、言い終わらぬうちに、高橋太夫からの使いとして、引舟女郎の対馬・三芳・土佐などがやってくるし、揚屋からは、次兵衛やらほかの男達も世之介に伺候する。「どうぞ、あちらへ」と、祭りのように絶え間なく人が来るのは、全盛の高橋太夫の御威勢だろう。この時の有様は、大名にでもなったようだ。

昼は寝て、まず昨夜の疲労をとり、日暮れから表に床机を据えさせた。九月十日の月[24]も、さすがに都だけあって風情がある。居並んだ遊女は、太夫の高橋と野風[25]、天神の志賀・遠州・野世[26]である。引舟女郎の蔵之介[27]の賢さ、対馬の利発。それに三芳・土佐の三味線の連弾きが、一座に興を添える。世之介は、つい酒を呑みすごしてしまった。

かつて島原で遊んだ縁で、通りかかった唐土[28]に笑いかけられ、薫[29]に流し目をされ、奥州[30]はうなずいて通り過ぎた。昔が偲ばれることも、思いを残したこともあったのだろう。島原は、上品で穏やかな遊女が多く、衣類もたくさん持っているので、ここで遊ぶと、他の遊里はつまらなくなってしまう。

夜が更けて、世之介は床をとった。三枚重ねた敷き布団に新品の掛け布団、枕も長枕で、普通とは違っている。「寝間着もあります」などと言う者もおらず、太夫は、初めから帯を解いて、万事、引舟女郎に身をまかせる。煙草も手ずから煙管に詰めたりせず、寝道具も人に着せてもらう。太夫の優しい言葉を聞きながら寝入った世之介は、きっと何とも結構な夢を見るに違いない。

---

23 京・六角通烏丸東入ル頂法寺（ちょうほうじ）。院主は、立花の家元池坊（いけのぼう）がつとめたので、身請けした相手を、池坊かと暗示した。
24 重陽の節句の後宴の月見。
25 京・島原下之町大坂屋太郎兵衛抱えの太夫。
26 志賀・遠州・野世は、大坂屋太郎兵衛抱えの天神。
27 太夫野風の引舟女郎。
28 京・島原中之町一文字屋七郎兵衛抱えの太夫。
29 京・島原上之町上林五郎右衛門抱えの太夫。
30 京・島原中之町一文字屋七郎兵衛抱えの太夫。

巻八

一　楽寝の牛車（らく寝の車）

どの家にも、必ず死に損ないの婆がいる。物にこだわらないほうがいいとは言うけれど、色気のない皺だらけの松ばかり植わった山では面白くもない。昔、誰が始めたのか、何でも好きなことができる揚屋というものができたが、これこそ若返りの楽しみ所だ。遠い竜宮浄土を望み、気立ての分からぬ乙姫に逢うよりは、気心の知れた丸屋[1]の女房のほうがましというものだ。

太鼓持ちが集まって、そんな話をしていた。

一の1　京・島原揚屋町の揚屋、丸屋三郎兵衛。

「今日ほど暇な日は、またとあるまい」

と、神楽庄左衛門（かぐらしょうざえもん）[2]が言い出す。

「わしらが毎日ついている嘘は、神様はお見通しだろうから、これから、石清水（いわしみず）[3]に参詣して厄払い（やくばらい）をしようか」

「明日は厄神（やくじん）参りの十九日、人ごみで埃をかぶるのもつまらない。宵宮（よいみや）[4]に行こう」

「道すがら酒も呑めて、一緒に話しながら参詣したいものだ。世之介様の智恵を、お借りしたらどうだ」

そう太鼓持ちの相談がまとまった。

「そんなことは、行者（ぎょうじゃ）が水へ入るよりたやすいことだ」

世之介は請け合うと、供をしていた手代に「それ」と指図する。手代はかしこまって、物陰から両の手を広げて見せた。神楽庄左衛門は、銭一貫文[5]かと勘違いして、「それでは足りません」という顔をしてかぶりを振った。手代は懐から「これは、お初穂（はつお）」と、金子（きんす）十両を投げ出した。

「これで所願成就（しょがんじょうじゅ）。いつも御無心ばかりで」

太鼓持ち一同は躍り上がって喜び、立ち騒いで「牛車を借りてこい」ということになった。鳥羽に帰る車を呼んで、車三両の上に花毛氈[6]を敷かせた。太夫様へも、厄払いに行くと使いをやって、自分たちは、揃いの水色地の鹿子染めの着物、白縮緬の投頭巾をかぶって、四人ずつ二両に乗った。あと一両には、酒樽・折り詰め・重箱の肴・枕箱を積む。燭台には大蠟燭を立て、大門から出立する。門を出るや三味線を弾き、酒も呑み始めた。「名残惜しさは朱雀の細道」と小歌を歌いながら、その朱雀の細道[7]を過ぎ、大宮通りを南に向かって進んだ。

「内裏様のいる都だからこそできる贅沢だ。余所ではできまい」

ありがたくもかたじけなく、車を進めていく。冴えかえった月が出ると、はるか向こうの竹田[8]あたりの竹の葉末にも夜風が吹き渡った。袖も湿って、悲しいわけではな

2　巻七㈡の注25参照。
3　京の石清水八幡宮。
4　祭日の前日に行う神事。
5　約銭四貫文が一両になる。
6　花模様を織り込んだフェルト状の敷物。
7　島原大門と、茶屋のある丹波口一貫町との間の田舎道。

いのにこぼれた涙かと思われた。三味線の音もいつしか止み、あまり遊びが過ぎて興ざめとなった。

南の方を見ると、小枝橋[9]の橋詰めに、島原の太夫の紋尽くしの提灯が光を放っている。

「これは？」

「太夫様がたから『皆様をお見送りして、ここでお酒を差し上げよ』と仰せつかっております」

と、九人の遣手が車を停めた。風が松林を吹き渡って寒い夜のもてなしにと、京から何枚か布団を持たせて、小屋のなかに置炬燵をこしらえ、括り枕も用意されていた。

「ここで一眠りなさいませ」

と、世之介一行は勧められる。銀の燗鍋にかずかずの銘酒、白木の椀には茶漬け飯。酒の肴には雁の板焼きに[10]塩鰯を置き合わせる。まことにしおらしい気配りだ。食事のあとは、めいめいに用意してあった色袱紗で茶碗を受けて、抹茶を嗜み、使い捨ての煙草盆をつかった。何ひとつ行き届かぬところがない。

「わずかの間に、これほど用意をなさったのは、並大抵でない心遣い。とくに炬燵の御礼は改めて申し上げる」

世之介が礼を述べて、道を急ぐ。

「今宵のご馳走は身に余る喜びだった。なにか、土産になる物はないか。今すぐ考えよ」

世之介が命ずると、太鼓持ちの願西弥七が「日本一の饅頭があります」と言う。

「それは、どんな饅頭だ」

「一つ銀五匁ほどかかりますが、上に金銀の箔を置きます」

「それは良い」

世之介は、九百個ほど菓子屋の二口屋能登[11]に注文して夜中に作らせ、九人の太夫に届けた。太鼓持ちたちも、太夫様のお土産にと、小さい破魔弓に「蘇民将来」[12]の厄

8 現伏見区竹田。実際に通ったわけではないが、「や、月こそ出でて候へ。(略)木幡山伏見の竹田、淀鳥羽も見えたりや」(謡曲「融」)から、この地名を出した。

9 恋田橋ともいう。鳥羽街道の、鴨川に架けた橋。

10 雁の肉を杉のへぎ板に載せて焼いた料理。

11 京今出川角の菓子屋。

除け守りをととのえた。

「行く末永くご息災で、身揚がりもなさらず、証文の公界十年[13]よりも長く廓にいても、お勤めの間は客との痴話喧嘩がないように」

こう言って、土産の破魔弓を太夫たちに差しあげた。そして、「武運長久」ならぬ「女郎長久」を願って、手を合わすのだった。

二　情の賭け勝負（情のかけろく）

世之介が日ごろ目を掛けていた仕立物屋の十蔵という男が、乗りかけ馬を三条大橋に待たせておいて「財布は鞍に付けてあるか。すぐに戻ってくる」と気ぜわしく供の者に言いつけた。この男、急に江戸に下ることになったとかで、門口に立ったまま世之介に挨拶する。

「世之介様にお暇乞いにまいりました。詳しいことは、おっつけ戻ってから申し上げます」

とりあえず旅費などをやって、十蔵が出て行こうとするのを呼び止めた。

「今度は、何のために江戸に下るのだ」

「実は、『吉原の小紫（こむらさき）[1]様に逢っても、私なら初会からふられますまい』と、つい智恵自慢したところ、『ならば』とさる御方と賭けをしまして、二十日鼠（はつかねずみ）の宇兵衛[2]を目付役に、これから江戸へ女郎買いにまいります」

「いい気なものだ。勝ち負けが決まったらどうなる」

「私が、小紫からふられなかったら、木屋町（きやまち）[3]の下屋敷（しもやしき）をもらいます。万一負けましたなら、その……」

十蔵の顔が青くなって声が震えた。

「隠さずに言ってみろ」

「ほかでもございません。ふられましたなら、命には別状ないように、男の大切なア

---

12 疫病除けの神の名。

13 女郎の年季で、勤めに出た日から十年。それを年季証文に書き込む。

二の1 江戸・吉原京町三浦屋四郎左衛門抱えの太夫。

2 太鼓持ちだろうが、未詳。

3 京都市中京区上樵木町（かみこりきちょう）。材木屋が多かった。

ソコを切られるという約束です」

こんな約束をした大尽は、十蔵を、からかうのにはいい阿呆と思って、銀をつかって慰み者にしたようだ。

「賭けの相手は誰だ」

「それは、言わない約束です」

「一生の一大事だ。よくよく覚悟しておけ。行く末どうなるか分からない一物なのだから、雁首に数珠をかけてやるがいい。いつぞやお前にやった緋綸子の褌。残したところで、誰かにやるあてがあるわけでもない。けちけちしないで、その褌をしめてやれ」

世之介がそう言うと、正直な男で、今まで勇んでいたのに、ぼろぼろ涙をこぼした。

「さらば」と言ったものの、しょんぼりとして足が動かない。見ていて、おかしくてたまらない。

「これは、面白そうだ。一緒に行ってみよう」

世之介は、普段着のまま乗物[4]を仕立てさせ、十蔵を連れて江戸に下った。

世之介一行は、江戸の本町四丁目の出店に着くと、十蔵と宇兵衛を大尽客に仕立てて、吉原に行かせたが、うまくいくかどうか心許ない。揚屋利右衛門を尋ねさせ、京の世之介からだと、紹介状を持たせてやった。それには、十蔵を立派な大尽のように言いつくろい、小紫との取り持ちを頼むと書かれていたのだが、揚屋の女房は「そういうことでしたら、四、五日のうちに」と請け合った。日取りを決めて帰る時、十蔵は亭主に一包はずんだ。

「江戸にはない珍しい物じゃ」

宇兵衛が「金を出すのが早い」と十蔵を叱った。

「いや、あれは金ではない。最近、京で工夫した物で、人の役に立つ。同じ物がここにあるぞ」

紙包みの上書きには「古釈」[5]と記してある。開けてみると、扇の要・目釘竹・針・絹の糸・餅糊・耳掻き・房楊枝、七種包んであって、値代は合わせて三文がほど。

「どうだ。人の喜ぶものだろう」

4　日本橋本町四丁目。呉服屋が多かった。

5　未詳。「小癪」の洒落という説もあるが、和歌・物語などの注釈に使われる「古釈（古くからの解釈）」という語を包みに書いて、中身の貴重さを強調したのだろう。

宇兵衛は呆れて返事もせず、十蔵を連れ戻した。

その後、約束した日に、十蔵は吉原に出かけた。小紫と逢い、盃も面白く回り出した。

「紫様、お一つ呑みなされ」

十蔵が手を伸ばして、手荒くついだ酒が、小紫の襟(えり)から膝に掛けてこぼれてしまった。十蔵のひどく困った顔つきが、なんともおかしい。

「気になさらないで」

座をたった太夫は、「行水の支度をしなさい」と、湯殿に入った。最前の衣装と少しも変わらず、肌着に白綸子(しろりんず)[6]、中着に紅鹿子(もみかのこ)の引っ返し[7]、上着には浅葱(あさぎ)八丈(はちじょう)の八端(はったん)掛(が)[8]けに着替えて出てきた。こういうことは、上方の女郎には真似できない。同じ着物を揃えておくとは、気がきいている。

初会には、誰にでも寝道具を出さないのが吉原の決まりなのだが、小紫は横になって十蔵を誘った。しみじみと語りかけ、自分も帯を解き、十蔵にも帯を解かせて、快く身をまかせた。初会で契った証拠にと、硯(すずり)を持ってこさせ、「十蔵様に身をまかせました。偽りではありません」と、褌の端に書き付け、「むらさき筆」と署名して十蔵に渡した。こんな事は前代未聞である。不思議に思った宇兵衛は、宿に帰って子細を世之介に報告した。

世之介も不思議がって、あらためて小紫と逢って事情を尋ねた。

「様子をうかがっておりますと、どなたかが、少し頭の足りない人を賭けにして、ここに遣(つか)わしたのでしょう。それが分かりましたので、そんな賭けをした先様(さきさま)が憎らしくなりました。それで、あんな男と寝てやりました」

「何を隠そう。実は、あの男は、その賭けのためだけに、京から下ってきたのだ」

と、世之介は横手を打って感心した。

この一件があってから、世之介は小紫をいろいろ口説いたが、決して逢おうとはしなかった。心を惹かれる遊女とは、こういう女である。

6　白い、光沢のある絹織物。
7　裾まわしに、表と同じ布地を用いた仕立て。
8　薄い藍色の八丈島産絹織物。

三　一杯足らないので島原へ（一盃たらいで恋里）

大坂の男が呉服物を仕入れに上京し、室町に滞在していた。「ご無沙汰しております」と世之介を訪ね、「今日は東寺の御影供（みえいく）[1]。これからご一緒しましょう」と誘った。

その日の世話役は、出入りの紙屋の吉介である。五人前の酒肴（しゅこう）をととのえ、畜生門[2]のほとりに幔幕（まんまく）を張りめぐらした。まことに仏法盛んな今日の賑わいである。

「人は、沈んでいく夕日のように、誰一人この世にとどまることができない」

そんなありがたい話をしながら、ほうれん草の浸し物や椎茸（しいたけ）の煮染（にし）めを肴（さかな）に盃を重ね、酔って引き上げようとするとき、「これで、仕舞おう」と、世之介が世話役の吉介におさめの酒をつごうとした。

「仰せの通りにいたしましょう」

盃を戴（いただ）いたものの、酒が一滴もない。

「これでは、気持ちが悪い。酒を持ってこい」

酒を買いにやり、あらためて焼塩を肴に呑み直しているうち、世之介は、したたかに酔っ払ってしまった。

「このまま帰れるものか。島原へ繰り出せ」

「そりゃいい。そうしましょう」

と、島原に出向き、揚屋八文字屋喜右衛門方に乗り込んだ。

「今日客のついていない女郎を、千人でもいいから呼べ」

世之介が命じたものの、あいにく紋日（もんび）なので、名のある太夫は一人もいない。あまり気のすすまない天神ばかりが集まった。

「これではお話にならない。自分はともあれ、大坂の客人に、少しでも寂しい思いをさせるのは気の毒だ」

世之介は、太夫にあれこれもらいをかけてみたが、うまくいかなかった。そこに喜右衛門の女房が顔を出した。

「大坂から上ってこられました吉崎（よしざき）[3]という太夫様が、今日が水揚げ[4]で、丸屋七左衛門方にお越しになっております。ただ今、ご都合をうかがったところ、なにか訳があっ

三の1　三月二十一日の弘法大師を供養する法会（ほうえ）。現南区九条町（みなみくじょうちょう）の東寺の御影供はとくに盛大に行われた。
2　東寺南大門の東の築地の穴門。普段は閉じている。

て、もらいができそうでございます」

「金がかかるのは、はじめから承知の上。それもいいだろう」

世之介が言うや、すぐに七左衛門方に使いをやって、吉崎がやってくることになった。

並の女郎買いと違って、水揚げには決まりがある。太夫に、引舟と天神の二人がつきそい、九日間は揚詰(あげづ)めにする。揚屋への進物(しんもつ)、奉公人への祝儀など、贅沢第一の世之介のきもいりだけに、金に糸目をつけない。万事派手に言いつけて、それを目録に書かせて、まずは人々を喜ばせた。八文字屋の亭主は、袴・肩衣(かたぎぬ)姿。女房も着物をあらためて綿帽子をかぶる。大蠟燭を立てた台所では、光のなかを八百屋・魚屋がはりきって走り回り、作法をわきまえた正式な料理人が腕をふるう。その威勢は、一生の思い出となるほどである。

こんな慌ただしいときに、「太夫様のお座敷をこしらえにまいりました」と、身分の低い女郎が四人やってきた。衣桁(いこう)には十二枚の小袖をかけ、小夜着(こよぎ)[5]を山のように重ね、小布団は錦の峰と見まがうばかりである。床には掛け物、書棚、香箱(こうばこ)、文庫(ぶんこ)[6]、煙草盆、そのほか手道具には、みな時代蒔絵(まきえ)が光り輝いている。

しばらくして、門口から声々に呼びついで、「太夫様、ご機嫌良くこれへお出で」という声がする。吉崎は、二つの手燭(てしょく)を先に立て、階段をしずしずと上がってくる。そして上座の中ほどに座をかまえた。左の方には、太夫を送ってきた一家の女郎十一人が座り、右の方には、後ろから末座まで、囲(かこい)女郎が十七人、みな揃いの緋無垢(ひむく)姿で居並んだ。吉崎の前には、引舟女郎と禿(かむろ)が手をつかえて控えている。そこへ、揚屋の女房が出てきて、大坂の男と吉崎を引き合わせる。大坂では見たことのある太夫だったが、「珍しいご縁」と挨拶を述べていると、祝言(しゅうげん)のときのように、島台[7]や金の大盃が持ち出される。銚子・くわえの盃事[8]もすみ、色直しにも風情があった。太夫から揚屋へ時服(じふく)[9]の進物、奉公人にも祝儀の庭銭(にわせん)[10]をまき散らした。それを受けとろうと、

3　島原上之町喜多八左衛門抱えの太夫。大坂新町から移って、延宝元年三月二十一日に太夫に出世する。
4　遊女が初めて客をとるときの儀礼。
5　袖付きの小ぶりな掛け布団。
6　文や手回り品などを入れる手箱。
7　巻五（一）の注10参照。
8　銚子に酒を足す器。

禿や遣手(やりて)、お供の者たちでごった返した。方々からの進物は廊下に並べられた。帳付け女や取次ぎの女が手際よくさばくのだが、これを見たら、気の小さい者は腰を抜かすだろう。「相生(あいおい)の松風」と祝言の小歌も楽しげである。

四　都の美人人形（都のすがた人形）

舶来品を仕入れに長崎に下る商人に、自分もあとから行くつもりだと、世之介は銀(かね)箱(ばこ)を先に預けておいた。

「なにか、舶来品でもお買いになるのですか」

「いや、日本物を買うための元手だ」

「さては、丸山[1]で遊ぶつもりですね。おっつけおいでになるのを、あちらでお待ちしています」

その日は六月十四日の祇園祭である。祇園の月鉾(つきほこ)[2]が渡る夏の景色を見残して、旅の道を急ぎますと、その商人は先に出立した。

世之介は、決心したことがあるからと、金銀を洛中に撒(ま)き散らしていた。神社や寺塔を建立し、常夜灯を奉納し、贔屓（ひいき）の歌舞伎若衆には家を買ってやり、馴染みの女郎は身請けし自由にしてやった。そうやって、毎日財産をつかいくずしたが、まだ残っている内蔵（うちぐら）の銀をどうつかおうかと悩んでいた。

さて、今度長崎に下るが、なにか面白い慰みがあるかもしれない。

そう、思い立ったのは八月十三日のことである。

昔、阿倍仲麻呂（あべのなかまろ）[3]は、故郷の月を懐かしんで、しみじみと歌を詠んだが、自分は、日本の月よりあちらの月のほうが気にかかる。

世之介は淀の川舟に乗り、大坂の道頓堀に着いた。馴染みの歌舞伎役者の家に二、三日泊まって遊んだが、心のこもった饗応（きょうおう）に、床をはなれて暇乞いするとき、なん

---

9 季節に応じた服。

10 女郎が配る祝儀。客の負担になる。

四の1 長崎の丸山遊廓。三都の廓と並び称された。日本人相手・中国人相手・オランダ人相手の三種の遊女がいた。

2 月読尊（つくよみのみこと）を飾った鉾。

3 唐に留学し、帰国を望んだが叶わなかった。「天の原ふりさけ見れば春日なる三笠の山に出でし月かも」（『古今集』）。

と金子五百両を贈った。そもそも歌舞伎若衆の華やかな暮らしぶりは、柳に積もった雪のように、今日は残っているが、明日になれば消えてしまうものだ。今は美男であっても、ほどなく髭の生えた醜男になってしまう。あるときは闘鶏を好んだり、植木にこったりしているうち、人気が衰えて家を売るはめになる。京に住むかと思えば、江戸に下ったり大坂に宿替えしたりと、一生、住み所も定まらない。

「なんの罪があるわけではありませんが、銀があるわけでもありません」

そう、兵四郎[4]が笑わせて、世之介を船着き場まで見送ってくれた。風もほどよく吹き、波も穏やかで、目指す長崎の大港に着いた。

長崎の目抜き通りの桜町を見渡すと、もう心が浮き立ってくる。世之介は、宿に足を留めず、すぐに丸山遊廓に行ってみた。遊女屋の様子は、聞きしにまさり、一軒に八人から九人、十人も遊女を抱え、夜見世を張っている。中国人の客には、日本人客とは別に、その相手をする遊女がいるそうだ。中国人は恋慕の情が深く、馴染みの遊女が人に見られることを嫌って、媚薬を飲んでは、昼夜ともに枕を重ねるという。こればかりは、日本人にはまねできない。阿蘭陀人は、遊女を出島に呼んで遊ぶが、中国人は、市中の宿に遊女を呼ぶことができて、なに不自由なく暮らしている。

京の四条河原の若衆遊びや島原遊廓で一緒に遊興したことのある大尽が、世之介が長崎に下ってきたのを珍しがって「遊女に能をさせてお目に掛けましょう」と申し出た。世之介が丸山に出向くと、遊女屋の庭に能の常舞台が設けられている。囃子方[5]・地謡[6]はもとより、シテ・ワキ[7]まで遊女が演ずる。演目は、定家・松風・三井寺の三番で、しんみりと、謡と囃子の調子をひときわ低く演じた。高雅でまたとない遊興である。

折から初紅葉の木陰に自在鉤[8]をおろし、金の大燗鍋を掛ける。酒の功徳を礼賛した白楽天の「酒功讃」[9]の心をうつすのだと、思い思いに着飾った三十五人の遊女が集まった。紅の網前垂[10]、縒金の襷[11]、綾杉の思い葉[12]をかざし、「岩井の水は千代ぞ」[13]と、

4　初代坂田藤十郎の妹聟、柊木兵四郎。
5　笛・大鼓・小鼓・太鼓の四役。
6　謡曲の地の文の部分を、舞台向かって右端で謡う役。
7　能・狂言の主人公役（シテ）と、その相手を演ずる脇役（ワキ）。
8　囲炉裏などにつるし、鍋や鉄瓶などを自由に上げ下げできるようにした鉤。
9　『白氏文集』七十「酒功讃并序」をさす。
10　紅の糸で網のように編んだ前垂れ。

入り乱れての大宴会になった。

「京で三十五両の鶉（うずら）[14]を焼き鳥にして太夫の酒肴にしたことがあったが、今、この豪勢な酒宴に驚いた。遊女の風俗も京とは変わって可愛らしい」

世之介が褒めると、居合わせた遊女たちが「都の太夫様の様子が知りたい」と望んだ。

「それこそ、粋人の世之介様に尋ねなさい」

「さいわい、このたび、持たせてきたものがある」

世之介は、長櫃（ながびつ）十二棹（さお）を運ばせた。なかには太夫の衣装姿をうつした人形がたくさん詰まっていた。京で十七人、江戸で八人、大坂で十九人の太夫たちである。能舞台に人形を並べ、それぞれ名を記した。めいめいの衣装、顔つき、腰つき、一人一人が変わっている。これは、どこそこの誰、それはどなたと見入ったが、どの人形も好ましい。長崎中の人々が集まって、その人形を眺め暮らしたのだった。[15]

五　床で用いる性具（床の責（せめ）道具）

世之介は、合わせて二万五千貫目の遺産を自由につかえ、と母親から譲られてから、明け暮れ遊び尽くして二十七年となった。広い世界の遊女町を残らずめぐって、身は、いつともなく恋にやつれ果てた。今という今、もう浮世に未練がないと、ふと思うようになった。親はなし、子はなし、連れ添う妻もいない。つくづく省みると、いつまでも色欲に迷い、煩悩(ぼんのう)に悩まされているばかりで、愛欲を断つことができないでいた。もう来年は、本卦(ほんけ)に還って六十一歳になる。足が弱って桑の木の杖をつかなくては歩けないし、耳も遠くなった。そして次第に醜態をさらすようになってしまった。世之介ばかりではない。馴染んでいた女も、髪が霜のようになり、額が小皺だらけとなった。それを見ると、毎日が腹立たしい。傘をさしかけ、肩車に乗せた娘も、はや

---

11 金箔を絹糸に縒(よ)り込んだ襷。

12 よじれた葉が向かい合って重なるようになった檜(ひむろ)杜杉の枝。

13 「千代のためしを松蔭の岩井の水は薬にて」(謡曲「養老」)を踏まえる。

14 鳴き声の美しい鶉には、高い値がついた。

15 在原業平「起きもせず寝もせで夜をあかしては春のものとてながめ暮らしつ」(『古今集』『伊勢物語』)を踏まえる。

男ができて世帯じみた姿になった。移れば変わるのが世の中というが、これほど変わるものはあるまい。今まで後生（ごしょう）を願ったことなどなかったから、死んだら地獄で鬼に食われるまでだと思っていた。いまさら心を入れ替えても、ありがたい仏の道に入れるというわけでもない。あさましい身の行く末、これから、なるようにしかなるまいと、世之介は腹をくくった。

手元にあった財宝を投げ捨てるようにつかい、残った金子（きんす）六千両を、東山の奥深い所に、深い穴を掘って埋めさせてしまった。その上に宇治石（うじいし）を置き、朝顔の蔓（つる）を這わせた。その石には「夕日影朝顔の咲くその下に六千両の光残して」の一首を彫らせた。世之介は欲深い世間の人に、そう話したが、埋めたところがどこか、誰も知らない。

その後、世之介は同じ心の友を七人誘い合わせて、難波の江之子島（なにわのえのこじま）[1]で、新しい船を造らせた。「好色丸（よしいろまる）」と名付け、舳先（へさき）に緋縮緬（ひちりめん）の吹流しを立てた。これは、昔馴染んだ吉野の遺した腰巻である。幔幕（まんまく）は、以前逢った女郎から形見にもらった着物を縫いつがせて掛け並べた。畳敷きの胴の間には、遊女評判記を腰張りにし、大綱（おおづな）には、女の髪を縒（よ）り混ぜた。

さて、台所の生簀（いけす）に泥鰌（どじょう）を放ち、牛蒡（ごぼう）・山の芋[2]・卵を大量に貯えさせた。艪床（ろどこ）[3]の下には、地黄丸[4]五十壺・女喜丹[5]二十箱・りんの玉[6]三百五十・阿蘭陀糸[7]七千筋・海鼠輪[8]六百かけ・水牛の角製の張形二千五百・錫製の張形三千五百・革製の張形八百・春画二百枚・『伊勢物語』二百部・褌百筋・延鼻紙[9]九百丸[10]を積み込んだ。世之介は、「あっ、忘れた」と、さらに丁子油[11]二百樽・山椒薬[12]を四百袋・いのこずち[13]の根を千本・水

五の1　中之島の南の三角州で、当時船大工が多かった。
2　牛蒡・山の芋・卵は、泥鰌とともに、強精食。
3　艪を掛ける船梁。舷側を補強した。
4　強精剤。
5　女性用の催淫剤。
6　女性用の性具。錫製の一対の玉で音がする。
7　男性用の性具。肥後芋茎の類か。
8　男性用の性具。海鼠を輪切りにして固めたもの。
9　吉野産の小型の杉原紙で、鼻紙の上等品。閨房用。
10　「丸」は紙を数える単位で、延鼻紙一束は二百八十枚、十束が一丸。
11　丁子の花の蕾から採った油。閨房用の潤滑油。
12　催淫剤。
13　乾燥した根が堕胎に用いられた。以下、「水銀・綿実・唐辛子の粉・牛膝」も堕胎に用いる。

銀（がね）・綿実（わたざね）・唐辛子の粉・牛膝（ごしつ）百斤[14]、そのほか様々な性具を揃えた。ほかには、男の晴着や産着（うぶぎ）もたくさん整えた。

「再び都に帰れるか分からない。さあ門出の祝い酒だ」

世之介が、そう言うと、六人の供[15]が驚く。

「ここに戻らないとは、どちらへお供するのですか」

「この世の遊君、白拍子（しらびょうし）、戯女（たわれめ）、あらゆる遊女を相手にして、もう見残した女はいない。俺をはじめ、おぬしたちも、もはやこの世に心残りはないはず。これから女護（にょご）の島に船出して、つかみ取りの女を見せてやろう」

「それはすごい。たとえ腎虚（じんきょ）[16]で死んで、島の土となろうとも、たまたま一代男[17]と生まれたからには、それこそ本望」

というわけで、世之介一行は、伊豆国（いずのくに）から日和（ひより）を見合わせ、恋風が吹くまま、天和（てんな）二年十月の末に、行方知れずになったとか。

跋

伊弉諾（いざなき）・伊弉冉（いざなみ）、二柱（ふたはしら）の神のはじめとは、鏡台の漆を塗る前の下地のままの二本の柱のことかと思い、稲負せ鳥（いなおおせどり）[1]とは羽のない牛のことかと考え、私の住む津国桜塚（つのくにさくらづか）[2]の人にきいてみましたが、聞こえないふりをするばかり。天地を指さし、泥臭いかっこうで肘をまげて寝そべって、はねつるべ[3]の水を飲むよりほかのことは何も知りません。広い難波の海には手が届くけれど、人の心は汲むのが難しいので、汲むのをやめてしまったようです。

あるとき、鶴翁[4]のもとに出かけました。秋の夜の楽寝を楽しんでいた翁は、月に聞

---

14 「いのこずち」の漢名だが、中国産の上等品を牛膝、下等品を「いのこずち」と言って区別した。百斤は約六十キロ（薬物の一斤は約百六十匁）。

15 供は七人と書かれていたが、世之介を含めて七人（七福神のパロディ）が船出したのだろう。

16 過剰な性交で衰弱する病。

17 妻子のいない一代きりの男。

跋の1 古今伝授の三木三鳥（さんぼくさんちょう）の一つ。鶺鴒（せきれい）のことだが、牛馬とする説もあった。

2 摂津国（現大阪府）豊島郡桜塚。西吟（さいぎん）は、延宝年間に大坂からここに移った。

3 柱に横木を渡し、一端に石などの重しをつけ、もう一端につけた釣瓶を、石の重みで跳ね上げて水を汲むようにしたもの。

かせてもまだ誰にも見せたことのない昔のものだ、と書き捨てられた草稿を放り出しました。そのなかに、いたずら書きがあったので、あらまし書き写したのです。それを、稲臼(いねうす)を碾(ひ)く百姓女に読んできかせたところ、嫁そしり田[5]から駆け上がって大笑いがやみません。あまり面白いので鍬(くわ)を落として腹を抱えたということです。

落月庵西吟(らくげつあんさいぎん)[6]

---

4 西鶴のこと。
5 農婦が、働きながら嫁の悪口を言う田畑。
6 水田庄左衛門。延宝初年西山宗因に入門、後に西鶴に師事した俳諧師。『好色一代男』の版下を書いた。宝永六年歿。

解説――日本で最初のベストセラー『好色一代男』

中嶋　隆

文化が変わると、小説も変わる

ベストセラーってなんだろうか？

発行部数が多いと……つまり出版社も著者も儲かる、それは大切なことだが、肝心な点ではない。

昔の話で恐縮。村上春樹の『1Q84』がベストセラーになった。この小説のタイトルが「アイキュウ84」だと思った人でも、第一巻が売り切れていたので、とりあえず第二巻だけ買った人でも、とにかく読んでみようという人々が、書店にあふれた。今まで小説と縁のなかった人が、『1Q84』を手にとった。これは、大変なことである。社会的事件といってもいい。

ある直木賞作家から、「もう五十冊以上、小説を書いたが、よく売れたのは三、四冊。少ないと思うかもしれないが、このぐらいのペースで売れていけばプロとしてやっていける」と聞いたことがある。

その方は、数十万部も売れた自分の本を「よく売れた」と表現したが、ベストセラーとは言わなかった。たとえば、テレビの「水戸黄門」みたいなワンパターンの小説が、コンスタントに発行部数を維持していても、私はベストセラーとは言いたくない。さすがに、そのことがよく分かっていたにちがいない。

では、ベストセラーの条件とは何か。

一つには、新しい読者層を獲得していること。二つには、今までの様式や文体さえ変えてしまう斬新さをもっていること。三つには、流通・販売の常識を覆してしまっていることである。

簡単に言えば、作者・読者・流通の常識をひっくりかえした本。私は、そういう本こそが、ベストセラーだと思う。

発行部数の多い本のなかから、この三条件を満たしたベストセラーを探るとなると、かなり数がしぼられる。しかし、『1Q84』のようなベストセラーは、確実に文学史に残る。なぜなら、新しい文化や社会状況が、作品に反映されているからである。

文化が変わると、小説も変わっていく。逆に言うと、文化の変わり目にあたる時期にこそ、ベストセラーが出現するのだ。

江戸時代の本屋は、出版総合企業

現代日本の大都会は、東京と大阪である。それに、文化都市京都を加えた三大都市は、江戸時代にも「三都」と呼ばれて繁栄していた。「大阪」と書くようになったのは明治時代からで、江戸時代は「大坂」と表記したので、これから後の文章では「大坂」と書くことにする。

ところで、現在の大坂城を建てたのは豊臣秀吉だと思っている方が多いかもしれない。実は、江戸幕府の二代将軍徳川秀忠(ひでただ)が再建したお城が、今の大坂城である。太閤秀吉の子秀頼(ひでより)と母淀君が死んだ大坂夏の陣で、大坂城は焼失、幕府はその跡に盛り土をして、新たに大坂城を建築した。

城だけではなく、この戦(いくさ)で秀吉の造った大坂の都市基盤が崩壊した。幕府は、この地を天領(直轄地)にして、新たな町割り(都市計画)に基づいたインフラ整備を行った。江戸堀(えどぼり)・京町堀(きょうまち)・阿波座堀(あわざ)・立売堀(いたち)など運河を開き、伏見(ふしみ)町人を移住させるなどして、都市機能を再生したのだ。

戦乱から半世紀経った一六七〇（寛文十）年前後、諸藩の蔵屋敷が建ち並び、諸国の米や物産を江戸へ送る拠点となった大坂でも、京や江戸に比べて遅れていた重要産業があった。出版業である。

自動車や電気製品、スマホやPCが主要な工業製品となった現代人の感覚からいうと、たかが出版業と思われるかもしれない。しかし、江戸時代の主要工業製品は、織物と陶磁器、それに本である。呉服も陶磁器も大坂ではあまり生産されない。ということは、大坂には、地場産業が育っていなかったということになる。

楮を主原料とした紙、文字や絵を彫る桜の板。これが本作りに最低限必要な物産だが、特に紙は高価な工芸品である。今と比べて、流通商品として重要性が格段に高かった。それに出版業は、版下書き、絵師、彫り師、摺り師、表紙屋等、本が出来るまでの就業人口が多い。

一六八二（天和二）年、大坂に『好色一代男』というベストセラーが彗星の如く登場する。それをきっかけにして大坂の出版業が育っていくことになるのだが、『好色一代男』の話は、本書のメインテーマなので、あとでゆっくり説明したい。

西鶴が死んだ後に刊行された、「都の錦（宍戸与一）」という浪人の執筆した『元禄大平記』という小説がある。伏見から大坂に下る淀川の夜船で、乗り合わせた大坂と京の本屋が会話するという場面。

少したって大坂の本屋が言うには、「最近は、米の値段が高くなるにつれ、紙の取引相場も急騰して、本屋の経営が思うようにはまいりません。京都では、紙屋の支払いが年五回の節季清算なので、何とかやっていけるようですね。大坂の紙屋には月末ごとに代金を支払わねばならないので、私ども大坂の本屋稼業は、とてもやってはいけませんよ。昨日までは『文台（本屋の名）』と刻んであった板木（はんぎ）も、今日は『秋田（本屋の名）』と改められる有様です」。

紙の値段の上がった昨今、月末清算ではやっていけないと愚痴る大坂本屋の口調は、高騰した原料費の支払いや資金繰りに悩む現代の町工場の経営者そっくりである。

当時の本の作り方を簡単に説明すると、次のようになる。

・筆耕が、原稿を薄い紙に浄書する。これを「版下」という。

・裏返しにした版下を桜（高級品は柘植（つげ））の板に貼り、彫り師が、文字や線が凸になるよう、板を刻む。これを「板木」という。

・板木に墨を塗り、紙を載せてバレンで摺る。この作業を行うのが「摺り師」。

・印刷された紙を裁断し、表紙をつけて糸で綴じる。

こうして出来上がった本は、店先で売られる場合もあれば、今の会員販売のように特定の読者に配られる場合もある。貸し本屋が得意客を廻って貸し出すことも多かった。そして、よく売れる本の板木は転売された。

現代の版権にあたる権利を、江戸時代には「板株（いたかぶ）」と呼び、板木を所持した本屋が「板株」（版権）を持った。だから『元禄大平記』に書かれているように、本屋が資金繰りに困ると板木が売られ、奥付の本屋名が彫り換えられることになる。

現代では、ある出版社が出した本を、そっくりそのまま別な出版社が刊行することはあまりないが、当時は頻繁に行われていて、そういう本を「求板本（きゅうはんぽん）」と言った。

このように、江戸時代の本屋は本を小売りするだけではない。本を造り、板木を転売し、貸本業もやり、古本屋も兼ねた。出版社と流通業とを兼ねた、いわば総合出版企業だったのである。

日本初のベストセラーは、出版「後発」都市で生まれた

大坂では、一六七一（寛文十一）年まで本屋がなかった。こういう重要な地場産業が、なぜ欠けていたのかというと、出版先進都市の京都が近くにあったからだ。

今も昔も、宗教関係者には学識豊かな金持ちが多い。一六四〇年代（寛永ごろ）には出揃う京の老舗本屋は、寺に、仏書や漢籍などの書物を売って、経営基盤を固めた。寛永期の京都では、約百軒の本屋が確認できる。

江戸でも、大坂より早く本屋が起業していた。一六五〇年代（明暦・万治ごろ）には本屋が存在した。大坂より約二十年早い。

江戸の本屋は、上方とは違う本作りをした。簡単に言うと、京都の本の海賊版を主に作る本屋が多かったのだ。海賊版は「重版・類版」と呼ばれた。当時はまだ違法ではなく、江戸では一六八五（貞享二）年ごろまで、普通に行われていた。

そういう出版の「後発」都市大坂で、西鶴『好色一代男』が刊行され、ベストセラーとなった。一六八二（天和二）年のことである。

江戸で作られた本を江戸版という。江戸版は、京都版の本文や挿絵の版下を書き換え、江戸独特の題簽（表紙に貼るタイトルを記した紙）や表紙で装丁された。紙も、腰の弱い関東産のものを用いることが多い。

既刊本をそっくりそのまま版下にして新しい板木に彫れば、全く同じ本が作れる。

こういう板木の彫り方を「かぶせ彫り」といった。今でいうなら覆刻本ということになるが、江戸版は覆刻本ではない。内容は同じでも、行数を変えてわざわざ本文の仮名を増やしたり、絵師も換えて挿絵を江戸好みに改めたりしている。

このころは、呉服や酒など上方産のものが上等とされて江戸に搬送された。新幹線では東京から京都に向かう列車を「下り」といっているが、当時は逆で、上方から江戸に行くことを「下る」といった。上方から江戸に運ばれる物産は、上方では「下しもの」、江戸の人にとっては「下りもの」となる。

本も同じで、上方本屋の作った「下り本」が江戸で売られた。江戸の本屋が海賊版を出版すると、「下り本」を江戸で売る上方本屋と利害が対立する。江戸でもよく売れた井原西鶴のベストセラーがきっかけとなって、一六八五（貞享二）年ごろから、江戸の本屋は海賊版を作れなくなる。上方の本屋は江戸の本屋を販売店（売捌きもと）にして、利益を確保するようになった。

現代では、大出版社が、これぞと思う本の装丁や広告に金を掛け、小売り書店の目につきやすい棚を確保して、資金力でベストセラーが創り出される場合が多い。そうかと思うと、書店とコネもなく宣伝費もかけられない中小出版社の刊行物が徐々に部数を伸ばし、ある時点で爆発的な売れ行きを見せる場合も稀にある。『好色一代男』は後者のケースだった。なにしろ、この作品は大坂で出版された最初の小説である。「荒砥屋孫兵衛」という本屋には『好色一代男』しか刊行物が確認できない。それが、大坂だけではなく、江戸でもブームを起こした。西鶴自身が驚いたか、あるいは「してやったり」と思ったのかは分からないが、当時の出版・流通の常識を覆した事件だった。

西鶴が、小説を大坂の本屋から出版したのは偶然ではない。西鶴は、大坂の出版業の起業に深く関わっていた。

大坂の本屋は、俳書出版から始めた

大坂の本屋が最初に手がけた本は、安定した需要のある漢籍や仏書ではなく俳書だった。なぜかというと、俳書流通の特殊な事情があったからである。

五・七・五の俳句は、日本ばかりか、今や世界中でおなじみの短詩様式。もともと俳句は、五・七・五（長句）と七・七（短句）を三十六句か、百句連ねる「俳諧連歌」の最初の句（発句）を、独立させたものだ。十七世紀の日本では、この俳諧連歌が大流行した。

理由が二つある。一つは、今まで雅語しか使えなかった伝統的和歌・連歌のルールを、日常語や俗語・漢語を使ってもいいと変えたこと。日常語を上手につかった俵(たわら)万智(まち)さんの短歌がブームになったのと同じことだ。

もう一つの理由は、伝統的連歌もそうだが、何人かが集まって句を作ったこと。その場に招かれた客が挨拶の意味をこめて五・七・五（発句）を詠む。次に続く七・七（脇）を、客を招いた亭主が、歓迎の意味をこめて詠む。というように、その場に集まった俳諧作者の間でコミュニケーションが成立した。

たとえれば、プレイしながら接待や商談が行われるゴルフや麻雀(マージャン)が、営業サラリーマンに流行したようなものである。それと同じ理由で、江戸時代初期の人々にとっても、俳諧を嗜(たしな)むことが商売の役にたった。

したがって初期の俳諧は、芭蕉のように美意識を追求するものではなく、笑いに満ちた言葉の遊びにすぎなかった。手本となった山崎宗鑑(やまざきそうかん)の『俳諧連歌抄（犬筑波(いぬつくば)集(しゅう)）』の例。

霞(かすみ)のころも裾はぬれけり

佐保姫の春立ちながら尿をして

（春霞に山裾がしっとりと濡れているのは、佐保姫が立ち小便をしたからだろう）

こんな調子だから、上流文化層の必須教養である『古今集』以下の勅撰和歌集を知らなくても、句が作れる。さらに古典や和歌を知っていれば、それを詠み込んだりパロディにしたりして、人が感心するような句が出来て鼻が高い。だから俳諧人口が増えると、古典の注釈書（参考書）の需要も増した。

幕府が、航路や街道、通貨といった流通インフラを整えるにつれ、俳諧ブームは全国に広がった。たとえば一六三三（寛永十）年に松江重頼という俳諧師が編集した『犬子集』という俳諧撰集が、京の本屋から刊行された。この本には、京・堺・大坂・伊勢山田・江戸・因幡の百七十八名の無名の作者名が記される。俳諧を始めるようになった庶民の最初の選集である。

この本の序文には、次のようなことが書かれている。

今、この御世では日本中が治まり、国は太平で民の竈もにぎわっている。貴賤にかかわらず種々の芸道が起こり、俳諧もまた盛んになってきたが、詠んだ句を言い捨てにしてしまうのは惜しいことだ。

先述した大坂夏の陣は一六一五（慶長二十）年のことだから、この本が出版されたのは、それから十八年後である。この四年後、一六三七（寛永十四）年に、四万人近い農民とキリシタン大名小西・有馬の浪人とが武装蜂起した島原の乱が起きる。この乱を最後に、武装蜂起型の一揆は二度と起こらず、幕末まで約二百数十年間、日本では戦乱が絶えた。

世が平安になるにつれ識字率があがり、かつ本を購買できる経済力をもった人々が増えた。俳諧ブームは、そういう社会状況があったからこそ起きたのだ。

漢籍や仏書を購入していた旧来の知識人層とは違った庶民の需要が増えてくると、当然本の内容も違ってくる。岩波書店で出すような、ハードカバーのハイ・レベル教養書ではなく、もっと読みやすく、値段の安い本が求められるようになった。

そういう新しい需要に応じようとした本屋の起業ブームが、一六七〇（寛文十）年前後に京で起こった。新興本屋は、ルビを振った漢字と仮名で本文を表記した「草子」（小説類）や、当時「重宝記」と呼ばれた実用書・啓蒙書、大衆向けの医書などを出版した。なかでも多かったのが俳書である。

理由は、新興本屋にとって俳書は安定した収入源だったからだと思う。俳書は、不特定の読者に本を売らなければならない小説より、購買層が安定していた。この頃の俳書の流通は、現代の俳句結社の同人誌販売と似ている。俳諧連歌を作る人々が、自分の句の載った俳書を購入する読者だった。

俳書の流通

現代でも、江戸時代文芸についていえば、西鶴より芭蕉を扱う書籍の出版点数のほうが圧倒的に多い。西鶴について書くことの多い私には悔しいことだが、芭蕉本は、出版社が需要を見込んで定価を抑えてくれる。需要の背景には、ウン百万ともいわれる俳句を作る大衆がいる。

今も昔も、自分の作った句が本になると嬉しいことに変わりない。少し金をだしても、著名俳人の編集した撰集に句を入れたり、自分の句集を作ったりしたいと思う人は多い。

当時の本屋も、そういう作者から金を集めて本を作った。出来上がった俳諧撰集は店頭販売しなくても、選者が門弟に売り、入集（にっしゅう）した作者が知人に販売してくれた。当時の本に定価はないから、同好者間では、もとの値より高く売買されることもあった。こんな例もある。

＊西鶴が知足（尾張国鳴海の俳諧師）に宛てた手紙（一六七九〈延宝七〉年七月）

私の好む最近の「付合」を刊行しました。二冊送ります。この本で、最近の句作りの傾向を勉強してください。一冊につき銀一匁二分（千八百円）です。もし必要がなかったら、私に送り返してください。遠慮には及びません。

＊桐葉（尾張国熱田の俳諧師）が知足に宛てた手紙（一六八〇〈延宝八〉年四月推定）

貴方のお袋様とお内儀様とが、こちらに久しぶりにお出でになるというのに、ゆっくりなさらないでお帰りとのことで残念です。お二方がいらっしゃる折、大坂の西鶴の「千句」二冊、「付合」一冊を持たせてください。しばらくは、こちらに留めておいて、欲しい人がいたなら遣わしましょう。

＊知足の日記（一六八〇年四月二十七日）

母とおかめとが熱田神宮に参詣して山崎に泊まるそうです。七左衛門（桐葉）へ、「千句」二冊百文（二千二百五十円）ずつ、「付合」一冊二百文（四千五百円）の値段をつけて持たせてやりました。

つまり、こういう事だ。

西鶴・「付合」二部〔一部千八百円〕→知足・「付合」一部〔一部四千五百円〕→桐葉

知足が、母と妻に託して桐葉に渡した西鶴の「千句」は『飛梅(とびうめ)千句』、「付合」は『物種集(ものだねしゅう)』という俳書のことである。つまり、西鶴に、『物種集』を二冊送るから、一冊につき銀一匁二分で売ってくれと頼まれた知足は、そのうち一冊を桐葉に渡し、銭二百文で買い手を探してくれと依頼したわけである。

金一両=銀六十匁=銭四千文の換算で、かつ銀一匁を千五百円として計算すると、西鶴から千八百円で買った『物種集』を、知足は四千五百円で売ろうとしていることになる。

当時のお金を、現在の円に換算するのは難しい。よく行われているように一応米価換算で銀一匁=千五百円としたが、当時は金三両もあれば、一人の一年間の生活がまかなえた。仮に、一年の生活費を三百万円とするなら、銀一匁は約一万六千七百円と、桁が違ってくる。庶民の物価感覚では、本の値段はこちらのほうに近かっただろう。

ともかく、知足は、西鶴の言い値の二倍半の高値をつけて、俳書を売ろうとしている。我々の感覚からすると「えげつない」と思われるかもしれないが、知足の手間を考えれば妥当な売買ではないかと思う。値崩れを起こしている辞書・全集類を除けば、現代でも古本の売買相場はこんなところである。

ところで、桐葉の預かった『物種集』は売れたのだろうか。

＊桐葉が知足に宛てた手紙（一六八〇〈延宝八〉年五月）

先日お預かりした俳諧の本（『飛梅千句』）は、まだ欲しいというものがおりません。「付合」（『物種集』）は、ある人に見せております。欲しいというのであれば売る所存です。「千句」（『飛梅千句』）二冊のうち一冊は、お使いに託してお返しいたします。

俳諧師といえども、本を売るのは大変だったようだ。

当時、本屋の手控えだが、項目ごとに書名をあげた書籍目録が、一六六〇年代（寛文ごろ）から刊行されていた。約三千点の書名がリストアップされている最古の書籍目録には、「連歌書」「俳書」という項目が、すでに立てられている。

ところが、書名をいろは分けにして値段を記した一六八一（天和一）年刊『書籍目録大全』は「仏書」「儒書」「医書」「仮名」という分類で、俳書類が掲載されていない。これは、西鶴・知足・桐葉の間で売値の一定しなかった『物種集』の例で分かるように、出版された俳書の点数は多いものの、値段の付けられないような流通をしたからだと思う。

しかし、西鶴のような有力俳諧師が地方俳諧師に本を販売し、その地域の俳諧愛好者間で本が売買される。本屋にとってはリスクの少ない出版物だったといえよう。

そんなわけで、老舗本屋に仏書・漢籍類の流通を抑えられていた新興本屋は、俳書出版にとびついたのだろう。そして、京の起業ブームは大坂にも飛び火した。

少し専門的になって恐縮だが、大坂で出版された最古の本は、一六七一（寛文十一）年、近江屋次郎右衛門が刊行した俳書『蛙井集（あせいしゅう）』である。同年には、京の山本七郎兵衛と大坂の深江屋太郎兵衛とが共同出資（相合版（あいあいばん））して『落花集』という俳書を出した。次いで一六七三（寛文十三）年、西鶴最初の俳諧撰集『生玉万句（いくたままんく）』が、大坂阿波座堀の「板本（はんもと）安兵衛」という本屋から出版された。

このように、大坂出版業は損にならない俳書の刊行から始まった。西鶴は当初から、草創期の大坂本屋とかかわっていたのだ。

西鶴が育てた大坂出版業

西鶴の出した『生玉万句』は、西鶴の実質的な俳壇デビューとなった俳書である。一六七三（寛文十三）年二月二十五日、当時鶴永と号していた西鶴が、大坂生玉社南坊で、十二日間にわたる万句興行を主催した。百六十人もの俳諧師を動員したこの万句は、同年六月二十八日に、『生玉万句』と題して出版された。

当時は、木下長嘯子・林羅山・細川幽斎ら一流文化人と交遊した松永貞徳という歌人の提唱した貞門俳諧が行われていた。

木下長嘯子は、秀吉の正妻北の政所の甥にあたる歌人。林羅山は家康から家綱まで四代の将軍の側近だった朱子学者で、今でいうなら、歴代首相のブレーンをしている東大総長のようなもの。細川幽斎は、織田信長に仕えた戦国大名だが、「古今伝授」という歌学の秘伝を継承した当時最高レベルの文化人で、かつて首相だった細川護熙氏の先祖である。

こういうハイ・レベルの文化人と交友した松永貞徳一門（「貞門」と称した）の俳諧は、商人やら農民やら下級武士やら、やっと古典の勉強を始めたばかりの大衆作者を啓蒙するという側面が強かった。

こういう傾向に飽きたらなかった俳諧師が新風を起こした。中心になったのは、西山宗因という連歌師である。「貞門」の俳諧と比べて、軽妙自由な詠みぶりを特徴とした。

文学史の講義のような記述が続いて退屈されたかもしれない。要するに、西鶴は新進の宗因門下（「談林」と称した）の旗手のような顔をして序文を書き、『生玉万句』を出版したのだ。

西鶴のメディア戦略をうかがわせる文章なので、少し長いが、その序文を引用する。

ある人に尋ねられた。どうして毛色の変わった俳諧を好むのだと。私は、次のように答えた。世の俳諧はみな濁り、私ひとりだけが澄んでいる。どうして濁った俳諧の汁をすすり、その糟を舐められようか。（略）私が狂句を詠むと、世の人は「阿蘭陀流」などと悪口を言い、かの万句（「生玉万句」直前に興行された「清水万句」を指す）にも招かれなかった。しかし、この度は生玉のご神前で、わが流派の万句を催すこととなった。多くの同志が集まって数知れない。十二日かけて万句を終えた。今流行しているのは「軽口」の句作り。私を非難するなら非難せよ。雀の千声鶴の一声というではないか。自ら筆をとって、かく記す。

世人が「阿蘭陀流」と非難しようが、自分一人だけが澄んでいる。雀のような凡俗俳諧師が何を言おうと、鶴である自分の一声が勝っている。こんな具合に、西鶴の序文はきわめて挑戦的だ。「阿蘭陀流」というのは異端という意味の悪口で、「ヤンキー」みたいな語感がある。

ところが、変なのだ。

このとき西鶴は三十二歳であるが、これより前に知られている発句が四句しかない。また彼をこの時期以前に「阿蘭陀流」と非難している文献は見つかっていない。西鶴が「阿蘭陀流」と非難されるのは、これから五、六年あとのことである。

つまりこの序文は、西鶴が「軽口」を標榜する宗因流の新風に与する俳諧師だと、意気高らかに宣言する目的があり、貞門から揶揄されるほどの大物に自分を見せようとしたのではないか。入集した俳諧作者たちも、西鶴が、自己顕示の強いこんな序を添えた本を出すとは思っていなかったにちがいない。

守旧派から攻撃されている改革派の旗手だと言って自己宣伝する西鶴の手法は、どこかの国で人気のあった政治家のようである。

おそらく俳諧保守派（貞門）の多い京都の本屋に、自分を売り込むこんな企画は持ち込めなかったのだろう。だから、起業したばかりの大坂の本屋、ということになったのだと思う。版本（はんぽん）というメディアの効用をよく知っていた西鶴は、この後も、『生玉万句』を出版した「板本安兵衛」から数点の俳書を出した。また俳諧師として人気絶頂だった一六八〇（延宝八）年前後には、深江屋太郎兵衛という大坂の本屋から、多くの俳書を刊行した。

俳諧から小説へ

なぜ西鶴が、一六八二（天和二）年に四十一歳になって『好色一代男』を出版したのだろうか？　人生五十年、六十年と言われたころの四十一歳だから、現代の感覚では「熟年」に近い。実際に、西鶴は五十二歳、芭蕉は五十一歳で歿している。

現代では、熟年になったH氏賞詩人が小説を書いて直木賞を受賞するなんてことは、まずあり得ない。しかも、西鶴が『好色一代男』を執筆した一六八一年前後は、西鶴が俳諧師として一番脂がのっている。西鶴の資質が、俳諧より小説に向いていたということは、よく指摘されるが、俳諧に挫折して小説に転向したわけではない。

率直に言って、西鶴が俳諧以外の分野に活動を広げた理由が、私には分からない。

ただ、この時期の小説は、俳諧師や書肆(しょし)(本屋)が書く場合が多かった。別段、西鶴が特別なわけではないのだ。現代でも、編集者やコメディアン、あるいはシナリオライターのような違うジャンルの人が、小説を書く場合がまれにある。江戸時代は、むしろマルチタレントがあたりまえだった時代である。

ただ強調したいのは、西鶴三十代の俳諧活動が、小説執筆に影響のないはずがないということである。自由な言葉の使い方、リズミカルな文体。もっと言うなら、作者が読者より上の立場から啓蒙するような執筆姿勢ではなく、一緒に俳諧を創作しているかのような対等な関係。

これらが、『好色一代男』がベストセラーになった理由の一つに挙げられるだろう。

反道徳的タイトルの衝撃

現代の出版界では常識だが、タイトルの巧拙で本の売れ行きが違ってくる。だから、著者も担当編集者も、タイトルに知恵をしぼる。

通勤電車のなかでも、食事しているときでも、頭の隅に残っていてナンカ気にかかるようなタイトルがいい。本の内容が分かり、かつインパクトのあるタイトル……こう考えると、なかなか難しい。

西鶴が、俳諧師として活躍していた時期に書かれた『好色一代男』。このタイトルが、当時の読者に与えた衝撃について、この項では述べたい。

「一代男」は子孫を残さない男という意味である。「好色」は今でも使われるから、意味の説明はいらないだろう。

こう書くと、たわいないタイトルのように思われるかもしれないが、当時は儒教道徳の時代である。儒教では、子孫を残さないことも好色も悪徳なのだ。それに「好色」は、今よりずっと刺激的な言葉だった。

西鶴自身が、『好色二代男』『好色五人女』『好色一代女』とタイトルに「好色」を冠した本を出し、『好色一代男』刊行から三年経った一六八六（貞享三）年には、京都の本屋が『好色三代男』『好色諸国心中女』『好色伊勢物語』を刊行した。『好色三代男』にいたっては、あきらかに西鶴のパクリである。実際、明治期には西鶴作品として扱われていた。

ちなみに、どこの本屋が出したのか分からないものを除いて、一六八六（貞享三）年から一六九七（元禄十）年までに刊行された『好色〇〇』とタイトルの付けられた本の点数をリストアップする。

一六八六（貞享三）年　上方版　5　江戸版　1
一六八七（貞享四）年　上方版　4　江戸版　1
一六八八（貞享五・元禄一）年　上方版　5
一六八九（元禄二）年　上方版　2　江戸版　1
一六九〇（元禄三）年　上方版　2　江戸版　1
一六九一（元禄四）年　上方版　4　江戸版　1
一六九二（元禄五）年　上方版　4　江戸版　1
一六九三（元禄六）年　上方版　2
一六九四（元禄七）年　上方版　3　江戸版　1
一六九五（元禄八）年　上方版　3　江戸版　4
一六九六（元禄九）年　上方版　4　江戸版　3
一六九七（元禄十）年　江戸版　5

これらは、あくまで現在確認できる本なので、実際はもっと出版されていたことだろう。

西鶴は、没後も好色本の創始者とされた。西鶴本の趣向を真似たり、文章をパクったりする作者が大勢いた。今なら著作権に引っかかって、そんなことをした作者は廃業に追い込まれるだろうが、この頃は著作権という概念がない。本屋が同業者組合（仲間）に海賊版（重版・類版）だと訴えない限り、問題にされなかった。

西鶴の次の世代を代表する作家の一人西沢一風は、『風流御前義経記』（一七〇〇〈元禄十三〉年刊）という小説（浮世草子）の序文で、次のように述べている。

> 好色本が世に広まるようになった。大坂では、西鶴『一代男』から始まり、去年八月に刊行した『新色五巻書』までの「色草子」は、指を折っても数え切れない。

元禄初めごろから、文章がセックス中心になり、なかには枕絵（春画）を挿絵にするような好色本があらわれた。こういう春本化傾向は、西鶴の意図から離れたものだっただろう。

なぜなら、西鶴は『好色一代男』の「好色」に、もう一つの意味をこめていたからだ。それは、『源氏物語』『伊勢物語』や和歌・連歌で、理想的貴族の姿とされた「色好み」である。

そもそも『好色一代男』の主人公「世之介」は、光源氏のパロディである。この小説は五十四章から成るが、これも『源氏物語』五十四帖を踏まえたもの。本文には『伊勢物語』や『徒然草』『太平記』『平家物語』など、俳諧をたしなむぐらいの教養の持ち主なら知っている古典の文章が、随所でもじられている。

西鶴は、春本の意味で「好色」というタイトルを付けたのではない。だからこそ、商人や富裕な農民以外に、殿様や武士や医者等々の広範な読者を獲得できたのだ。

道徳より娯楽

江戸時代の小説の内容を、登場人物の設定が一貫した近代小説のようには説明できないのだが、『好色一代男』の粗筋を数行で書くと、次のようになる。

好色な世之介は、親から勘当されて各地を放浪、やがて親の遺産を相続し、思うままに名高い遊女と遊ぶ。六十一歳になった世之介は、仲間と女護(にょご)の島に船出した。

かぶき者と遊女との間に生まれた世之介は早熟だった。七歳で腰元をくどき、八歳で手習いの師匠にラブレターの代筆をさせた。九歳で行水している女性を屋根の上から望遠鏡で覗いた。十歳で男色に目覚める。十一歳で、貯めた小遣いで遊女を買おうとし、十二歳で風呂屋女と寝た。十三歳になると茶屋女と遊んだ。

これが、第一巻の内容である。このように要約すると、なんともすさまじい好色ぶり。しかし、前述のように随所で古典がパロディになっていて、読者はプッと吹き出してしまうのだ。七歳の世之介を描いた最初の章「けした所が恋のはじまり」は、夜半、オシッコの帰りに腰元をくどいたという話。

まず、今までの古典小説に、幼い主人公がオシッコの帰りに女をくどく、などという場面があっただろうか。しかも、オシッコするところは「御しともれ行きて（原文）」と、仰々しい敬語が用いられている。

世之介のたわいない行為が敬語を多用した文体で描かれる。これだけでもおかしい。しかし、西鶴が意図したのはそれだけではない。この場面は、『源氏物語』に書かれている光源氏七歳の「書始め（貴族の子が文章を習い始める儀式）」をパロディにしているのだ。

そのことを知っている読者は、世之介に敬語が多く使われているのはそのためだと分かったはずだ。

九歳の世之介が行水している女性を、屋根の上から望遠鏡で覗く場面。挿絵にも、「やめて」と世之介に手を合わせているヌードの女性の様子が画かれている。これも、

『太平記』の、塩冶判官（えんやはんがん）の妻の湯浴みを高師直（こうのもろなお）が覗く場面をパロディにしたもの。

煩雑になるので、各場面で踏まえられている古典の説明は省略するが、『好色一代男』の笑いにはネタがある場合が多い。雅（古典）と俗（好色）とがバランスをもった笑いになっている。

このあと、十九歳で勘当された世之介は、地方を遍歴しながら好色生活を続ける。

不倫あり、強姦ありのピカレスク

「因果の関守（巻四の一）」と「形見の水櫛（巻四の二）」は、『好色一代男』には珍しく二章で一話になった短編である。この話は、『伊勢物語』六段「芥川」の、男が女を背負って芥川の辺を逃げるが、鬼に女を奪われてしまうという話をパロディにしている。

『伊勢物語』の「白玉か何ぞと人の問ひし時つゆとこたへて消えなましものを（露をみて、白玉かしらと愛しい人に問われたとき、露だよと答えて、私も、露のように消えてしまえば、こんな悲しい思いをしなかったのに）」という和歌を踏まえて、世之介に背負われて逃げた女が、千曲川の辺で「軒に吊してあるのは、味噌玉かしら」とひもじがるのだから、当時の読者も吹き出したことだろう。

『伊勢物語』では、女は鬼に食われるのだが、『好色一代男』では、夫から逃げた女を、一族の男たちがなぶり殺してしまう。当時は「男えらび」は女の悪徳とされた。結婚に、恋愛感情は配慮されなかったのだ。この女、夫を憎んで家出し牢に入れられた。一方、世之介はといえば、夫のある巫女を強姦しようとして、片小鬢(かたこびん)を剃られている。被り物をとると、いかにも胡散臭(うさんくさ)いへアスタイルが露出する。それで、関所の役人に疑われて入牢した。当時の感覚では、二人は極悪人と悪女である。

私は、この話を初めて読んだ学生のとき、アメリカ映画「俺たちに明日はない」の銀行強盗ボニーとクライドを連想した。こんな事を書くと、私の歳がばれそうだが、今でこそ、アメリカン・ニューシネマの先駆として映画史上評価の高い映画だが、全共闘運動華やかなりし頃、これを見た若者は、犯罪・暴力・セックスのタブーを破ったこの映画に、ショックを受けた。強盗の恋愛、すてきではないか、と。

アメリカでは、ベトナム戦争に反対する若者たちに、ラブ&ピースとフリーセックスが流行し、ロン毛、Tシャツ、自然志向のヒッピー文化が、古い世代の反感を買った。こういう文化状況だったからこそ「俺たちに明日はない」がヒットしたのだろう。

既存の文化的価値観に反発する世代の支持を受けたのがニューシネマだった。

その頃、ビートルズも大ヒットした。ビートルズの曲が教科書に載る昨今、信じられないだろうが、デビューしてしばらくは、ビートルズファンは不良だと、大人たちに目くじらをたてられた。大人たちの培った美意識や文化とは、あまりにも異質だったから。

日本でも、「大学解体」「反帝(国主義)反スタ(ーリン主義)」「世界同時革命」と、当時の学生たちは物怖じしなかったというか、戦後二十数年経過した資本主義体制を、大まじめで変えようしていた。政治的スローガンは絵空事に終わったが、革命を支持し、既存の文化に反発する若者たちが、アングラ文化を生み出した。

『好色一代男』が書かれた時代も同じだったと思う。公家や守護大名が創り出した古い時代の価値観や美意識を、西鶴は笑いとばそうとした。世の中を動かしているのは、公家ではなく、三都で毎日立った両替市の金相場や銀相場で大儲けした商人や、米相場の帳簿取引で巨利を得た大商人である。新しい文化は、既存の倫理・道徳を無化してしまう。女を捨てるのも平気の平左、不倫や強姦を繰り返す世之介は、その意味では「悪漢」の英雄だった。

悪人だって人間だ。悪人の恋愛にも真実がある、いや、極限状況にある悪人だからこそ、その恋愛は真摯になる。この二章を、そう読んだ読者がいたとしても、私は不思議ではないと思う。

「俺たちに明日はない」もビートルズも大ヒットし、映画や音楽の歴史を変えた。同じように、『好色一代男』もベストセラーとなり、古い価値観をもった読者にも徐々に浸透した。新しい小説の歴史が、ここから始まったのである。

プロフェッショナルな遊女の生きざま

前半四巻の最後の章「火神鳴の雲がくれ（巻四の七）」で、世之介は親の遺産銀二万五千貫目を相続し「大大大尽」となる。「思う女を身請けし、名高い遊女を、残らず買わないではおかない」と、世之介は決意した。後半四巻では、世之介の相手をした様々な遊女が描かれる。

尾籠な話で恐縮だが、屁をこいた遊女の話を、西鶴は二話書いている。誰だってオナラぐらいする。一昔前、とりすました美人タレントに「お風呂でオナラしたことありますか？」と、まじめな顔で質問するテレビ司会者がいたものだが（ホントです）、たしかに、答え方と表情とで、そのタレントの人となりや頭の善し悪しが、視聴者に一目瞭然となった。

西鶴も、客（世之介）の前で屁をこいた二人の遊女を描いた。細かいところは、本文を読んでもらいたいが、一人は、大坂新町の天神（巻五の七「今爰へ尻が出物」）。蒲団から尻を出して臭いのを一発。世之介は、煙管の熱い火皿を尻に押しつけた。もう一人は、江戸吉原の太夫吉田（巻六の六「匂ひはかづけ物」）。この話には、少し説明がいる。

当時、客は金さえ払えば、飽きた遊女と別れて別な遊女と逢えるかというと、そうではない。大尽客の別れ方を、これから逢おうとする遊女が吟味して、大尽のほうが悪いとなれば拒否することが出来た。遊女どうしの義理を、廓が認めていたのだ。もちろん、遊女に非があれば、大尽は別な遊女に乗り換えることができた。

世之介と幇間とは、なんとか吉田に難癖をつけて悪者にしてやろうと思案する。一方、吉田は、世之介たちの意図を見抜いている。こういう、大尽と遊女との痴話げんかを口舌というのだが、一種のゲームのようになって「太夫をいかに困らせてやろうか」「大尽を返り討ちにして恥をかかせてやりましょう」と、両者に緊張関係が生じた。これが、廓遊びの醍醐味（だいごみ）でもあった。金で言いなりになる遊女は、大尽客に嫌われたのだ。

世之介一行と吉田との詳しい駆け引きは、本文を読んでもらいたい。廊下で屁をこいた吉田を嘲笑しようと待ち構えていた世之介は、吉田にいなされてしまった。廓中に、この顚末（てんまつ）が知れて、恥をかいた世之介は、逢おうと望んでいた太夫からも振られてしまうというていたらく。

二人の遊女を、西鶴は対照的に描き分けた。尻を出して屁をこいた天神は、世之介に狎（な）れすぎていたのだろう。遊女としての緊張感に欠けている。逆に、吉田はプロフェッショナルな遊女としての矜持（きょうじ）をもった。

西鶴が共感をもって描く遊女は、吉野（巻五の一）にしろ、夕霧（巻六の二）にしろ、情が深いだけでなく、強い職業意識をもった女性たちだ。年季が明けるか身請けされるまで廓に閉じ込められた遊女たちは、幼時に廓に連れてこられて男の相手をすることを強（し）いられた。過酷で選択の余地のない職業を、誇りを失わずに精一杯生きた、強い意志をもった女性たちを、西鶴は好んで描いた。

その後の世之介

六十一歳になった世之介は、気心の知れた仲間と一緒に七人で、女護の島に船出した。女護の島は女だけが住んでいる伝説の島である。「つかみ取りの女を見せてやろう」と、世之介は意気軒昂である。船には、強精剤から催淫剤、堕胎の道具、性具、春画、鼻紙まで大量に積み込まれた。一行は「たとえ腎虚で死んで、島の土となろうとも、たまたま一代男と生まれたからには、それこそ本望」と、喜び勇んだ。世之介一行の新しい物語の始まりである。

世之介は、このあとどうなったのだろうか？　そんな疑問を抱くのは、現代の読者だけではない。

西鶴は、次作『諸艶大鑑（しょえんおおかがみ）』で、十五歳の世之介（『好色一代男』巻二の二「髪きりても捨てられぬ世」）が後家に産ませて六角堂に捨てた我が子「世伝（よでん）」に、女護の島から、色道の秘伝書を「美面鳥（びめんちょう）」に届けさせた（巻一の一「親の顔は見ぬ初夢」）。挿絵の「美面鳥」は、『絵入往生要集（えいりおうじょうようしゅう）』や『極楽物語』に画かれた「迦陵頻伽（かりょうびんが）（極楽の鳥）」にそっくりなので、女護の島は男の極楽というイメージを、西鶴自身はもっていたようだ。「美面鳥」は、世之介が島の女王と深い仲になったと「世伝」に語っている。

西鶴の歿した一六九三（元禄六）年正月に『好色春の明ぼの』という本が出た。西鶴はこの年の八月十日に死んだので、厳密にはまだ存命中である。この好色本は、西村市郎右衛門という、西鶴に対抗した京の本屋が出版した。『好色三代男』という『好色二代男』のパクりをいち早く刊行した本屋である。

　この『好色春の明ぼの』巻四に、女護の島に渡った世之介が描かれている。粗筋は、次のようなもの。

（一）播州明石あたりの好色男が、世之介が渡海した女護の島を目指して、一人で船に乗る。五十日程経てたどりついた島で、女から、世之介も虚労の病で死んだから帰るように忠告されたが、それこそ望みと断って、女の案内で女主人と会う。男は、世之介と二三度逢ったと言う四十歳前後の女主人と閨をともにした。

（二）酒肴を整えた女主人に、女しかいない島で、どうやって心を慰め、子孫がいるのか尋ねると、絵に画いた男と夢中で契ると妊むとのこと。また世之介がこの地にもたらした張形などを使用するという答えだった。そうしているうち、女護の島の女王から召し出される。二日二夜の房事に満足した女王から、幾千万の女と契っても弱ることのないという箱をもらい、蓋を開けるなと申し渡される。日本に戻った男は、八十になっても衰えることなく、色好みの名をとったが、ある時、蓋を開けてしまった。そのため一物が用をなさなくなったけれど長寿を保った。

この好色男、「虚労（きょらう）の病（やまひ）」（セックスしすぎ）で倒れた世之介のあとを継いで、女護の島の女王と歓楽荒淫のはてに、玉手箱をもらって帰郷、蓋を開けて一物が用をなさなくなったという、たわいのない話である。

『好色春の明ぼの』は、『好色一代男』のような「雅」を俗におとして笑いとばそうというより、文章にセックス描写を多くいれ、挿絵を枕絵（春画）仕立てにした。春本に近い好色本だった。

『好色一代男』の挿絵は西鶴が描いているが、もちろん春画ではない。西鶴歿後、利潤第一の本屋によって、春本化した好色本が、ますます流行することになった。本が売れても、それはもはや文学史を変えてしまうような「ベストセラー」ではなかった。

付録　『好色一代男』を面白く読むために！

廓(くるわ)の応用問題

悪書について

『好色一代男』後半は、遊廓が舞台になります。当時、小説（浮世草子）ばかりでなく、遊廓について様々な本が書かれました。それらは「悪書」と呼ばれました。遊廓での遊び方・心得を記した諸分書(しょわけしょ)や、廓の案内記、遊女の名寄せ、遊女評判記など、廓にかかわる実用書が「悪書」です。遊女評判記には、遊女の容姿・座配（客あしらい）、床ぶりだけではなく、その品性や評判、逸話なども記されました。西鶴は『好色一代男』の続編『諸艶大鑑(しょえんおおかがみ)』初章で、「柳の九市(くいち)が内証論、小堀法師がまさり草、よしなか染の宗吉(むねよし)が白烏(しろがらす)にも、廓を書きつくすことができていない。その後、一条の甚入道(じんにゅうどう)が遊女割竹集(ゆうじょわりたけしゅう)を書いたが、この本も、勝手な推量ばかり書かれている。伏見の浪人が作った太夫前巾着(たゆうまえぎんちゃく)という悪書も、見聞ばかりで面白くない」と、今までの「悪書」を批判し、「くにといふやり手」の語る「諸国の諸分」の聞き書きに、世之介の息子・世伝と「近年の色人（粋人）」が加筆したのが『諸艶大鑑』だと述べています。このように、当時の「悪書」は、実用書の域を超え、文芸に発展する、あるいは文芸に取り込まれる要素を持っていました。

色道大鏡

なかでも、藤本箕山著『色道大鏡』十八巻は、諸分書というより廓に関する百科全書のような本でした。初撰本十六巻は、一六七八（延宝六）年に成稿し、『好色一代男』にも影響を与えました。廓の用語や年中行事、慣習などを説明した「名目鈔」、遊女の心中立を解説した「心中部」、全国二十五か所の廓の由来や廓内図、物日を記載した「遊廓図」、名妓の逸話を集めた「雑談部」、京の太夫・天神の系統を図示した「道統譜」など、全国の遊里が詳細に記述されていますので、西鶴の好色物だけではなく元禄前後の好色本の注釈には欠かせない本です。

廓の応用問題

西鶴の魅力を、多くの人に、特に若い皆さんに伝えたいために今回の新訳『好色一代男』を書きました。女性を含めた若い方々が「廓」に興味をもたれることはうれしいことです。ただ、「廓」はプロスティテュート（売買春）の場であり、そこに人間のおろかさや悲しみが溢れます。だから、小説や演劇の舞台になるのです。そこを忘れないでください。さらに言うなら、漫画や映画の影響もあるでしょうが、誤解した知識で、「業界用語」が多くて西鶴の小説はつまらない、などという感想を持つ人もいます。多少は反感をもたれるのは覚悟してのことですが、私は時代小説作家として、主に若い人を対象にして、応用問題を作ってみました。

①「時は『好色一代男』の刊行された天和年間、島原の初音太夫の花魁道中が始まった。三枚歯の木履も軽々と、外八文字の蹴出しが見事だ」この文章に誤りが三点ある。それを指摘せよ。

【解答】○「花魁道中」これはペケ。花魁は吉原で用いられた言葉で、「天和年間」

には未成立です。○「三枚歯の木履」これもペケ。このころは素足に草履で道中しています。○「外八文字」ペケ。「内八文字」です。

②元禄期遊女の階級について。京島原・大坂新町は「太夫・天神・鹿恋・端女郎」江戸吉原は「太夫・格子・散茶・端女郎」。江戸吉原は、湯女の伝統が踏襲された「散茶」に特徴があった。では、最高級遊女・太夫の人数は遊女全体のなかで何パーセントぐらいかな?

【解答】『諸国色里案内』によれば、一六八七（貞享四）年当時、島原では太夫一三人（遊女総数三一六人）、新町では太夫一七人（遊女総数九八三人）です。また吉原は『吉原大画図』によると、一六八九（元禄二）年当時、太夫三人（遊女総数二八六八人）です。割合は、各四パーセント、一・七パーセント、○・一パーセントになります。

③遊女に支払う代金を「揚代」という。太夫・天神クラスと遊ぶためには、揚代だけではなく「花」とよばれるチップが必要。この時代（元禄期）に客が一日だけ吉

原の太夫と遊ぶと、いくらぐらい費用がかかったのか？　次から選べ。

イ　五万円　ロ　二〇万円　ハ　八〇万円　ニ　一二〇万円

【解答】西鶴『諸艶大鑑』巻二の四によれば「揚屋の亭主・女房・奉公人・若い衆・遣手・大門口の茶屋・泥町（どろまち）の編笠茶屋」に計銀九枚と金一両一分、銀に換算して四六二匁のチップ、太夫の昼夜の揚代七四匁、合計すると銀五三六匁。銀一匁一五〇〇円として八〇万四〇〇〇円になります。解答はハの八〇万。

④　元禄期の吉原、二人の散茶の会話。「今日は浅草観音祭りだね」「役日（やくび）だっていうのに、お茶を挽（ひ）きそうだよ」「ほんに、身揚がりは勘弁してほしい」「また、借金がかさむよ」以上のやりとりを、分かりやすく説明せよ。

【解答】遊女は、必ず客をとらなければならない日があり、それを役日・物日（ものび）（吉原）、上方では紋日（もんび）ともいいます。客が来ない（「お茶を挽く」という）となると、その揚代が借金となります。これを「身揚がり」といいました。遊女は、この慣習で借金に縛られて苦界奉公を続ける羽目になります。

⑤ 遊女が客に誠意(恋愛感情)を示すにはどうしたか? 誤っているものを一つ選べ。

イ 自分の髪を切る　ロ 指を切って与える　ハ 入れ墨をする　ニ 客の髪をお守りにする　ホ 誓詞を書く　ヘ 股を短刀で刺す　ト 爪をはがして客に渡す

【解答】『色道大鏡』によれば、遊女が客に恋情を示す行為を「心中立」といい「放爪・誓詞・断髪・入墨・切指・貫肉」があげられています。これは客をつなぎとめる手段でもありましたが、なんともすさまじい。股を刀で刺す「貫肉」となると命がけです。客に髪を切らせることはありませんでしたので、答えはニ。

⑥ 最高級遊女「太夫」と最下級遊女「局女郎」の揚代の格差はどのくらいあったか、次の中から一つを選べ。

イ　一〇倍　ロ　五〇倍　ハ　一〇〇倍　ニ　一五〇倍　ホ　三〇〇倍

【解答】元禄期の揚代に限っていえばニが正しい。太夫の揚代は、島原が引舟女郎とコミで銀七六匁、新町・引舟女郎とコミで銀六三匁、吉原・昼夜で銀七四匁。局女郎は三匁から五分(半匁)だったので、だいたい一五〇倍になります。もちろん、太夫と遊ぶには、揚代の五倍くらいの花(チップ)も必要。局女郎は一晩に何人も男をとらされました。

⑦　イ　京の島原　ロ　大坂の新町　ハ　江戸の吉原　の三都の遊里で、出入り口が二か所ある廓はどれか?

【解答】ロの大坂新町です。東西の二方口が、吉原・島原と違った新町の特徴。瓢箪町(ひょうたんまち)・阿波座町(あわざまち)・佐渡島町(さどしまちょう)、端女郎の多い吉原町(よしわらちょう)のほか、西口北に揚屋が九軒あったので九軒町(くけんちょう)と呼ばれた町がありました。佐渡島町と九軒町は、西鶴の好色物によく登場します。元禄期には「島原の遊女に吉原の張りをもたせ、新町で遊ぶ」のが、遊客の理想とされました。新町は、島原と違って格式ばらず、料理もうまかったのです。大門が東西にあるので、米市場帰りの商人が、俵に刺してこぼれた米粒を吟味するのに使う竹の米刺しを腰に差して普段着で通ったと、西鶴は書いています。

⑧　島原・吉原・新町の営業時間を、次の中から、それぞれ選べ。

イ　正午から午後一〇時　ロ　正午から午後八時　ハ　午後一二時から午前六時　ニ　午前二時から午後一〇時

【解答】ざっくり言うと、江戸吉原と大坂新町には、昼見世のほか夜見世がありますが、京島原は昼見世しか行われませんでした。島原では、太鼓を合図に四つ（午後一〇時）に大門を閉め、八つ（午前二時）に門を開けました。島原の答えはニ。遊客は昼間に遊びました。

吉原では昼見世より夜見世がにぎわいました。夜見世は「張見世」と称され、暮れ六つ（午後六時）の鈴の音を合図に、三味線の清掻が始まり、籬（格子）のなかには散茶女郎が居並びました。四つ（午後一〇時）には閉門します。泊まりはダメ。吉原の答えはイ。

新町では八つ（午前二時）に門を開け、四つ（午後一〇時）に閉門しました。島原と同じく解答はニですが、違っているのは夜見世が認められていたこと。夜見世は暮れ六つ（午後六時）から五つ（午後八時）まで。

吉原も新町も、夜間照明は、蠟燭（ろうそく）か灯明なので、現代の電気照明と違って薄暗かったのですが、逆に趣があり人気がありました。たぶん、女性も美しく見えたのではないでしょうか。灯りと音とが調和した独特の空間が魅力的。ただ、火事が起こりやすかったので、島原では禁止されました。

八題出題しましたが、何題ぐらい解答できたでしょうか？　西鶴について、現在どういう研究が行われているか、さらに知りたい方は、私の編集した『21世紀日本文学ガイドブック　井原西鶴』（ひつじ書房、二〇一二年）の「西鶴研究案内（浮世草子）」を読んで下さい。次に、私の書いた文章ですが、この本に載せた「遊廓案内」を引用します。

遊廓案内

遊廓の歴史

京都・島原 京では一五八九(天正十七)年、原三郎左衛門が秀吉から許可を得て、万里小路二条押小路の南北三町に遊女町を造り、柳町と称したのが遊里の始まりである。その後、一六〇二(慶長七)年に六条三筋町に移った。この時期の遊里を舞台にした仮名草子が、『好色一代男』にも描かれた吉野太夫の登場する『露殿物語』である。さらに、三代将軍家光の時代、一六四〇(寛永十七)年には島原に移転した。

島原遊廓は、百二十間四方の廓を構えて、東側に大門を構えた。この地にいたるには、茶屋のあった一貫町から丹波口を西へ入り、ここの茶屋町で焼印つきの編笠を借りる。さらに、朱雀の細道と呼ばれた二町ほどの野道を下ると大門に着く。右手には番小屋があり、門番を代々与右衛門と称した。大門近くに出口の茶屋、メインストリート胴筋をはさんで北向の茶屋がある。太夫・天神クラスの高級遊女と逢う客は、茶屋の亭主の案内で、胴筋の奥に並んだ揚屋に向かった。下級遊女である端女郎を抱える局見世も多くあり、『諸国色里案内』によれば、一六八七（貞享四）年当時の遊女総数は三一六人である。西鶴の『独吟百韻自註絵巻』には、島原大門口と出口の茶屋が画かれている。

大坂・新町　大坂の遊里は、慶長年中（一五九六～一六一五）は西堀の東にあったが、一六二四（元和末）年に道頓堀に移り、瓢簞町と呼ばれた。この廓は、伏見浪人木村又次郎が年寄をつとめ、一六三一（寛永八）年に新町に移転した。天和年中（一六八一～一六八四）、二代目木村屋又次郎は、役儀不行き届きのため断絶した。島原や吉原は一方口であるが、ここ新町は、東西に大門が造られた二方口の廓である。移転後も名前の残った瓢簞町、その北側の阿波座町、上博労町の女郎屋が移転した佐渡島町、端女郎の多かった吉原町の四町のほか、西口大門の北に揚屋が九軒あったので九軒町と呼ばれた揚屋町があった。この九軒町と佐渡島町とが『好色一代男』『諸艶大鑑』の舞台となった。『諸国色里案内』によれば、一六八七（貞享四）年当時の遊女総数は九八三人である。

江戸・吉原　吉原は『吉原大画図』によれば、一六八九（元禄二）年当時二八六八人の遊女を擁した大廓である。一六一七（元和三）年に、庄司甚右衛門の嘆願を幕府

町人
まちにん

公家
くげ

武家
ぶけ

酌婦
しやくふ

去々くさち
つきくてゐねハ
かゝう
とミ

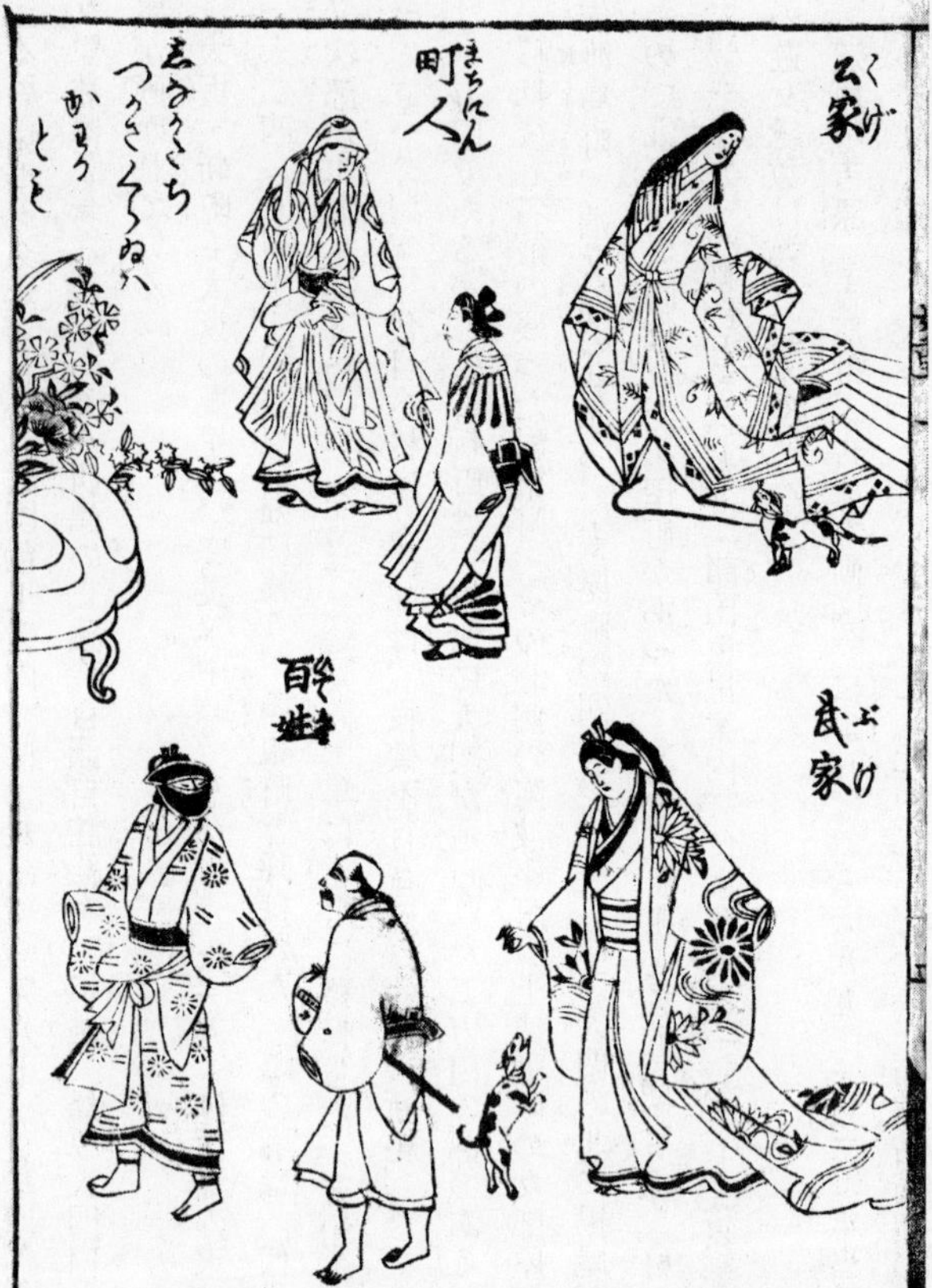

西鶴が活躍した時代とほぼ同時期に出版された『女重宝記』に描かれた絵。当時の風俗がわかる

が容れ、麹町八丁目・鎌倉河岸・柳町にあった遊女屋を、葺屋町下の元吉原に移したことに始まる。甚右衛門は惣名主となり、遊女の町売り禁止や客の長逗留の禁止、身元不審者の取り締まり等、幕府との約定を遵守することが求められた。甚右衛門の死後、甚之丞、又左衛門と惣名主は受け継がれ、以降は代々又左衛門を名乗った。明暦大火のあった一六五七（明暦三）年、浅草日本堤の新吉原に移転した。
待乳山下から日本堤を八町ほど進むと、五十間道（衣紋坂）に出る。その突き当たりが大門で、そこを入ると、岡引きの詰める番所と、門番の会所がある。門番は代々四郎兵衛と名乗った。大門からまっすぐ伸びた仲之町通りをはさんで、元吉原以来の五丁町（江戸町一、二丁目、角町、京町一、二丁目）のほか、堺町と伏見町とがある。この両町は、一六六八（寛文八）年に江戸市中の風呂屋あがりの茶屋七十軒あまりが取り潰され、新吉原に茶屋女五百余人を吸収した際できた町である。

新吉原を囲んで大溝（後の「お歯黒どぶ」）と呼ばれた堀があった。その堀に面したところを河岸と言い、下級遊女の局見世が並んでいた。

遊女・遊廓の女性

太夫　遊女の最高位で、松ともいう。容貌、品位の抜きんでていることは言うまでもないが、当時流行の小歌・浄瑠璃・和歌・俳諧・書・茶の湯・囲碁・双六など、芸能や教養にも秀でなければならなかった。もっとも宴席では、太鼓女郎が音曲を奏で、引舟女郎が客をさばいた。

天神・鹿恋　太夫の次位の遊女を天神・梅、その次の位を鹿恋（囲）・鹿という。太夫に従う太鼓女郎と引舟女郎の階級は鹿恋。江戸・吉原では、天神・鹿恋の名称は用いられなかった。

格子・散茶　江戸・吉原独特の遊女の階級である。格子は上方の天神にあたる。新吉原では、風呂屋あがりの茶屋女が収容されたが、その女郎を散茶といった。散茶は、客を振らない（煎茶のように袋に入れて振らない）ことから付けられた名称である。格子を張った座敷に居並ぶ張見世をし、揚屋には行かずに客と二階にあがった。散茶見世は風呂屋構えで、格子を付けた部屋と土間があり、暖簾の横の腰掛けに座った妓夫が客を引いた。

端女郎　局女郎ともいう。下級遊女で、二畳、三畳の小部屋で、セックスを切り売りするような生活を強いられた。三都の遊里とも、過半数はこの階級の遊女が占めた。

遣手(やりて)・禿(かむろ)　遣手は、遊女屋に雇われた老女。太夫・天神の世話を焼き、監督をする。したがって、廓の内情に精通した女郎あがりが多かった。禿は、太夫・天神につく少女で、八歳から十歳で太夫の下につき、諸事を見習った。十四、五歳になると、はじめて客をとる新艘(しんぞう)として出世した。

遊廓の生活

揚代(あげだい)　遊女と逢うのに必要な費用を揚代という。西鶴の活躍した天和・貞享（一六八一～一六八八）当時、太夫の揚代は、太夫に連れそう引舟女郎を含めて島原・七六匁、新町・六三匁、昼夜あわせて吉原・七四匁である。ただ実際に太夫と逢うには、揚代に数倍する祝儀を払わなければならなかった。たとえば『諸艶大鑑』巻二の四「男かと思えば知れぬ人様」に、会津(あいづ)の客が、はじめて吉原の太夫買いをしたときの祝儀が載るが、「揚屋の亭主に銀三枚（一二九匁）・女房に銀二枚（八六匁）・揚屋の奉公人に銀二枚（八六匁）・若い衆に金二分(ぶ)・遣手に銀二枚（八六匁）・大門口の茶屋に金二分・泥町（どろまち）の編笠茶屋に金一分、合わせて銀九枚と金一両一分、これは中ぐらいの祝儀だ」と書かれている。銀に換算すると四六二匁となり、揚代の五倍以上の祝儀を支払っている。

天神の揚代は三〇匁、鹿恋は一八匁。吉原の格子女郎は五二匁（昼だけだと二六匁）で、散茶の場合は、金一分（約銀一五匁）だった。

遊女の過半数を占めた端女郎になると、三匁取り、二匁取り、一匁取り、五分取りがあり、揚代も安価だった。

紋日（もんび）・物日（ものび）　上方では紋日、吉原では物日・役日という。ともに遊女が必ず客を取らなければならない売り日のことで、客がつかないと、借金して自ら揚代を払わなければならなかった。これを身揚がりと称した。

紋日・物日は正月買いと盆買いのほか、寺社の縁日などの紋日・物日が月に七、八日決められており、客にとっても、客のつかない遊女にとっても大きな負担になった。正月買いは大晦日から三日まで遊女を揚げ詰めにして、庭銭（にわせん）と呼ばれる祝儀を遊女屋と揚屋に支払った。盆買いは三日間、節句買いも通例三日間遊女を揚げ詰めにした。そのため契約期間（年季）を過ぎても身揚がりの借金に縛られて、苦界奉公を続けざるを得ない遊女が多かった。

揚屋（あげや）　太夫・天神・格子クラスの高級遊女は、遊女屋から揚屋に派遣されて、大尽と遊興した。太鼓持ち等も加わり酒宴が催された貸座敷である。貞享期には、島原・二十四軒、新町・三十軒、吉原・十八軒の揚屋があった。「京の女郎に江戸の張をもたせ、大坂の揚屋で逢はば、この上何かあるべし」（『好色一代男』巻六の六）と西鶴が書いているように、大坂の揚屋の料理は群を抜いていた。吉原では宝暦以降揚屋がなくなり、揚屋町には客を遊女屋に案内する引手茶屋（ひきてぢゃや）が軒を連ねるようになるが、元禄期には営業していた。

茶屋　島原に赴いた大尽客は、出口の茶屋と北向（きたむき）の茶屋で身なりを整え揚屋に向かった。茶屋で鹿恋や端女郎を揚げる事もあった。新町では東口之町、西口之町、佐渡島町に茶屋があったが、役割は島原と変わらない。新吉原の十八軒茶屋は、揚屋への案内もしたが、太夫の道中見物に用いられることが多かった。

これらの茶屋と役割の違っているのが編笠茶屋である。島原では、丹波口の一貫町、新吉原には泥町にあったが、新町にはなかった。大尽客は、ここで茶屋の焼印のある大編笠を借りて廓に入った。

道中　太夫が揚屋入りする際見せるパフォーマンスを道中という。腰を落として裾を蹴上げる「据え腰蹴出し」の内八文字（島原）外八文字（吉原・新町）[註]が道中の基本である。内八文字はつま先を内側に向け、八の字型にゆっくりと歩む。外八文字はつま先を外へ開くように歩む。西鶴時代には、後のように三枚歯の木履（ぽっくり）を履くことはなかったが、禿・六尺（ろくしゃく）・遣手を引き連れた道中は、太夫の晴れ舞台だった。

註　従来、上方の太夫は内八文字で道中すると漠然と考えられていたが、一七〇一（元禄十四）年刊『けいせい請状』によれば、大坂新町の太夫は外八文字で道中をしている。

心中立　客に対し、遊女が真情、恋情の証しとして示す行為をいう。『色道大鏡』によれば「放爪」「誓詞」「断髪」「入墨」「切指」「貫肉」が当時行われた。はがした爪や髪を与えるほか、烏（からす）を図案化した熊野牛王（くまのごおう）の誓紙に起請文を記した「誓詞」が客に与えられることが多かった。肉体にダメージのある「入墨」「切指」や、腕や股を刃で刺す「貫肉」になると、遊女にとっては悲惨なしきたりではあるが、実際に行われていた。

廓の門限　島原では四つ（午後一〇時）直前に太鼓をたたき泊まらない客を帰して大門を閉めた。これを「四つ門」という。門を開けるのは「八つ門」、すなわち八つ

（午前二時）で、入廓する客でにぎわい、これを「朝込み」と称した。

新町では、四つ時に鳴らす太鼓を「限りの太鼓」、開門時の八つに鳴らす太鼓を「三番太鼓」という。島原と違っているのは、夜見世が暮れ六つ（午後六時）から五つ（午後八時）まで張られていたことである。夜見世では格子見世に居並んだ遊女が顔見せをした。

吉原も、暮れ六つから四つにかけて夜見世を出して賑わったが、吉原では「張見世」という。六つに鳴らす鈴を合図に、三味線の清掻が始まり、散茶女郎が格子のなかに居並んだ。四つになると拍子木が打たれ、大門を閉めた。

坤郭野径の図（京都・島原）

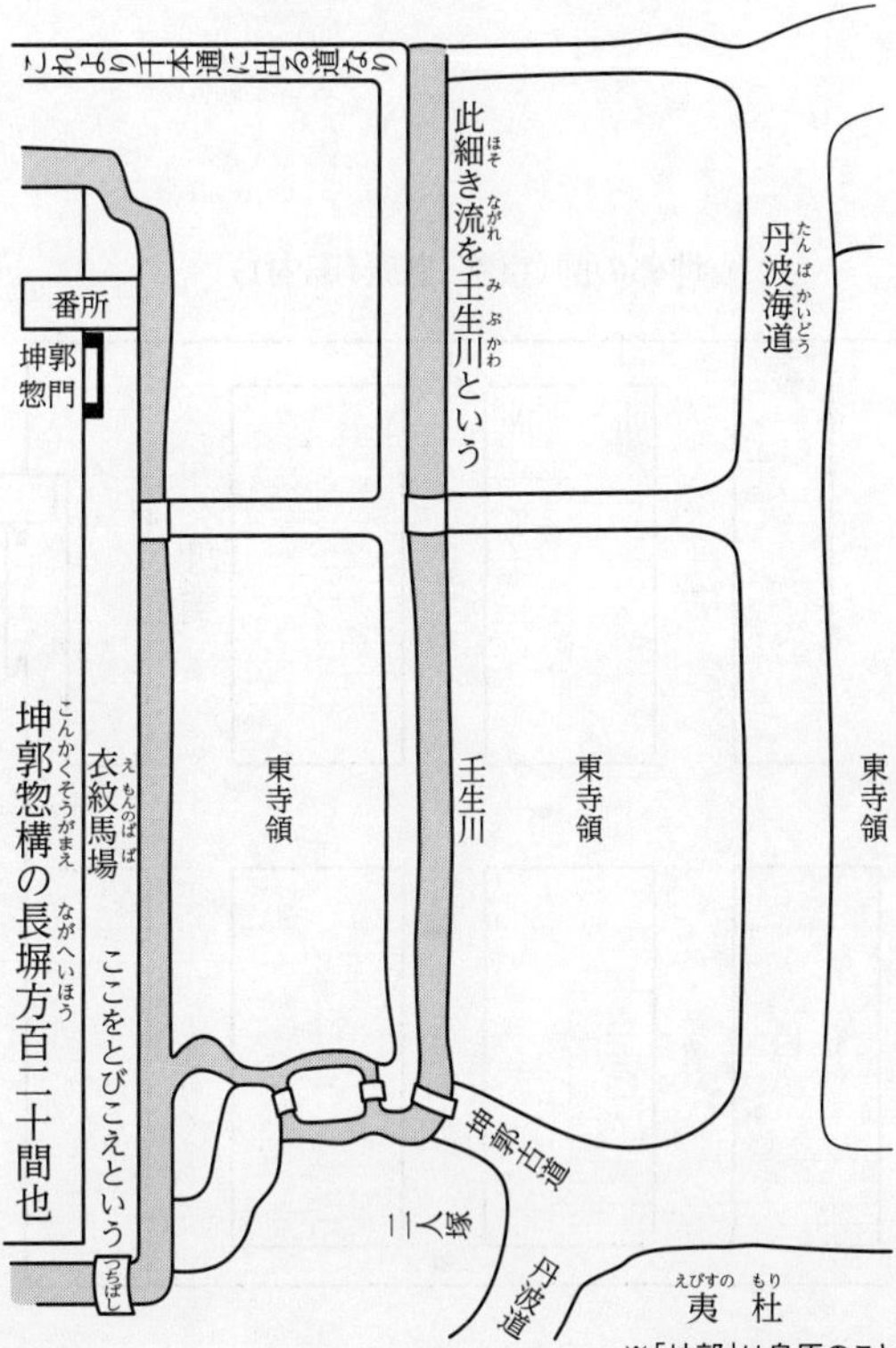

※「坤郭」は島原のこと。

※以下全５ページの遊廓図（京都・島原、大坂・新町、江戸・吉原、長崎）は、『好色一代男』に影響を与えた『色道大鏡』内に画かれた遊廓図をもとに作成した（翻刻本『新版　色道大鏡』〈八木書店刊〉も参照）。その際、現代に通りの良い仮名遣いに改めた。

坤郭の図（京都・島原（廓内））

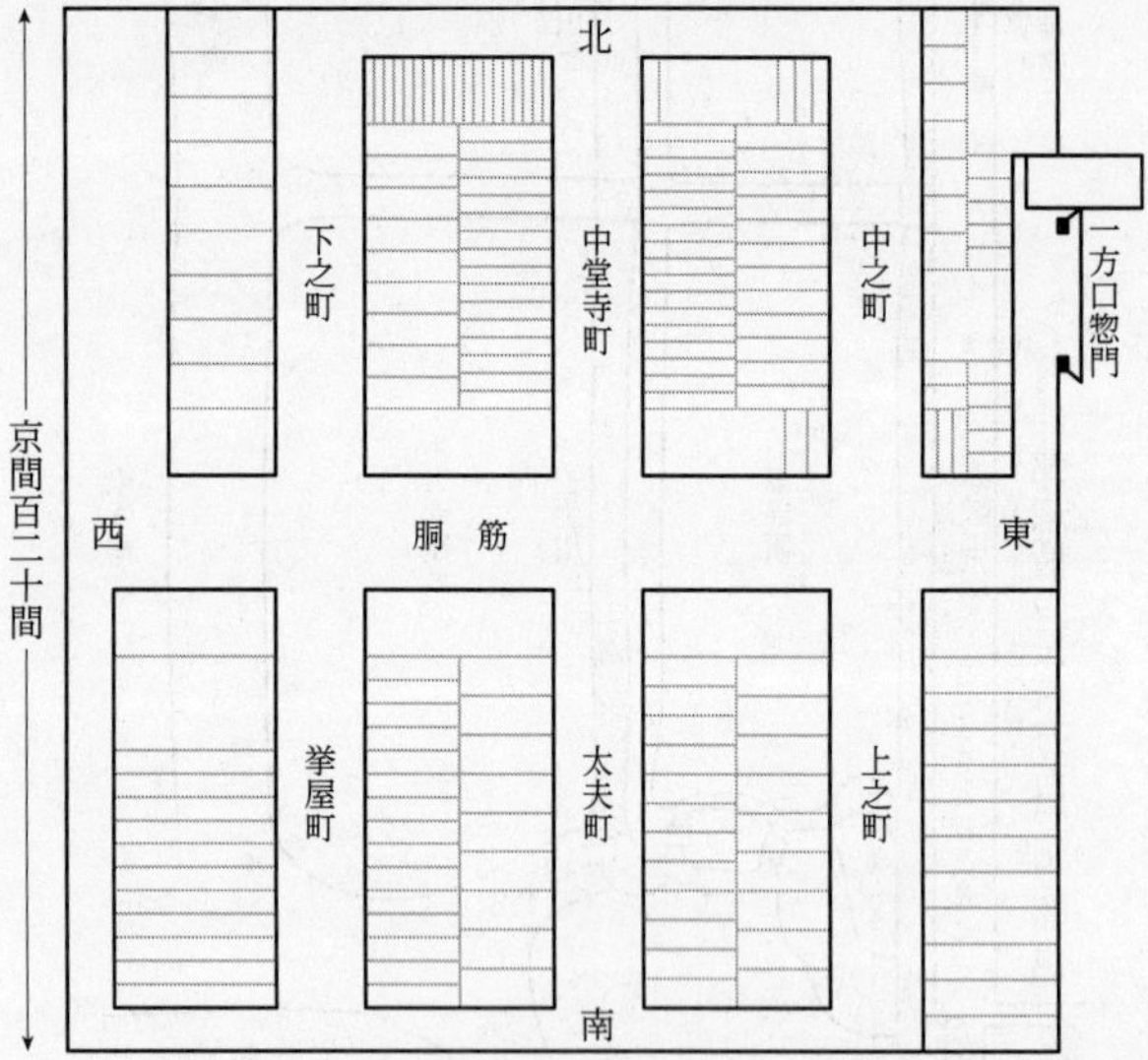
北
下之町
中堂寺町
中之町
一方口惣門
京間百二十間
西
胴筋
東
挙屋町
太夫町
上之町
南

大坂遊郭瓢箪町の図（大坂・新町）

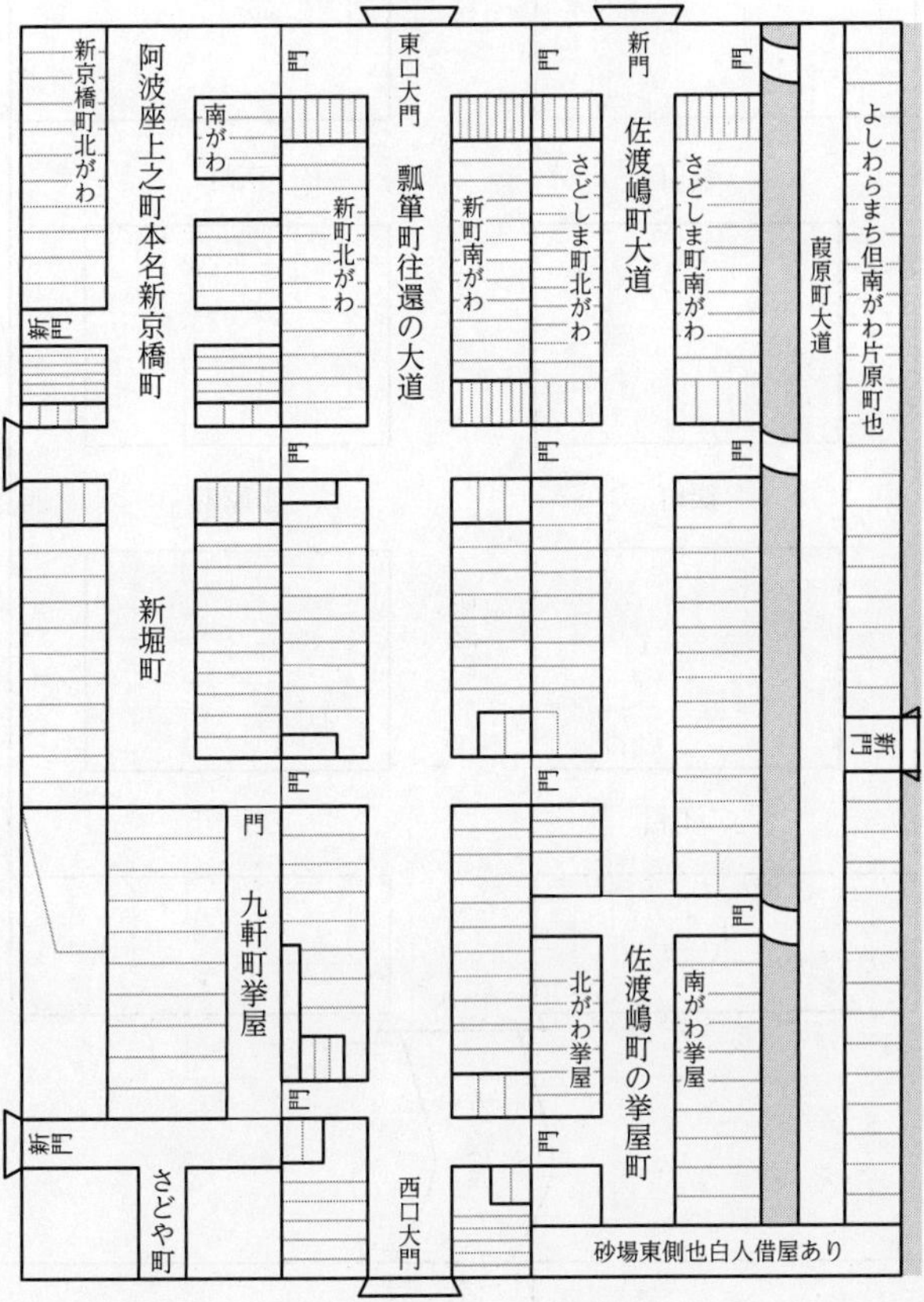

江戸葭原郭中の図（江戸・吉原）

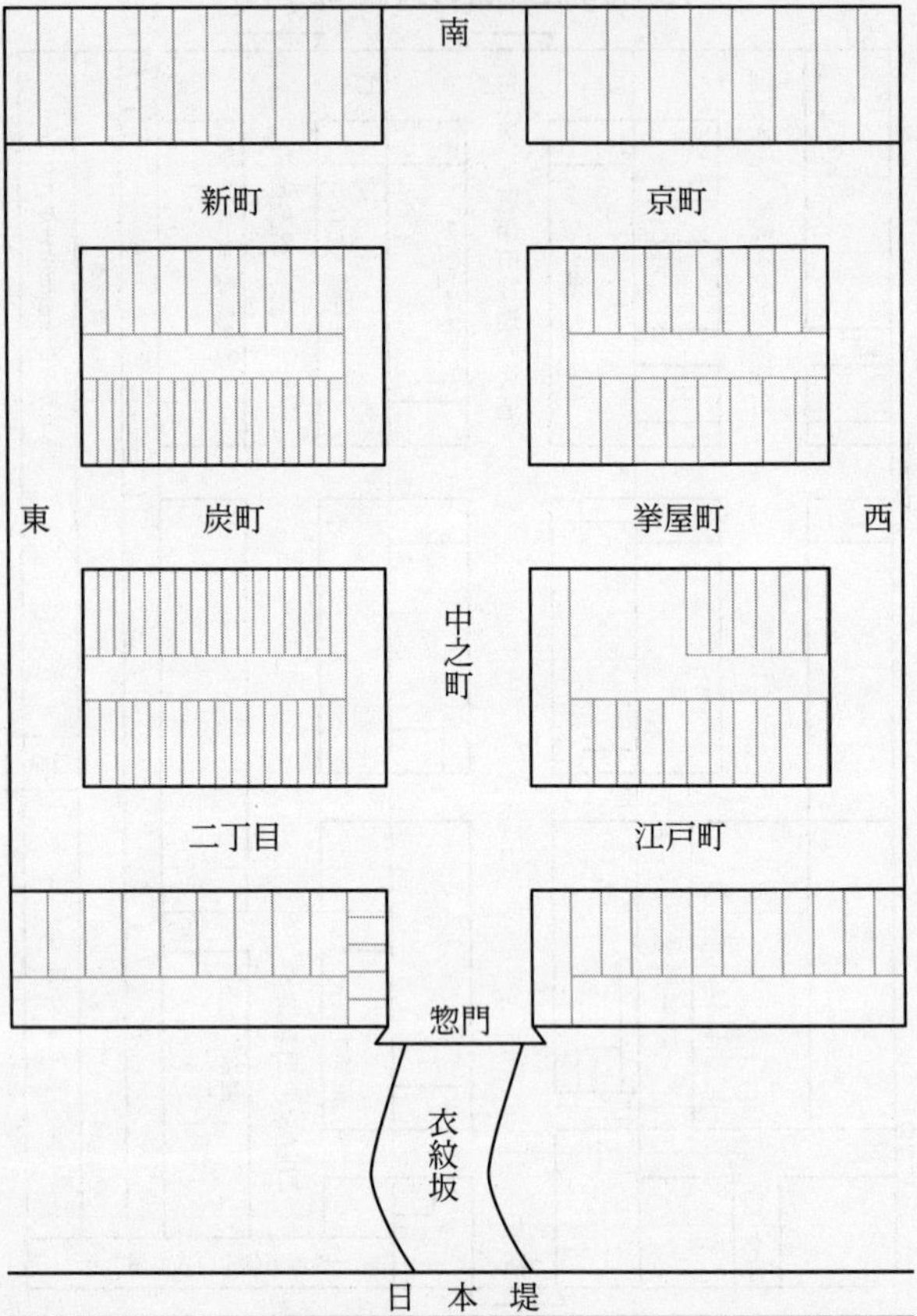

肥前国彼杵郡長崎傾城町の図（肥前国（現長崎県）・長崎）

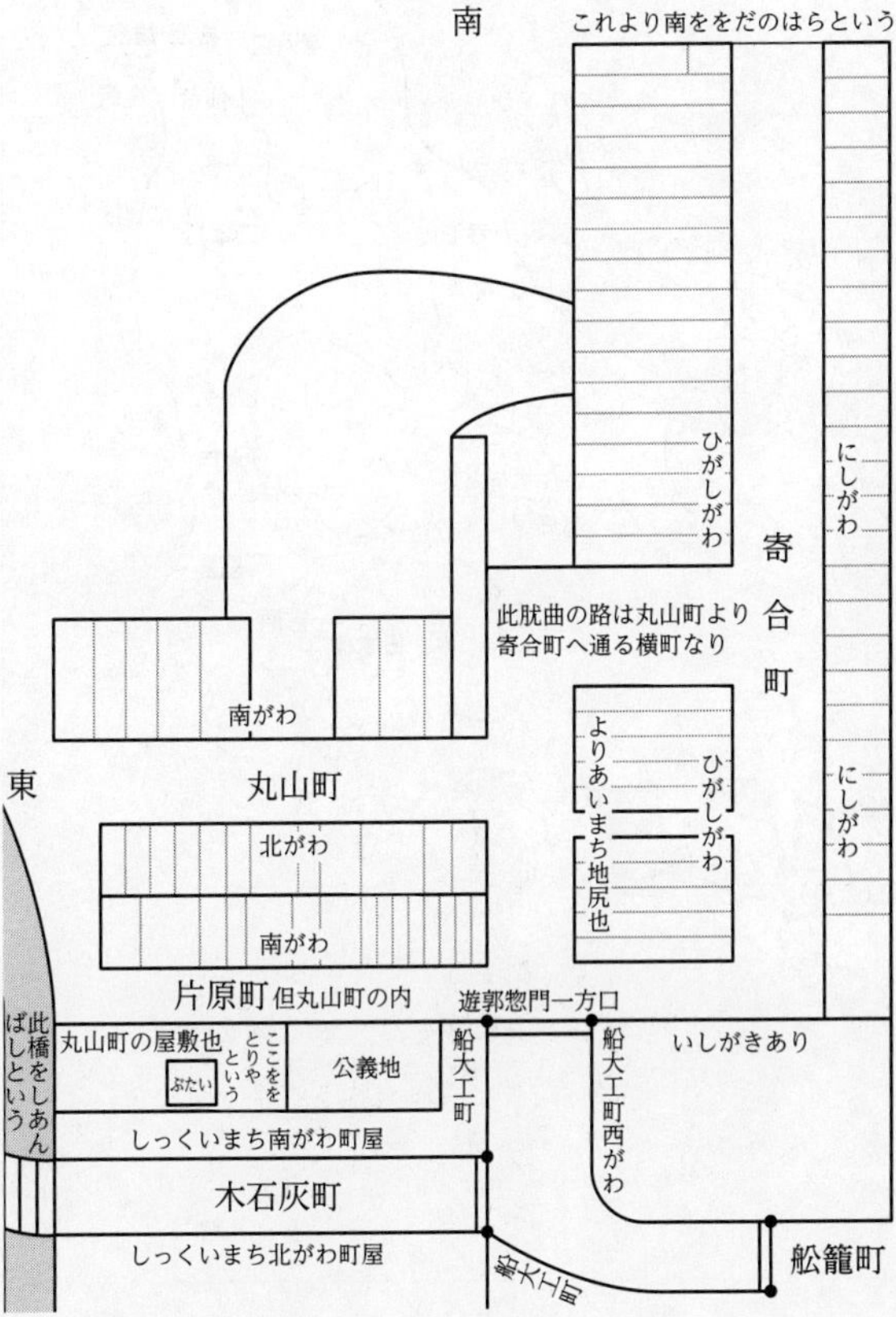

世之介の足跡地図
酒田
寒河江
松島・雄島
仙台
塩竈
佐渡島
寺泊
出雲崎
二本松
水戸
追分
鹿島
吉原
日本橋
島原
(京都)
大津
鈴鹿
岡崎
宇津谷峠
浜名湖
安倍川
今切
新町
(大阪)
木辻町(奈良)
堺
橿原
天川

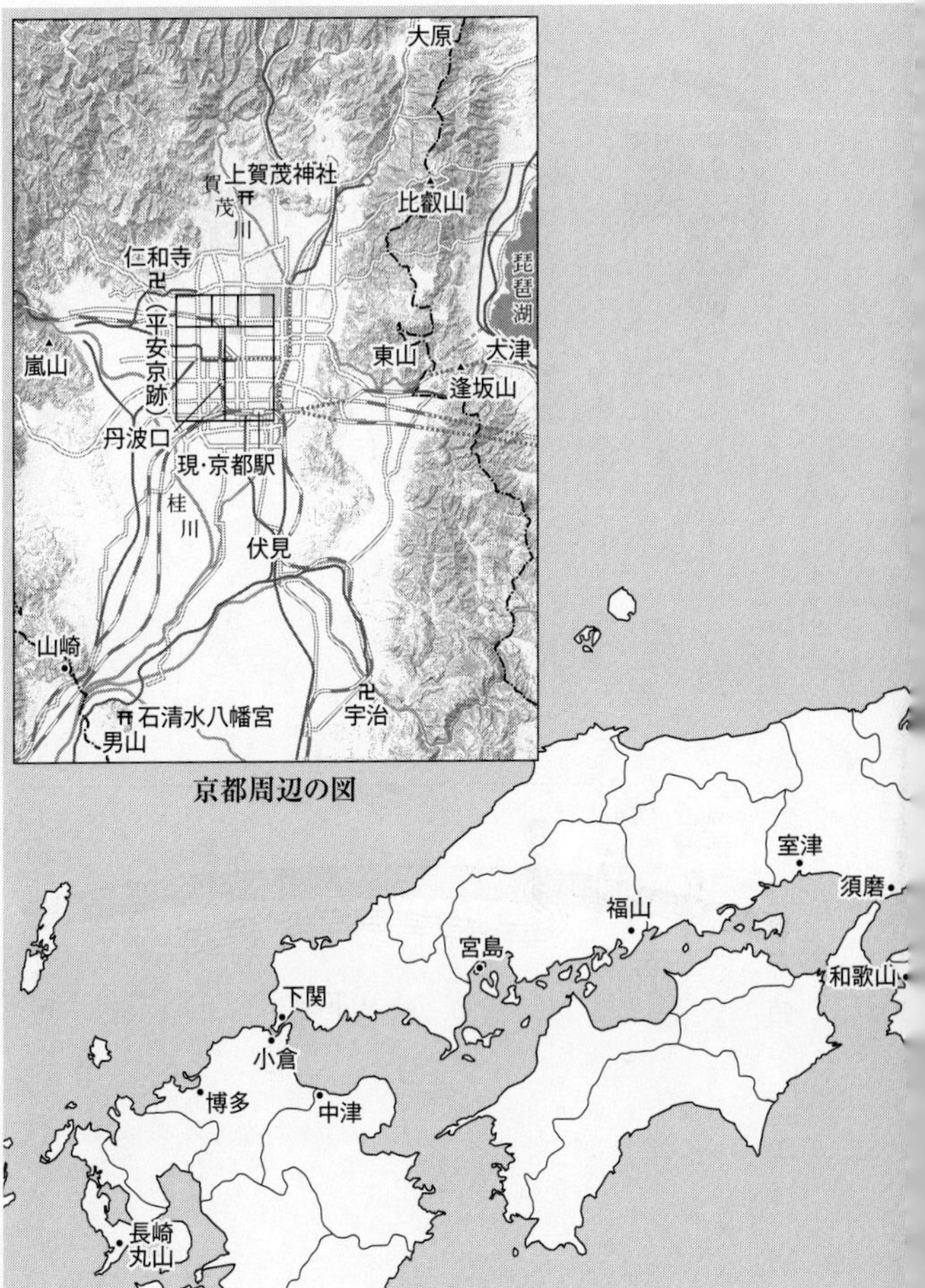
大原
上賀茂神社
賀茂川
比叡山
琵琶湖
仁和寺
（平安京跡）
嵐山
東山
大津
逢坂山
丹波口
現・京都駅
桂川
伏見
山崎
石清水八幡宮
宇治
男山
室津
須磨
福山
宮島
和歌山
下関
小倉
博多
中津
長崎
丸山

京都周辺の図

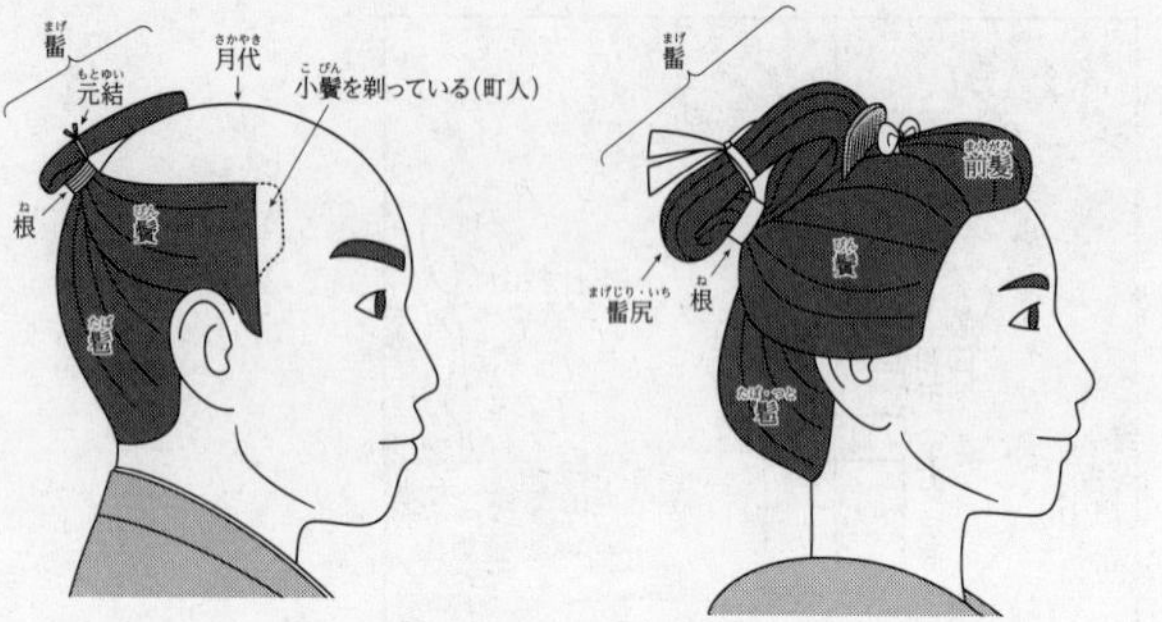
まげ
髷
もとゆい
元結
さかやき
月代
こびん
小鬢を剃っている(町人)
ね
根
びん
鬢
たぼ
髱
まげ
髷
まえがみ
前髪
まげじり・いち
髷尻
ね
根
鬢
髱

男女の頭髪、部位名

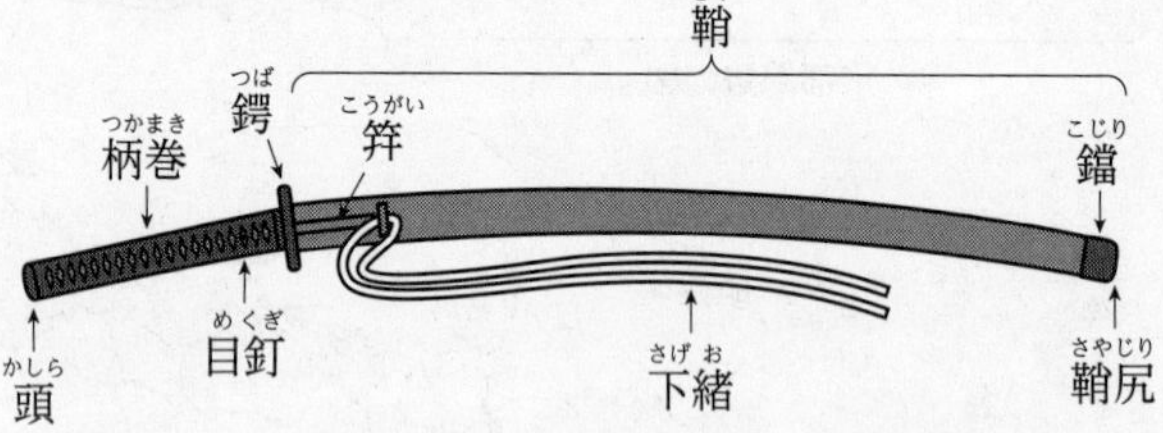
さや
鞘
つば
鍔
こうがい
笄
つかまき
柄巻
こじり
鐺
めくぎ
目釘
かしら
頭
さげお
下緒
さやじり
鞘尻

刀

井原西鶴関連年譜

※西鶴自身の出来事を「＊」で表す

一六三五年（寛永一二）
五月、外国船の入港を長崎・平戸にかぎり、日本人の海外渡航と帰国を禁じる。

一六三六年（寛永一三）
六月、寛永通宝の鋳造を開始し、金銀銭三貨の貨幣制度が確立する。

一六三七年（寛永一四）
一〇月、天草・島原のキリシタン一揆起こる。

一六三八年（寛永一五）
二月、天草・島原のキリシタン一揆が鎮圧される。

一六三九年（寛永一六）
七月、ポルトガル船の来航を禁ずる（鎖国体制が完成）。

一六四二年（寛永一九）　一歳
＊井原西鶴生まれる。本名平山藤五（ひらやまとうご）（見聞談叢（けんもんだんそう））。

一六四四年（寛永二一・正保一）　三歳
松尾芭蕉生まれる。

一六四五年（正保二）　四歳
七月、江戸市中のかぶき者を取り締まる。

一六四九年（慶安二）　八歳
二月、農民の心得を定めた慶安御触書を公布。

一六五一年（慶安四）　一〇歳
四月、徳川家光歿す。
七月、由比正雪、駿府で自殺。
八月、徳川家綱、将軍宣下を受ける。

一六五二年（慶安五・承応一）　一一歳
若衆歌舞伎興行を禁止。

一六五三年（承応二）　一二歳
三月、野郎歌舞伎興行を許可。

一六五七年（明暦三）　一六歳
一月、江戸大火（振袖火事）、江戸城本丸、二の丸が焼失する。

一六六二年（寛文二）　二一歳
この年、伊藤仁斎が京都に古義堂を開く。

一六六三年（寛文三）　二二歳
五月、武家諸法度を改定、実質的に殉死が禁じられる。
この年、三都に定飛脚問屋が置かれる。

一六七一年（寛文一一）　三〇歳
河村瑞軒、東廻り航路を開く。

一六七三年（寛文一三・延宝一）　三二歳
一月、江戸市中に出版取締り令が下される。
＊二月、西鶴、大坂生玉社南坊にて万句興行を主催。六月、『生玉万句』を刊行。
五月、京都大火、禁裏等が炎上する。
＊一〇月、『歌仙　大坂俳諧師』を刊

行、発句と肖像が載る。
＊冬、鶴永を西鶴に改号する。
一六七五年（延宝三）　三四歳
＊四月三日、西鶴の妻が病歿する。享年二五。四月八日、追善の『誹諧独吟一日千句』を作り、上梓する。
＊四月、西山宗因『大坂独吟集』に宗因批点西鶴独吟「郭公百韻」入集する。
この年、江戸田代松意撰『談林十百韻』刊行。
一六七七年（延宝五）　三六歳
＊五月、西鶴、大坂生玉本覚寺にて、一夜一日千六百独吟を興行、『西鶴俳諧大句数』と題して上梓。
九月、月松軒紀子が奈良極楽院にて一夜一日千八百韻を作り、翌年五月、『俳諧大矢数千八百韻』を刊行、菅野谷高政が序文で西鶴を揶揄する。

一六七九年（延宝七）　三八歳
＊三月、大淀三千風が三千句独吟の矢数俳諧を成就し、八月、『仙台大矢数』を刊行。西鶴は奥書で紀子と高政を非難する。
一六八〇年（延宝八）　三九歳
八月、家綱の遺言で、徳川綱吉が将軍となる。
＊五月、西鶴、大坂生玉社別当南坊にて一夜一日四千句独吟を興行、翌年四月、『西鶴大矢数』と題して刊行する。
一六八一年（延宝九・天和一）
一二月、堀田正俊が大老、牧野成貞が

側用人となる。
この年、全国で飢饉。

一六八二年（天和二）　四一歳
＊一月、西鶴、自画自筆の大坂俳諧師九八人の画像と発句を収めた『俳諧百人一句難波色紙』を刊行する。
三月、西山宗因歿す。
五月、諸国に忠孝奨励の高札が立てられる。
＊一〇月、西鶴『好色一代男』を刊行する。
一二月、江戸大火。

一六八三年（天和三）　四二歳
＊一月、西鶴、役者評判記『難波の顔は伊勢の白粉』を刊行する。
二月、幕府、奢侈品の輸入を禁じ、華美な衣裳を禁ずる。

一六八四年（天和四・貞享一）　四三歳
二月、河村瑞軒、淀川下流の治水工事に着手。
三月、菱川師宣画『好色一代男』江戸版刊行。
三月、宣明暦を大統暦に改め、さらに一〇月には貞享暦に改める。
＊四月、西鶴、『諸艶大鑑』刊行する。
＊六月、西鶴、摂津住吉社で一夜一日二万三千五百句独吟を成就する。
八月、若年寄稲葉正休、大老堀田正俊を刺殺する。
一一月、出版取締令が下される。

一六八五年（貞享二）　四四歳
＊一月、西鶴、宇治加賀掾のための

正本『暦』を刊行する。
＊一月、西鶴『西鶴諸国ばなし』を刊行する。
＊二月、西鶴『椀久一世の物語』を刊行する。
二月、近松門左衛門「出世景清」初演。
八月、翌年からの長崎貿易の額が制限される。以降、輸入品が高騰し、抜け荷が頻発する。

一六八六年（貞享三）　四五歳
＊一月、西鶴、西鷺軒橋泉『近代艶隠者』に序を寄せ、西鶴画、版下筆にて刊行。
＊二月、西鶴『好色五人女』を刊行する。
四月、幕府、全国鉄砲改め令を出す。
＊六月、西鶴『好色一代女』を刊行する。
九月、幕府、かぶき者（大小神祇組）を追捕する。
＊一一月、西鶴『本朝二十不孝』を刊行する。

一六八七（貞享四）　四六歳
＊一月、西鶴『男色大鑑』を刊行する。
一月、幕府「生類憐みの令」を出す。
＊三月、西鶴『懐硯』を刊行する。
＊四月、西鶴『武道伝来記』を刊行する。

一六八八年（貞享五・元禄一）　四七歳
＊一月、『日本永代蔵』を刊行する。
＊二月、『武家義理物語』を刊行する。

＊三月、嵐三郎四郎の最期物語『嵐は無常物語』を刊行する。

＊六月、『色里三所世帯』を刊行する。

＊一一月、『新可笑記』を刊行する。

一一月、柳沢保明が側用人となる。

＊この年、西鶴『好色盛衰記』を刊行する。

この年、大坂堂島新地が開拓される。

一六八九年（元禄二）　四八歳

＊一月、西鶴、地誌『一目玉鉾』、『本朝桜陰比事』を刊行する。

＊三月、磯貝捨若『新吉原つねづね草』に、西鶴が頭注を加えて刊行する。

三月、松尾芭蕉、「奥の細道」の旅に出る。

一六九〇年（元禄三）　四九歳

六月、「西くハく」と署名した偽作『真実伊勢物語』が刊行される。

八月、ドイツ人ケンペル、オランダ商館医師として来日する。

＊九月、加賀田可休が『俳諧物見車』で、点取俳諧の評点を公表し、西鶴を非難する。

一〇月、幕府、捨て子禁止令を出す。

一六九一年（元禄四）　五〇歳

＊一月、北条団水撰『俳諧団袋』に、西鶴と団水との両吟半歌仙が載る。

＊八月、西鶴『俳諧石車』を刊行し、『俳諧物見車』に反駁する。

一六九二年（元禄五）　五一歳

＊一月、西鶴『世間胸算用』を刊行する。

三月、盲目の一女歿するか。

一六九三年（元禄六）　五二歳

＊一月、西鶴作とされる『浮世栄花一代男』が刊行されるが、西鶴の作品ではない可能性が高い。

＊八月一〇日、西鶴歿す。享年五二。

＊冬、北条団水が西鶴遺稿を整理し『西鶴置土産』を刊行する。巻頭に、辞世・西鶴肖像・追善発句を載せる。

一六九四年（元禄七）

春、北条団水、京から西鶴庵に移る。

＊三月、西鶴遺稿『西鶴織留』が刊行される。

一〇月、松尾芭蕉歿す。享年五一。

一一月、側用人柳沢吉保、老中格となる。

一六九五年（元禄八）

一月、西鶴遺稿『西鶴俗つれづれ』が刊行される。

八月、金銀貨が改鋳される。

一一月、武蔵中野に犬小屋が作られ、野犬を収容する。

この年、奥羽・北陸飢饉。

一六九六年（元禄九）

＊一月、西鶴遺稿『万の文反古』が刊行される。

四月、荻原重秀、勘定奉行となる。

八月、荻生徂徠、柳沢吉保に召し抱えられる。

一六九八年（元禄一一）

九月、江戸大火。寛永寺本坊など焼失。

一六九九年（元禄一二）

＊四月、西鶴遺作『西鶴名残(なごり)の友』が刊行される。

一七〇〇年（元禄一三）

この年、団水、西鶴庵を出て、帰京する。

訳者あとがき

思えば『好色一代男』とは縁が深かった。言葉は悪いが「腐れ縁」と言っていい。

最初の出合いは半世紀前である。今の学生には異次元の話になるだろうが、私の入学した当時、早稲田大学は内ゲバですさんでいた。私は、毎日授業にでるような学生ではなく、マア、楽をして単位は取りたいという、ごく平均的学生。

しかし……虚しい。荒廃したキャンパスが、私の心象風景のようだった。

四年生になって、卒業必修単位の数あわせに、暉峻康隆（てるおかやすたか）先生の「近世文学」の講義を聴いた。当時は、出欠をとる教授は少数派で、暉峻先生も出席をとるような野暮ではない。それに、テレビによく出演するタレント教授、講義は面白いし、滅多に落とさないという評判だった。「こりゃ、楽勝だ」と思ったのだ。

最初の講義にあらわれた先生は、今の大学では信じられない光景だが、教卓に、紺色の缶入りピースを置いて「君らも吸っていいよ」とのたまいつつ、悠々と一服された。それから、おもむろに始まった講義が実に面白い。蘇った西鶴が「生きていること、楽しいで」と語りかけているようなオーラが漂った。私は、先生の講義を、それから二年間（一年留年したので）欠かさず聴いた。

卒論には『好色一代男』をえらんだ。卒論の構想を書いたメモを持参して、外観が似ているので当時「国連ビル」と呼ばれた文学部研究棟五階の先生の研究室を訪れた。

「問題提起が多いが、だいじょうぶかい」

「だいじょうぶです」

卒論指導は、この一回だけだったと思う。が、私は今までの不勉強を恥じ、二年間、西鶴関係の論文を読みあさった。そうして完成した卒論の見開きに、先生は「世之介も面影見せよ西鶴忌」と句をしたためてくれた。これが『好色一代男』との最初の出合いである。

暉峻先生が退職されたあと一年浪人して、当時、まっとうな人間が行くところではないから「入院」と揶揄（やゆ）されていた大学院に進学した。院生だったが、当時は筑波大学助教授だった谷脇理史（たにわきまさちか）先生が非常勤講師をしていた学部講義にもぐらせてもらった。講義の後にはビールをおごってもらい、私は西鶴について口角泡を飛ばして論じた。

論じたというより、酔っ払ってまくしたてる私の西鶴研究批判に、谷脇先生がニヤニヤしながらツッコミを入れるというパターンだったような気がする。碩学との対話により、持論の稚拙さがよく分かった。そのときも、話題は『好色一代男』が多かったように記憶する。この作品が文芸的可能性に満ちていたからだろう。

『好色一代男』を、腰を入れて読み直したのは、女子大の講師をしていた頃である。三十数年前の話で恐縮だが、昭和六十二年秋の日本近世文学会全国大会で「『好色一代男』の〈はなし〉の方法」という題で発表をした。資料中心の学会に一石を投ずるつもりだったので、当時流行していた構造主義で西鶴を論じたのだが……。

質疑応答では、冨士昭雄先生から、長々と意見や批判を頂戴した。懇親会では、畏敬する中村幸彦先生から「君の発表は『美学』や、われわれの方法とは違う」とたしなめられて意気消沈したが、「あれで、いいんだ」と励ましてくれたかたもいた。暉峻先生が、会場で質問してくれたことも嬉しかった。このときの発表は「『好色一代男』の〈はなし〉―リアリズムのテキスト分析―」とタイトルをかえて、私の第二論文集『西鶴と元禄文芸』（二〇〇三年　若草書房）に収載した。

結局、私の研究は『好色一代男』に始まり、そのまわりをウロウロしていたような気がする。暉峻康隆先生と冨士昭雄先生の名を出したのは、本書執筆にあたって、お二人の訳文を参考にしたからである。暉峻訳は、意訳というか独特の言い回しが多いのに比べ、冨士訳は原文に忠実だが、説明的叙述が多く、リズミカルな西鶴の文体とは離れてしまっている。

そもそも、「曲流文」といわれる、主述が呼応しない文章や、地の文と会話文とが不分明な『好色一代男』の叙述を、現代語になおすことは至難で、原文のもつ「味」をどれだけ現代文に移せるかが、私の課題だった。また通読するのに煩わしいかもしれないが、当時の風俗関係の注を多く入れざるを得なかった。意に満たないところもあるが、本書が、『好色一代男』を読んだことのなかった読者に、西鶴の魅力を伝えられれば、望外のよろこびである。

最後に、一言記しておきたい。本書の校正を担当された方についてである。名も経歴も知らないし、担当編集者にあえて訊かなかったが、たぶん定年退職された編集者だと推察する。原稿の注の重複や、脱文、さらに文意の通らない訳文にまで、朱をいれていただいた。私の体験から言っても、文章まで添削する校正者はめったにいない。しかし、悔しいことに的を射た指摘なのだ。ここが肝心。憚(はばか)りながら時代小説も書く私を悔しがらせる力量に脱帽した。

私が研究者として生きた半世紀を振り返ると、著者と緊張関係をもったこのような職人気質の編集者が、出版文化を支えていたと思う。率直に言って、経験の浅い編集者にはできないことだ。江戸時代なら作者と読者との間を取り持ったのは貸本屋だが、現代では、著者・読者間に介在するのは有能な編集者である。蛇足ながら、感謝の意をこめて言及した。

本書刊行にあたっては、佐藤美奈子氏と編集長中町俊伸氏にご尽力いただいた。記して感謝申し上げる。

二〇二三年　四月一日　早大定年退職の翌日

中嶋　隆

kobunsha classics
光文社古典新訳文庫

こうしょくいちだいおとこ
好色一代男

著者　井原西鶴
　　　なかじま　たかし
訳者　中嶋　隆

2023年 4 月20日　初版第 1 刷発行

発行者　三宅貴久
印刷　新藤慶昌堂
製本　ナショナル製本

発行所　株式会社光文社
〒112-8011東京都文京区音羽1-16-6
電話　03（5395）8162（編集部）
03（5395）8116（書籍販売部）
03（5395）8125（業務部）
www.kobunsha.com

ISBN978-4-334-75478-5 Printed in Japan

いま、息をしている言葉で、もういちど古典を

長い年月をかけて世界中で読み継がれてきたのが古典です。奥の深い味わいある作品ばかりがそろっており、この「古典の森」に分け入ることは人生のもっとも大きな喜びであることに異論のある人はいないはずです。しかしながら、こんなに豊饒で魅力に満ちた古典を、なぜわたしたちはこれほどまで疎んじてきたのでしょうか。

ひとつには古臭い教養主義からの逃走だったのかもしれません。真面目に文学や思想を論じることは、ある種の権威化であるという思いから、その呪縛から逃れるために、教養そのものを否定しすぎてしまったのではないでしょうか。

いま、時代は大きな転換期を迎えています。まれに見るスピードで歴史が動いていくのを多くの人々が実感していると思います。

こんな時わたしたちを支え、導いてくれるものが古典なのです。「いま、息をしている言葉で」――光文社の古典新訳文庫は、さまよえる現代人の心の奥底まで届くような言葉で、古典を現代に蘇らせることを意図して創刊されました。気取らず、自由に、心の赴くままに、気軽に手に取って楽しめる古典作品を、新訳という光のもとに読者に届けていくこと。それがこの文庫の使命だとわたしたちは考えています。

このシリーズについてのご意見、ご感想、ご要望をハガキ、手紙、メール等で翻訳編集部までお寄せください。今後の企画の参考にさせていただきます。
メール　info@kotensinyaku.jp

光文社古典新訳文庫　好評既刊

今昔物語集

作者未詳
大岡 玲 訳

エロ、下卑た笑い、欲と邪心、悪行にスキャンダル……。平安時代末期の民衆や勃興する武士階級、人間味あふれる貴族や僧侶らの姿をリアルに描いた日本最大の仏教説話集。

方丈記

鴨 長明
蜂飼耳 訳

出世争いにやぶれ、山に引きこもった不遇の才人鴨長明が、災厄の数々、生のはかなさを綴った日本中世を代表する随筆。和歌十首と訳者によるオリジナルエッセイ付き。

虫めづる姫君　堤中納言物語

作者未詳
蜂飼耳 訳

風流な貴公子の失敗談「花を手折る人」、虫ばかりに夢中になる年ごろの姫「あたしは虫が好き」……無類の面白さと意外性に富む物語集。訳者によるエッセイを各篇に収録。

歎異抄

唯円・著
親鸞・述
川村 湊 訳

天災や戦乱の続く鎌倉初期の異常の世にあって、唯円は師が確信した「他力」の真意を庶民に伝えずにいられなかった。ライブ感あふれる関西弁で親鸞の肉声が蘇る画期的新訳！

梁塵秘抄

後白河法皇 編纂
川村 湊 訳

歌の練習に明け暮れ、声を嗄らし喉を潰すこと、三度。サブカルが台頭した中世、聖俗一体の歌謡のエネルギーが、後白河法皇を熱狂させた。画期的新訳による中世流行歌一〇〇選！

光文社古典新訳文庫　好評既刊

憲政の本義、その有終の美
吉野作造
山田博雄 訳

国家の根本である憲法の本来的な意義を考察し、立憲政治の基礎を説いて「大正デモクラシー」に大きな影響を与えた歴史的論文。「デモクラシー」入門書の元祖、待望の新訳。

スッタニパータ ブッダの言葉
今枝由郎 訳

最古の仏典を、難解な漢訳仏教用語を使わずに、原典から平易な日常語で全訳。人々の質問に答え、有力者を教え諭す、「目覚めた人」ブッダのひたむきさが、いま鮮やかに蘇る。

聊斎志異
蒲松齢
黒田真美子 訳

古来の民間伝承をもとに豊かな空想力と古典の教養を駆使し、仙女、女妖、幽霊や精霊、昆虫といった異能のものたちと人間との不思議な交わりを描いた怪異譚。43篇収録。

故郷／阿Q正伝
魯迅
藤井省三 訳

定職も学もない男が、革命の噂に憧れを抱いた顚末を描く「阿Q正伝」など代表作十六篇。中国近代化へ向け、文学で革命を起こした魯迅の真の姿が浮かび上がる画期的新訳登場。

傾城（けいじょう）の恋／封鎖
張愛玲
藤井省三 訳

離婚して実家に戻っていた白流蘇（パイリウスー）は、異母妹の見合いに同行したところ英国育ちの実業家に見初められてしまう……占領下の上海と香港を舞台にした恋物語など、5篇を収録。

★続刊

ヴェーロチカ／六号室　チェーホフ傑作選　チェーホフ／浦 雅春・訳

世話になった屋敷の娘に告白されるもどうも心が動かない青年を描く「ヴェーロチカ」、精神科病棟の患者とおしゃべりを続けるうちに周囲との折り合いが悪くなる医師を描く「六号室」など、人間の内面を覗き込んだチェーホフ短篇小説の傑作選。

ダンマパダ　真理の言葉　今枝由郎・訳

弟子たちに語り継がれ、数百年後にパーリ語で編纂されたブッダの言葉。ブッダ自身の教えにもっとも近づくことができる世界最古の資料で、『スッタニパータ』と双璧をなす。日々の心構えや生き方について、深い洞察に満ちた金言集。

死霊の恋／ヴィシュヌの化身　ゴーティエ恋愛奇譚集　テオフィル・ゴーティエ／永田千奈・訳

司祭としての人生が始まる瞬間に絶世の美女の悪魔に見初められた男を描く「死霊の恋」、人妻に片思いする青年とその女性の夫の魂が魔術によって入れ替わってしまう「ヴィシュヌの化身」など、欲望と幻想が美しく混淆する官能の奇譚集。